Werner Bauknecht

Tödliche Kristalle

Über dieses Buch

Ein Chemieprofessor wird in einem Parkhaus an der Morgenstelle in Tübingen tot aufgefunden. Offensichtlich wurde er erstochen. Es finden sich Spuren eines weißen Pulvers. Hauptkommissar Löffler will nicht so recht an eine Drogenszene in der beschaulichen Unistadt glauben. Allerdings fällt kurz darauf ein Freund seiner Tochter nachdem er ein weißes Pulver genommen hat, ins Koma. Haben die beiden Fälle miteinander zu tun? Die drei Kommissare ermitteln im Umfeld des Professors und stoßen auf eine dreiköpfige Forschungsgruppe. Ganz zufällig ist einer der Chemiker der Bruder des Jungen im Koma. Das gibt Löffler zu denken. Nachdem ein weiterer Toter im Alten Botanischen Garten aufgefunden wird, macht sich Tübingen so langsam Sorgen. Löfflers Vater und seine Tochter beschließen, auch an der Klärung des Falles teilzunehmen. Ihr nächtliches Abenteuer im Chemischen Institut endet fast fatal.

Werner Bauknecht hat rund um das Thema Drogen einen unterhaltsamen und spannenden Krimi geschrieben. „Tödliche Kristalle“ ist der dritte Krimi des Autors mit dem Hauptkommissar Christian Löffler.

Werner Bauknecht ist in Tübingen geboren. Er studierte in München Soziologie, Betriebswirtschaft und Politik.
Er lebt mit seiner vierköpfigen Familie in Rottenburg und arbeitet als freier Journalist. Der Autor hat bereits zahlreiche Kurzgeschichten, Drehbücher und Theaterstücke veröffentlicht.

Werner Bauknecht

Tödliche Kristalle

Ein Tübingen-Krimi

Oertel + Spörer

Dieser Kriminalroman spielt an realen Schauplätzen. Alle Personen und Handlungen sind frei erfunden. Sollten sich dennoch Ähnlichkeiten mit lebenden oder verstorbenen Personen ergeben, so sind diese rein zufällig und nicht beabsichtigt.

Postfach 16 42 · 72706 Reutlingen

Titelbild: Werner Bauknecht
Umschlaggestaltung + Satz:
Oertel+Spörer Verlag, Bettina Mehmedbegović
Druck und Bindung: CPI books GmbH, Leck
Printed in Germany
ISBN 978-3-88627-940-1

So kommt ihr mir nicht davon, dachte Klaus Grauer. Er war wütend, als er das dachte. Sehr wütend sogar. Und er spürte sein Herz klopfen bis zum Hals. Der Zorn jagte eine Adrenalin-Flutwelle durch seinen Körper.

Seine Wut hatte sich innerhalb der vergangenen Stunde mächtig gesteigert. Erst war Grauer nur sprachlos gewesen, als er das ganze Schlamassel entdeckte. Na, wie sollte man auch nicht, wenn so etwas über einen hereinbrach. Etwas so Unglaubliches. Alleine den schieren Gedanken daran, dass etwas Derartiges je passieren könnte, hätte er bis vor ein paar Stunden gar nicht für möglich gehalten. Und nun das. Grauer schüttelte den Kopf, als er sich an den Anblick erinnerte. Und das in seinem Institut der Uni Tübingen. Im Institut des renommierten Chemieprofessors Dr. Klaus Grauer. Unglaublich, was das für einen Aufruhr geben würde.

Grauer seufzte. Was sollte er machen, er konnte die Sache ja nicht totschweigen. Wie auch? Dafür war alles bereits zu weit fortgeschritten.

Hätte er doch bloß nie die Türe zu dem alten Labor geöffnet. Welcher Teufel hatte ihn da geritten, Neugierde oder bloße Langeweile? Was auch immer, jetzt hatte er den Mist.

Aber diese Suppe würde er nicht alleine auslöffeln. Da würden auch die Kollegen geradestehen müssen. Sein Stellvertreter zum Beispiel. Oder dieser Neue, der erst zum vergangenen Semester gekommen war. Und der Hausmeister. Der ganz besonders.

Grauer hatte seinen Wagen im Parkhaus auf der Morgenstelle stehen. Er ging morgens gerne noch ein paar Meter zu Fuß, ehe er im Institut für den Rest des Tages verschwand. Die paar hundert Meter brachten ihm außer einer gehörigen Nase Frischluft auch das angenehme Gefühl, noch eine kurze Weile für sich zu sein. Losgelöst von den Verantwortungen, die sich felsengleich auf seine Schultern legten, wenn er erst mal durch die Pforte des Instituts getreten war. Das Institut. Genau. Das würde jetzt Schaden nehmen. Und ausgerechnet er war auch noch der Verkünder der schlechten Nachrichten.

Grauer stapfte nun wutentschlossen zum dunkel vor ihm liegenden Parkhaus. Wie ein mächtiges Betonsilo erhob es sich gegen den Nachthimmel. Nur von weit hinten strahlte ihm ein Licht durch die Nacht entgegen. Wahrscheinlich vom Restaurant »Rosenau«, das da draußen in der nordöstlichen Abgeschiedenheit Tübingens lag. Zappenduster war es, die wenigen Straßenlampen waren allesamt erloschen. Defekte Leuchtkörper, und keiner wechselte sie aus. Grauer hatte einen eigenen Schlüssel zum Parkhaus. Durch die Tür, die zum Institut hin gelegen war, trat er in die Etage des Parkhauses, in der sein Wagen stand. Eigentlich wollte er jetzt gar nicht nach Hause. Dort wäre er jetzt bloß alleine mit sich und seinen Gedanken, denn seine Frau Gerda lag sicher schon längst im Bett. Er wollte aber auch nicht darüber nachdenken, was für ein Flächenbrand morgen über sein Institut hereinbrechen würde. Lieber wäre er jetzt in eine Kneipe gegangen und hätte sich ein paar hinter die Binde gegossen, um sich die trostlosen Gedanken einfach wegzuschwemmen. Aber das ging nicht, er brauchte morgen einen klaren Kopf. Was da jetzt alles auf ihn zukommen würde. Er mochte sich das gar nicht vorstellen.

Er blieb einen Augenblick stehen und schloss die Augen. Einatmen – ausatmen – einatmen – ausatmen. Ja, das tat gut, sein Herzschlag fuhr langsam herunter, sein Puls beruhigte sich. Es hatte ja doch alles keinen Sinn, er musste in den sauren Apfel beißen. Auf dem Weg zu seinem Wagen kickte er eine auf dem Boden herumliegende Glasflasche mit dem Fuß gegen die Wand, dass sie zersplitterte. Das tat gut. Dampf ablassen. Sich beruhigen. Nachdenken. Lösungen suchen. Er war doch immerhin Wissenschaftler, so was hatte er gelernt. Gehirn einschalten und dann handeln. Langsam fühlte er sich etwas besser. Vor allem musste er darauf achten, dass von der ganzen schlimmen Geschichte nichts an ihm hängen blieb. Und natürlich so wenig wie möglich am Institut. Mit vereinten Kräften musste das doch möglich sein. Die Schuldigen hatten sie ja, da gab es nichts zu deuteln. Der Rest würde sich schon regeln.

Im Schein der verstaubten Funzeln im Parkhaus sah er sein Auto auf dem Parkplatz mit seinem Kennzeichen stehen. Er drückte aus der Entfernung den Türöffner und sah die Parklichter aufleuchten. Vielleicht, überlegte er, während er sich seinem Wagen näherte, könnte er seine Frau wecken und ihr die ganze Geschichte erzählen. Sie hätte bestimmt Verständnis dafür, wenn er ihren Schlaf wegen eines solchen Vorfalls in seinem Institut unterbrach. Wenn auch nicht viel geblieben war von dem jungen Mädchen, in das er sich einst verliebt hatte, eine gesunde Neugierde zeichnete sie noch immer aus. Heutzutage war ihm das zwar eher unangenehm, dieses Herumschnüffeln seiner Frau. Doch zu wem sollte er sonst gehen? Diese andere Möglichkeit, die sich ihm noch bot, war heute keine Option. Morgen vielleicht, wenn alles vorbei war.

Grauers Laune jedenfalls war deutlich besser geworden. Er öffnete seine Wagentür und wollte gerade einsteigen, als ihm jemand von hinten auf die Schulter klopfte. Grauer zog das Bein, das sich bereits im Wagen befand, wieder heraus und drehte sich um.

Als er für einen kurzen Augenblick das Gesicht seines Gegenübers erkennen konnte, schoss ihm das Blut in den Kopf.

»Mensch«, rief er, »Sie haben Nerven, mir unter die Augen zu kommen. Nach dem, was Sie mir und uns allen, dem Institut und den Kollegen angetan haben. Hauen Sie bloß ab, morgen ist Ihr Spiel sowieso vorbei.«

»Das wollte ich noch mal aus Ihrem eigenen Mund hören. Nicht, dass ich einen Fehler mache und Dinge tue, die nicht unbedingt notwendig sind.«

Grauer trat einen Schritt zurück und musterte sein Gegenüber. Die dunkle Gestalt war nur schemenhaft zu erkennen.

»Was soll das denn bedeuten? Na, ist ja auch egal, morgen ist es ja vorbei. Endgültig. Dass so was an meinem Institut möglich war, unglaublich!«

»Nein, da haben Sie recht, das werden Sie niemals vergessen. Sie haben gar nicht mehr die Zeit dazu.«

Grauer schaute etwas ratlos. Dann erst begann er zu begreifen, was gleich passieren würde. Die Erkenntnis, dass er das, was gleich geschah, nicht aufhalten konnte, ließ ihn bleich werden. Wie gelähmt stand er vor seinem Auto, die geöffnete Wagentüre in seinem Rücken und den Schlüssel in der Hand. Aber er wusste, dass er den Schlüssel nicht mehr benutzen würde. Nicht jetzt und auch nie mehr in der Zukunft. Er schüttelte ganz leicht den Kopf, als er begriff, dass er so enden würde.

Dann traf ihn das Messer direkt ins Herz. Grauer spürte nichts. Er hörte nur, dass dieses lange Messer in etwas eindrang, das irgendwie glitschig war. Schließlich war es vorbei. Es wurde dunkel um ihn, und als sein Körper zu Boden fiel, war er bereits tot.

Musikfetzen drangen in Christian Löfflers Gehirn. Unklare Worte. Deutscher Gesang, wie in einem Bierzelt. Eine Frauenstimme. Hoch und durchdringend. Dann ein Bass, ein dumpfer Rhythmus. Dann wieder die Frauenstimme. Er schlug die Augen auf. Er blickte hoch, zur weit entfernten Decke seines Zimmers, die den hellen Mond, der von draußen durch die Fenster drang, widerspiegelte. Der Ton, die Musik mit der Frauenstimme, kam von seinem Smartphone. Was war das? Hatte er etwa den Song aufgenommen? Dann erkannte er, was die Stimme sang. »Atemlos.« Helene Fischer. Seine Tochter hatte ihm den vermaledeiten Hit als Klingelton aufgespielt. Er drückte das Smartphone ans Ohr. Nach den ersten Sätzen richtete er seinen Oberkörper im Bett auf und schwang dann ein Bein nach draußen. Was Polizeiobermeister Bert Mayerlen ihm erzählte, machte ihn schlagartig hellwach.

Zehn Minuten später wuselte es im Hause Löffler. In einer Polizeistation hätte es nicht hektischer zugehen können. Aber irgendwie war die Löfflersche Villa in Lustnau ohnehin zu so etwas wie einer Außenstation des Tübinger Polizeipräsidiums geworden. Zumindest was die Ballung an Kommissaren der Mordkommission betraf. Die Ermittler der Kommission wohnten samt und sonders im selben Haus, in dem ihres Kommissariatsleiters nämlich, beziehungsweise dem seiner Familie. Äußere Umstände hatten dazu geführt, dass Löfflers Mitarbeiter, Monika Berger und Gerd Stammler, gemeinsam unter einem Dach mit ihrem Chef und dessen Vater wohnten. Nur provisorisch hieß es beim jeweiligen Einzug. Aber kaum waren sie da, war plötzlich nicht mehr die Rede von einem schnellen Auszug. Da weder Christian Löffler noch dessen Vater jemals das Thema Auszug zur Sprache brachten, schien es fast so, als bliebe es auf längere Zeit bei diesem Arrangement.

Als Kollegin Berger in der Küche eintraf, tranken Löffler und Stammler bereits einen Espresso im Stehen. Stammler deutete mit dem Daumen auf die Espresso-Maschine und die Kollegin ging hinüber, um sich eine Tasse zu holen.

»Weiß jemand, wie spät es ist?«, fragte Berger und rührte mit dem Löffel in der Tasse.

»Kurz nach fünf Uhr, würde ich sagen«, antwortete Stammler, »und Commander Löffler hat uns immer noch nicht mitgeteilt, worum es überhaupt geht.«

Damit drehte Stammler sich zu seinem Chef hin um, der sich gerade, das Küchenfenster als Spiegel benutzend, eine Krawatte umband. Schwungvoll zwirbelte er den Knoten hin, dann betrachtete er sich ein letztes Mal im Küchenfensterspiegel.

»So«, sagte er schließlich, »jetzt kann es losgehen.«

»Und womit genau?«

»Ein Toter im Klinikparkhaus auf der Morgenstelle. In dem, das nach Hagelloch hin geht, Sie wissen schon.«

»Überfahren? Dann wäre das eher ein Fall für die Kollegen von der Verkehrspolizei. Wir können ja später immer noch mitmischen. Wenn wir ausgeschlafen sind, zum Beispiel.«

Berger nickte heftig bei Stammlers Worten. Aber Christian Löffler, Hauptkommissar Christian Löffler, leerte den letzten Rest seines Espressos in den Ausguss, schnappte sich die Autoschlüssel, die auf dem Tisch lagen, und marschierte nach draußen. Berger hob nur hilflos die Schultern und folgte ihm dann. Löffler saß bereits im Wagen, als die beiden Kollegen hinten einstiegen.

»Heute mal wieder die Chauffeursnummer«, stellte Löffler lapidar fest, als er den Wagen startete.

»Wer weckt, chauffiert.«

Die beiden auf der Rückbank grinsten sich an. Löffler schob eine CD in den Player und drehte den Lautstärkeregler weit auf. Ein Song von »Ok, Computer« von Radiohead erfüllte den Fahrraum. »Paranoid, Android« hieß der Song, und genauso klang er auch. Stammler und Berger fragten sich schon lange, was Löffler zu dieser abgedrehten Musik trieb. Aber wenn sie etwas zu ihm sagten, lachte er bloß. Als das Lied zu Ende war, drehte Löffler den Player ab.

»Also, mal in Kurzform, mehr weiß ich ja bisher auch nicht: Ein Mann aus dem Institut für Chemie war die ganze Nacht im Labor. Er ist dort schlichtweg eingeschlafen. Als er aufwachte, ging er seinen Wagen holen im Parkhaus. Auf dem Weg zum Auto sah er im Parkhaus einen Körper am Boden liegen. Er geht hin, guckt dem Körper ins Gesicht, sieht das Blut auf dem Boden und ruft bei den Kollegen an. Die fahren sofort hin, und stellen fest, dass man den Mann auf dem Boden vermutlich erstochen hat. Und das sagen die einfach mal so, ohne einen Gerichtsmediziner. Weil es so klar sei, meinte Kollege Mayerlen vorhin am Telefon.«

»Und wer ist der Mann? Der Tote, meine ich.«

»Tja, das ist schon eine Tragik. Das ist Professor Klaus Grauer, der Leiter des Instituts, glaube ich. Die oder der hat also einen Professor abgestochen. Ganz ohne Gerichtsmedizin, sage ich das jetzt mal so. Nichts unserm Kürner sagen nachher, sonst guckt er uns ganz böse an.«

Professor Markus Kürner war der Gerichtsmediziner in Tübingen und ein guter Freund Löfflers. Berger und Kürner waren wie Feuer und Wasser, wenn sie sich begegneten.

Löffler steuerte den Wagen inzwischen den Nordring hoch, ließ Waldhäuser-Ost rechts liegen, fuhr am neuen Botanischen Garten vorbei und bog schließlich rechts ab, Richtung »Restaurant Rosenau« und dem nordöstlichen Tübinger Stadtteil Hagelloch. Links stand das Parkhaus. Im Dämmerlicht des heraufkommenden Tages leuchtete das Blaulicht eines Streifenwagens den drei Kommissaren entgegen. Es war kühl, als sie aus ihrem Wagen ausstiegen. Ein Polizeikollege, Bernd Mattes, kam ihnen entgegen. Er begrüßte alle drei mit Handschlag. Dann deutete er mit dem Daumen hinter sich, hin zum Parkhaus.

»Da drin ist das Schlamassel, ganget no nei, aber net erschrecken.«

Löffler schaute ihn fragend an.

»Ha, des sieht net schön aus. Schauet halt selber mal.«

Dann drehte er sich um und geleitete die drei zur Parkhaustür. Drinnen war es gleißend hell. Die Spurensicherung hatte Strahler aufgestellt, die auch noch die hinterste Ecke ausleuchteten. Allerdings war von dem Team nichts mehr zu sehen. Folglich waren die Spuren um den Tatort bereits sichergestellt. Löffler und seine zwei Mitarbeiter näherten sich dem Ort, an dem noch die Leiche des Ermordeten lag. Gerichtsmediziner Markus Kürner kniete neben dem Körper und hob nur kurz die Hand zum Gruß, ohne jedoch von der Leiche aufzuschauen.

»Wer ist es denn, ist das wirklich der olle Chemie-Professor Grauer?«, fragte Löffler seinen Freund Kürner.

»Für mich ist das bloß eine namenlose Leiche, mein lieber Christian«, knurrte der Mediziner in Richtung Bauchnabel des Toten, »wenn ihr Namen und Lebenslauf wissen wollt, dann fragt eure Kollegen von der Spusi.«

Löffler trat einen Schritt nach vorne und klopfte Kürner beruhigend auf die Schulter.

»Was ist los mit dir, Markus, welche Laus ist dir denn über die Leber gelaufen? Haben die Kollegen was verbockt? Oder kannst du bloß mal wieder irgendjemand nicht ab und lässt alle darunter leiden?«

Der Mediziner hielt inne. Eine Hand blieb mitten in der Luft stehen. Wie eingefroren. Das Standbild eines Gerichtsmediziners, der zu Stein wird. Dann erhob er sich langsam und stellte sich vor Löffler auf. Er überragte den eh schon groß gewachsenen Polizisten um eine Handbreit.

»Ich bin hier doch nicht der Handlanger für Polizisten in Ausbildung«, donnerte Kürner, »und ich lasse mir von solchen Hosenscheißern keine Vorschriften machen, damit das klar ist.«

Während seiner Wutrede stupfte er pausenlos mit seinem Zeigefinger gegen Löfflers Brust. Zuvor hatte er die Wunden des Toten untersucht, und das Blut, das dabei an seine Handschuhe gekommen war, fand sich jetzt in kleinen roten Pünktchen auf dem weißen Hemd Löfflers. Der zog die Hand Kürners zur Seite und drückte sie sanft nach unten.

»Was hat der Kollege denn zu dir gesagt?«

»Gesagt? Zu mir? Beleidigt hat er mich.«

»Und wie geht das? Wie kann man dich beleidigen?«

Der Mediziner schniefte. Dann zog er ein Taschentuch aus der Hose und schnäuzte sich.

»Dein junger Kollege meinte, der Tote hier sei einem Fleischermesser zum Opfer gefallen. Ich habe ihm dann zu verstehen gegeben, dass das Unsinn sei, und er solle besser den Mund halten anstatt Gerüchte in die Welt zu setzen. Da sagte der tatsächlich, ich solle mich um meinen Scheiß, ja, genau, Scheiß hat er gesagt, also darum solle ich mich kümmern, die Lösung des Falles könne ich dann ruhig denen überlassen, die Ahnung haben. – Na, was meinst du, kann ich mich darüber nicht aufregen?«

Der Hauptkommissar klopfte beruhigend auf Kürners Unterarm.

»Hast schon recht, Markus, ich weiß auch nicht, was in den Kerl gefahren ist. Komm, mach deine Arbeit, du weißt genau, wie wichtig das für mich ist. Okay?«

Kürner hatte sich wieder etwas beruhigt. Er marschierte zurück zu dem Toten, kniete sich neben ihn und fuhr mit seiner Arbeit fort. Die drei Kommissare gingen zu einer Gruppe Polizisten, die zusammen mit zwei Kollegen von der Spurensicherung an einem Betonpfeiler standen und rauchten.

»Na«, sagte Monika Berger leise zu ihrem Chef, »ist der Diva ein Zacken aus der Krone gebrochen? Hat man bei der Anrede seinen Professorentitel vergessen?«

Löffler schwieg. Er konnte sich an so manches Wortgefecht der beiden erinnern. Allerdings hatte meist seine Kollegin Berger das schlechtere Ende für sich. Sie nahm die Auseinandersetzungen mit dem Mediziner zu ernst und vor allem zu persönlich. Kürner hingegen war Kürner, persönlich nahm der solche Dinge ohnehin nicht, weil er immer nur auf sich blickte. Ihm konnte keiner was. Was andere sagten, war ihm in der Regel gleichgültig. Außer wenn man einen Tag wie heute bei ihm erwischte, dann spielte er gerne auch mal die beleidigte Leberwurst.

»Hallo Leute«, sagte Löffler zur Begrüßung in die Runde. Als die Kollegen den Kommissar sahen, ließen sie wie auf Kommando ihre Zigaretten auf den Boden fallen. Ertappte Raucher in einem Nichtraucherumfeld.

»Die können Sie nachher wieder aufheben und weiterrauchen«, sagte Löffler, und deutete auf die Kippen auf dem Boden. »Aber erst sagen Sie mir mal, was Sie bisher wissen.«

Einer der Beamten nestelte an seiner Uniform herum, dann zog er den Ausweis des Toten aus der Tasche. Er hielt ihn dem Hauptkommissar entgegen. Der nahm ihn und steckte ihn achtlos ein.

»Wir haben dich was gefragt, Kollege«, mischte sich Stammler ein, »es wäre nett, wenn wir eine Antwort bekämen.«

Der Polizist bemerkte die angespannte Stimmung. Er schaute zu seinen Kollegen links und rechts, doch die fanden ihre Schuhspitzen gerade hochinteressant und hatten für nichts anderes Zeit. Er musste sich damit abfinden, dem gesamten Tübinger Morddezernat alleine gegenüberzustehen.

»Also«, begann der Mann seinen Bericht mit leicht zittriger Stimme, »der Mann ist Professor Klaus Grauer. Er leitet, ich meine natürlich er leitete das Chemische Institut hier und war offenbar auf dem Nachhauseweg, als man ihn überfiel. Er ist erstochen worden, das ist ziemlich klar.«

»Ach ja, sind Sie denn Gerichtsmediziner?«

Der Mann schaute verwirrt.

»Nein, das nicht, aber das ist doch eindeutig. Da lag ein Messer, er hat geblutet, an dem Messer war Blut, auf dem Boden auch. Was soll da sonst passiert sein?«

Stammler schüttelte nur den Kopf.

»War Gruber gleich tot? Oder hat man ihn zuerst niedergeschlagen und anschließend erstochen? Gab es zwei Täter und zwei Messer, aber nur eins davon am Tatort? War das Parkhaus überhaupt der Tatort oder will man uns verwirren? Hat Gruber vielleicht weitere Wunden, die zum Tode führten? War der Messerstich überhaupt tödlich, oder wurde da bloß die Haut geritzt? Lebt Gruber am Ende noch und Professor Kürner wiederbelebt ihn gerade?«

Der Polizist stand mit offenem Mund vor Stammler und den beiden anderen Kommissaren. Er schaute vom einen zum anderen, so als erwarte er ein Zeichen, das ihm sagte: Aufwachen, das war bloß ein Albtraum. Aber nur drei todernste Gesichter starrten ihm entgegen. Er beschloss, sich tot zu stellen und blieb starr und steif stehen und rührte sich nicht. Löffler hatte ein Einsehen.

»Jetzt beruhigen Sie sich. Beim nächsten Mal haben wir einen besseren Start.«

Der Polizist nickte eifrig.

»Haben Sie die Familie benachrichtigt? Frau oder Kinder? Ist der Mann auf dem Boden identisch mit dem im Ausweis? Ich meine, ist es Professor Gruber, der da liegt?«

Der Polizist nickte abermals heftig. Stammler seufzte. Löffler seufzte ebenfalls und danach auch noch Berger.

»Gut«, rief Löffler, und klatschte dabei in die Hände, »so richtig weiter kommen wir hier nicht. Besuchen wir die Familie, und danach das Institut. So gegen acht, neun Uhr dürfte da Betrieb sein. Und ihr, Kollegen«, wandte er sich an die Polizisten, die noch immer ihre Schuhspitzen suchten, »befragt inzwischen jeden in der Gegend, der etwas gesehen haben könnte.«

»Wen denn?«, fragte ein Kollege, »da wohnt doch keiner.«

Stammler rollte die Augen.

»Mensch Leute«, polterte er dann los, »es gibt doch Parker hier drin. Besorgt euch deren Namen, guckt auf die Nummernschilder, fragt im umliegenden Klinikum, in der Mensa, was weiß ich. Muss man euch wirklich euren Job erklären?«

Noch immer kopfschüttelnd wandten sich die Kommissare ab und schauten bei Kürner vorbei. Der hatte seine Arbeit vor Ort abgeschlossen, und beobachtete, wie die Leiche ins Gerichtsmedizinische Institut abtransportiert wurde.

»Und was meinst du«, fragte der Hauptkommissar, »gibt es etwas Definitives, das du uns schon sagen kannst?«

Kürner nickte.

»Todesursache wird das Messer, also der Messerstich gewesen sein. Er traf ihn mitten ins Herz. So, wie die Wunde ausschaut, hat der Täter da noch mal heftig nachgestochen. Es scheint, als hätte er regelrecht in Grauers Brust herumgebohrt.«

»Du meinst, es war ein Laie, der das Herz gesucht hat, und solange mit der Waffe herumhantierte, bis er sich sicher sein konnte, dass es mit Grauer auch wirklich aus war?«

Der Mediziner nickte.

»So sehe ich das. Mal schauen, was sich noch ergibt. Komm doch am Nachmittag mal vorbei, da weiß ich mehr.«

»Heute am Nachmittag«, fragte Löffler verwundert.

Der Mediziner sah ihn verwirrt an.

»Ja, klar, warum nicht?«

»Deine Frau hat Geburtstag. Das wirst du doch nicht vergessen haben?«

Kürner wurde rot.

»Du hast es also vergessen. Mensch, Markus, ich glaube es nicht. Damit habe ich dich jetzt in der Hand, du bist erpressbar. Wenn du nicht machst, was ich will, erzähle ich deiner Frau mal was.«

»Untersteh dich«, rumpelte es aus Kürner heraus, »aber unter diesen Umständen wird es natürlich nichts mit dem Nachmittag. Am besten, ihr kommt gleich nach dem Mittagessen, dann bin ich fertig. Kommt ihr später, bin ich weg.«

Christian Löffler hörte ein gedämpftes, ganz leises Lachen hinter sich. Der Gerichtsmediziner schien es ebenfalls vernommen zu haben. Er sah an Löffler vorbei und sein Blick traf auf Monika Berger.

»Was ist denn so witzig?«, fragte Kürner.

Berger druckste herum. Nuschelte. Wollte nicht so recht heraus mit ihren Worten. Dann, endlich, konnte man sie verstehen.

»Ganz schön unprofessionell vom Herrn Professor. Erst die Arbeit, dann das Vergnügen. So arbeiten wir bei der Polizei. Wenn Sie es anders halten…«

Kürner hatte längst wieder seine Contenance gefunden. Wortgefechte waren seine Spezialität, und so stieg er freudig auf Bergers Vorwürfe ein.

»Soweit ich informiert bin«, sagte der Mediziner, und lächelte dabei höchst süffisant, »ist es mit dem Vergnügen nicht so weit her bei Ihnen. Nach der Arbeit ist bei Ihnen vor der Arbeit, nicht wahr? Haben Sie zwischenmenschliche Probleme?«

Die Kommissarin bekam rote Backen. Es schien, als hätte Kürner einen wunden Punkt bei ihr getroffen. Sie öffnete den Mund, wollte reden, aber es kam nichts heraus.

»Lassen wir das jetzt«, griff Löffler ein, »wir kümmern uns gleich mal um die Familie des Toten. Sie, Stammler, gucken sich als Erstes im Institut um. Was sagt man über Grauer? Gab es etwas, das auf sein schlimmes Ende hindeuten könnte? Sie wissen schon, Klatsch und Tratsch. Wir beide, Berger, fahren zu den Grauers. Adresse steht auf dem Ausweis.«

»Das wird ja ein böses Erwachen geben für die Frau«, sagte die Kommissarin mehr zu sich selbst.

Wo ist Papa«, fragte Jessica ihren Großvater Klaus Löffler. Der zuckte bloß mit den Schultern. Er war in die Lektüre der Tageszeitung vertieft. Das morgendliche Frühstück mit der Enkelin, die erst vor ein paar Wochen überraschend nach Tübingen gekommen war, wurde rasch zur Normalität. Das Mädchen, aufgewachsen in Hamburg, war erstaunlich unkompliziert. Welch Wunder, bei der Mutter, dachte Opa Löffler für sich. Er war nie ein Freund seiner Schwiegertochter gewesen. Zu hochnäsig, zu sehr von sich und ihrer eigenen Familie eingenommen, zu hanseatisch eben.

»Ist was passiert?«

»Ich weiß es nicht, mein Schatz«, sagte Löffler und legte die Zeitung beiseite. »Doch wenn er so früh aus dem Haus geht und seine Kommissare gleich mit, dann handelt es sich um keinen Ladendiebstahl, denke ich.«

Jessica strich sich ein Nutellabrot. Sie biss ab und die Schokocreme hing dick in ihren Mundwinkeln. Sie leckte sie nachdenklich, ganz langsam und gewissenhaft, aus.

»Glaubst du, die wollen die WG beibehalten, die ganzen Bullen? Ich meine, so ganz normal ist das nicht, das musst du zugeben, Opa.«

»Das habe ich mich ehrlich gesagt auch schon gefragt. Aber bisher läuft es ja vorzüglich. Und denk mal nach – mit so viel Polizei im Haus, sind wir sicherer als jede Bank.«

»Ja, genau, das ist gerade in Tübingen so wichtig, die Sicherheit vor Kriminellen. In diesem Höllennest an dunklen Mächten muss man immer schön über die Schulter schauen, der nächste Überfall könnte hinter einem herschleichen. Drogen, Raub und Mord. Das ist unser Alltag hier im Städtchen«, witzelte Jessica.

Klaus Löffler lachte lauthals. Die Anwesenheit seiner Enkelin hatte er vom ersten Tag an genossen. Heimlich hoffte er, sie bliebe für immer. Ausgemacht war, dass sie für ein Jahr in Tübingen zur Schule ging, dann aber wieder zurück nach Hamburg zu ihrer Mutter zog. Die war nämlich berufsbedingt mit ihrem neuen Lebenspartner für ein ganzes Jahr in die USA gereist. Seine Schwiegertochter war ihm immer schon ein Dorn im Auge gewesen. Dieses geschleckt-hanseatische aus gutem Hause. Da war er ganz Schwabe geblieben: Wenn ihm einer in Hochdeutsch kam, gab es zunächst immer eine Hürde zu überwinden. Und dann auch noch das Näselnd-hamburgische. Gut, sie war attraktiv, sehr sogar. Ihre Familie hatte Geld, sie selbst einen Uniabschluss und außerdem konnte sie sehr charmant sein. Das wiederum wollte Klaus Löffler ihr nicht so mir nichts dir nichts zugestehen. Da hatte er durchaus seinen Trotz. Kindisch zwar, aber beharrlich. Na und, dachte er dann, wenn er sich selbst dabei ertappte, viele Entscheidungen, die ich aus Trotz getroffen habe, erwiesen sich im Nachhinein als richtig.

»Und wie läuft es inzwischen in der Schule? Hast du dich an die neue Umgebung gewöhnt? Vor einer Woche wolltest du ja partout nicht in den Unterricht gehen und hast auf krank gemacht.«

Jessica lief rot an.

»Habe ich so schlecht geschauspielert? Dabei bin ich im Schultheater. Aber wenn es so ausschaut, sollte ich mich da wohl lieber zurückziehen.«

»Ich bin der Vater eines Polizisten, da hat man ein Auge für Betrug, Heimtücke, Lügen und Schulschwänzer, das kann ich dir sagen.«

Jessica starrte ihn ungläubig an. Der Großvater lachte.

»Okay, war ein Scherz. Aber ich bin auch ein Vater, und dein Vater hatte gelegentlich dieselben plötzlichen Anfälle von Unwohlsein. Vorzugsweise vor Mathearbeiten. Das prägt mich noch heute in meinem Misstrauen.«

Jessica schaute auf ihre Armbanduhr und sprang erschrocken auf. Sie verschluckte sich dabei an ihrem Nutellabrot und hustete heftig. Sie deutete zwischen zwei heftigen Hustenanfällen auf ihren Rücken. Der Herr des Hauses stand schnell auf und klopfte ihr auf den Rücken. Immer stärker hustete das Mädchen, sie stützte sich auf dem Tisch ab und schüttelte den ganzen Körper. Opa Löffler rief ihren Namen, klopfte dem Mädchen auf den Rücken, zog sie hin und her, hielt sie aber gleichzeitig fest, damit sie nicht fiel. Dann hielt er inne. Er sah ins Gesicht seiner Enkelin. Tiefrot war es angelaufen. Sie hatte Tränen in den Augen. Klaus Löffler schlug weiterhin mit der flachen Hand auf ihren Rücken.

Aber plötzlich war der Spuk vorbei. Jessica richtete sich vor Löffler Senior auf und grinste ihn frech an. Mit dem Handballen wischte sie sich einen Speichelfaden aus dem Mundwinkel.

»Na, Opa, hattest du Angst um mich? War nicht nötig, das war bloß eine Szene aus unserem neuen Theaterstück an der Schule.«

Löffler starrte seine Enkelin verwirrt an. Dann verzog er, langsam erkennend, dass er hereingelegt worden war, das Gesicht zu einem Grinsen.

»Siehst du mal«, sagte Jessica, ehe sie ihre Schultasche nahm und nach draußen verschwand, »so eine schlechte Schauspielerin bin ich dann wohl doch nicht.«

Klaus Löffler schnappte sich schnell seine Zeitung und warf sie ihr hinterher, traf aber bloß noch die Tür. Er hörte noch die Haustüre ins Schloss fallen, dann war Ruhe im Haus. Löffler bückte sich und hob seine Zeitung auf. Dann setzte er sich zurück an den Frühstückstisch. Er hielt den Atem an und lauschte. Nichts. Stille. Keine Stimmen, keine Musik, keine Schritte, einfach gar nichts. Die Haushälterin hatte heute frei. Aber auch sonst wäre sie jetzt gerade mit Aufräumen des Geschirrs und dem Reinigen der Küche beschäftigt und würde anschließend nach Hause zu ihrer eigenen Familie gehen. Die Stille wäre so und so über das große Haus gekommen. Auch das genoss der Hausherr bei all dem Trubel, den die derzeitigen Hausbewohner so mit sich brachten.

Die zwei Polizisten, einschließlich seines Sohnes, würden voraussichtlich nicht ewig hier wohnen bleiben. Das war absehbar. Und dann? Er alleine in dem großen Haus? Klar, er könnte in eine kleine Wohnung in der Innenstadt ziehen. Daran hatte er bereits vor Jahren gedacht. Nach dem Tod seiner Frau hatte er eine Penthousewohnung bei den Kliniken in der Quenstedtstraße gekauft. Das oberste Appartement in einem Terrassenhaus, mit einem Balkon rings um die ganze Wohnung. Eine tolle Anlage mit Blick bis rüber auf den Albtrauf. Aber er hatte sich nie durchringen können, das Haus wirklich aufzugeben und umzuziehen. Die Wohnung war seitdem vermietet.

Das Telefon klingelte. Klaus Löffler nahm es ab. Sein Freund Berthold Gmeiner war am anderen Ende. Nachdem Löffler aufgelegt hatte, wusste er, wieso die Polizisten in seinem Haus heute schon so früh unterwegs gewesen waren. Professor Grauer, einer der Professoren, die demnächst emeritiert wurden, und der bereits zum Fest eingeladen hatte, war tot. Ermordet. Abgelegt in einem Parkhaus. Löffler schüttelte stumm den Kopf. Wie unwürdig, dachte er, ich hoffe bloß, die Jungs und die Berger kriegen dessen Mörder schnell.

Hauptkommissar Löffler fuhr über die Doblerstraße auf den Österberg. Vorbei am Gerichtsgebäude in die Haarnadelkurve, dann weiter hoch, mitten hinein ins Villenviertel. Das waren keine leicht einsehbaren Prunkhäuser, die da oben angesiedelt waren. Sie wurden vor allem von Professoren der Uni bewohnt. Häufig waren sie von hohen Steinmauern oder Hecken umgeben. Zugang gab es meist durch ein großes Tor und eine gepflegte Auffahrt bis zum Eingangsportal. Viele Mediziner wohnten in diesem ruhigen, etwas von der Reststadt abgeschiedenen Ortsteil.

Löffler erinnerte sich zwar, vor vielen Jahren schon einmal in diesem Haus gewesen zu sein. Sein Vater hatte diesen Professor Grauer gekannt. Es war eine Veranstaltung gewesen, bei der es um Zuwendungen für Forschungsprojekte ging. Aber in dem Österberg-Wirrwarr von Hecken, Mauern, Zäunen und hohen Bäumen hätte der Hauptkommissar das niemals wieder gefunden. Mit dem Navi war es schließlich dann kein Problem. Links und rechts der Zufahrt zu Grauers Grundstück stand je ein Baum. Sie wirkten wie zwei Torwächter. Löffler stellte den Wagen am Straßenrand ab.

»Fahren wir nicht vor«, fragte seine Kollegin.

Der Kommissar schüttelte den Kopf.

»Nein, wir gehen zu Fuß, sind nur ein paar Meter. Sehen Sie«, sagte er, und deutete auf das große Haus, das durch das Gittertor zu erkennen war, »wir müssen bloß den Kiesweg hochgehen.«

Löffler drückte die Klingel, die in der Seitenpforte eingelassen war. Aus der Sprechanlage drangen kratzende Geräusche, wie von einer alten, oft gespielten Schallplatte. Dann war eine knarrende Stimme zu hören: »Ja, wer ist da?«

»Mein Name ist Christian Löffler, ich komme von der Tübinger Kripo. Wären Sie wohl so freundlich und würden mich und meine Kollegin einlassen?«

»Wieso?«

»Weil wir Ihnen etwas mitteilen müssen.«

»Das können Sie auch durch die Sprechanlage.«

Löffler schwieg einen Augenblick. Dann beugte er sich wieder nach vorne.

»Sind Sie denn Frau Grauer? Oder mit wem sprechen wir hier?«

Es knarrte in der Anlage, die Stimme kam verzerrt aus dem Lautsprecher. Für ein paar Sekunden war nichts zu hören. Dann wurde die Anlage stumm.

»Mir reicht das jetzt«, sagte Löffler, stieg auf das Tor und schwang sich darüber. Auf der anderen Seite stehend forderte er seine Kollegin mit Handzeichen auf, es ihm nachzutun. Doch Monika Berger drückte einfach die Klinke und stieß die Tür auf.

»Warum kompliziert, wenn es auch einfach geht«, sagte sie, und ging an Löffler vorbei, der ihr nach einigen Sekunden der Fassungslosigkeit folgte.

Als sie vor der großen Haustür standen, klopfte Löffler mit der Faust dagegen. Eine Klingel hatte er nicht entdecken können. Keine Reaktion.

Der Kommissar schlug ein weiteres Mal gegen die Holztür. Dann, langsam, ganz langsam, öffnete sie sich, und eine Hand wurde sichtbar. Dann ein ganzer Arm, eine Schulter und schließlich stand eine Frau vor den beiden Polizisten. Sie war vielleicht sechzig Jahre alt, vielleicht auch etwas älter. Sie sah die beiden Kommissare mit einer Mischung aus Neugierde und Argwohn an.

»Wie kommen Sie vor meine Haustür? Ich habe das große Tor nicht geöffnet.«

»Es hat auf ein dezentes ‚Sesam öffne dich' reagiert. Ein alter arabischer Zaubertrick«, sagte Monika Berger schmunzelnd.

Die Frau sah die beiden misstrauisch an, machte aber keinerlei Anstalten, sie ins Haus zu lassen. Trotz ihrer relativ geringen Körpergröße, sie war kaum über einssechzig groß, stellte sie sich ihren Besuchern mutig in den Weg. So standen sich beide Parteien eine Weile stumm gegenüber.

»Das hat so keinen Sinn«, ergriff schließlich Monika Berger das Wort, und trat einen Schritt auf die kleine Frau zu.

»Ich habe keine Ahnung, warum Sie die Kripo nicht in Ihr Haus lassen wollen. Vielleicht wollen Sie ja ihren schmutzigen Abwasch verbergen oder Ihr Liebhaber versteckt sich in einem Ihrer Badezimmer. Ist uns egal. Entweder sagen wir Ihnen jetzt sofort hier draußen, warum wir hergekommen sind, oder wir gehen rein, wie es der Sache angemessen wäre. Also was ist nun?«

Die Frau dachte einen Moment nach. Dann trat sie zur Seite und ließ die beiden Polizisten ins Haus. Sie seufzte leise, gleichsam gottergeben dazu. Dann ging sie voraus in ein großes, helles Zimmer, hinter dessen Glaswand ein großer Garten zu sehen war. Mitten in der Anlage befand sich ein kleiner Springbrunnen mit glänzenden Putten, aus deren Köpfen Wasserfontänen spritzten.

»So«, sagte die Frau, »und was gibt es denn jetzt so Wichtiges?«

»Wo ist denn Ihr Mann?«

Die Frau sah den Hauptkommissar misstrauisch an.

»Ist das eine Fangfrage«, fragte sie schließlich, »brauche ich unseren Anwalt, ehe ich weiterrede? Wollen Sie oder sonst jemand meinem Mann etwas anhängen?«

Löffler schüttelte den Kopf.

»Nein, keine Fangfrage, überhaupt nichts dergleichen. Eine einfache Frage. Wollen Sie mir antworten?«

Die Frau seufzte vor sich hin.

»Na, gut«, sagte sie dann, »wenn es denn sein muss. Er wird noch in seinem Zimmer im Bett sein. Wenn er so wie gestern spät nachts heimkommt, schläft er meist in seinem eigenen Zimmer, um mich nicht zu wecken. Denn wenn ich einmal wach bin, schlafe ich schlecht wieder ein. Grausam, glauben Sie mir, Herr Polizist. Kennen Sie das auch? Dann steht man am Morgen auf...«

»Verzeihen Sie, dass ich Sie unterbreche«, sagte Christian Löffler, »aber Sie sollten wissen, dass Ihr Mann nicht in seinem Zimmer sein kann. Denn er wurde heute Morgen tot in der Tiefgarage neben seinem Auto gefunden. Es tut uns sehr leid.«

Die Frau starrte die beiden Polizisten an. Beide senkten nach einer Weile den Blick. Lange sprach niemand ein Wort. Dann bewegte sich Frau Grauer langsam zu einem Sessel, ließ sich in ihn gleiten und schaute auf die Gartenanlage mit dem Brunnen. Monika Berger stieß Löffler an. Sie deutete auf die Frau. Der Kommissar hob ratlos die Schultern. Schließlich ging Berger langsam zu ihr hin. Sie setzte sich auf die Armlehne des Sessels und berührte die Frau leicht an der Schulter. Die ließ sie gewähren. Rührte sich aber nicht. Minuten lang war in dem Raum nichts zu hören außer der Atem von drei Menschen.

»Wie ist es passiert?«, fragte die Frau irgendwann in die Stille, und drehte dabei ihren Kopf zu Monika Berger.

»Es war nicht seine Schuld, ich meine, er ist nicht einfach so gestorben, also Ihr Mann.«

Die Kommissarin sah sich Hilfe suchend nach Löffler um. Der trat neben die Frau und legte ihr von der anderen Seite einen Arm auf die Schulter.

»Es tut uns leid, Frau Grauer, aber man hat Ihren Mann ermordet. Jemand hat ihn heute Nacht, vermutlich wollte er gerade in seinen Wagen steigen, um nach Hause zu fahren – also, jemand hat ihn getötet. Bisher haben wir noch keine Ahnung, was genau geschehen ist.«

»Das ist doch Unsinn«, sagte die Frau, mehr zu sich selbst als zu ihren Besuchern, »warum sollte man einen alten Mann töten? Zumal er kurz vor seiner Emeritierung stand.«

»Das fragen wir uns natürlich auch«, meinte Berger, »und deshalb sind wir hier bei Ihnen. Vielleicht können Sie uns ja weiterhelfen. Sie wissen schon – hatte er einen besonderen Feind, gab es Drohungen, haben Sie irgendetwas bemerkt, ist Ihnen etwas aufgefallen in den letzten Tagen oder Wochen?«

Die Frau schaute nach draußen in den Garten. Mit ihrer Hand strich sie sich über das Gesicht. So, als wäre sie müde, und versuchte, sich noch eine Weile wach zu halten. Dann drehte sie sich zur Seite und schaute zu Monika Berger hin.

»Sie hätten ihm bestimmt gefallen«, sagte sie dann, »er mochte große Frauen mit langen Haaren. Er hat sie gerne angeschaut und mit ihnen geflirtet. Für einen Chemieprofessor konnte er ganz schön witzig sein, glauben Sie mir.«

Berger schwieg und wartete.

»Jetzt bleibt nichts von ihm übrig«, fuhr die Frau nach einer Weile fort, »nicht mal emeritiert hatte man ihn. Keine Kinder, keine Emeritierung, nicht mal einen Baum im Garten da draußen haben wir selbst gepflanzt. Scheißleben, würde man jetzt sagen, wenn man solche Ausdrücke in den Mund nähme. Ich bleib hier alleine zurück. Nein – mir ist nichts aufgefallen, alles war wie sonst auch. Nur, dass er neulich mal im Bett zu mir herüberkroch und mich berührte wie früher, als wir noch jung waren. Das liege an der Emeritierung, hat er gesagt, wenn er daran denke und auch, dass wir dann endlich frei wären von allen Verpflichtungen, dann fühle er sich gleich 30 Jahre jünger.«

Weder Berger noch Löffler fiel dazu etwas ein. Stille senkte sich wieder über den Raum. Berger war die Erste, die das nicht mehr aushielt.

»Sagen Sie, Frau Grauer«, begann sie von Neuem, »wann haben Sie Ihren Mann das letzte Mal gesehen? Ich meine, ich will Sie jetzt nicht belästigen, aber wir sollten das schon wissen, immerhin wollen wir einen Mörder fangen. Wenn Ihnen das recht ist.«

»Oh, klar ist mir das recht, fangen Sie ihn ruhig. Ist ja auch Ihr Job, nicht wahr? Also, gesehen habe ich ihn gestern Morgen, ehe er ins Institut ging. Wir haben gemeinsam gefrühstückt. Wie immer. Er hat gesagt, er komme spät zurück, weil er irgendwelche Unterlagen abarbeiten müsse. Etwas mit Fördergeldern. Das hat er gehasst, diesen Bürokratenmist. Aber es blieb immer an ihm hängen. Tja, und das war es dann. Und jetzt höre ich, dass er tot ist. Aber sagen Sie«, fing sie dann plötzlich an, »sollen wir nicht nachschauen, ob er nicht doch im Gästezimmer liegt? Immerhin könnten Sie sich auch täuschen. Ist das nicht möglich?«

»Nein«, schüttelte Löffler den Kopf, »ich kenne Ihren Mann, und was ich gesehen habe, stimmt mit dem Mann überein, den ich als Professor Grauer kennengelernt habe.«

»Schade. Aber einen Versuch war es wert, oder?«

Dann schien ihr etwas einzufallen.

»Sagen Sie mal, Herr Kommissar, wo hat man ihn eigentlich getötet? Und wie?«

Berger schaute zu Löffler. Der nickte ihr zu.

»Man hat ihren Mann im Parkhaus oben am Institut getötet«, sagte die Kommissarin. »Genaueres wissen wir noch nicht. Aber man hat ihn wahrscheinlich erstochen.«

Die Frau schlug die Hände vor das Gesicht. So blieb sie eine Weile sitzen. Nach ein paar Minuten näherte sich Löffler, um nachzuschauen, ob sie noch atmete.

»Ich glaube«, sagte Löffler dann, »wir lassen Sie jetzt erstmal alleine. Kann ich jemanden vorbeischicken? Brauchen Sie Hilfe, soll ich jemanden anrufen? Sie können doch jetzt nicht alleine bleiben.«

Die Frau lachte tonlos vor sich hin.

»Doch, kann ich, das war ich in den letzten Jahren ohnehin meistens. Ich habe Nachbarn und Freunde, keine Angst. Die hole ich her und weine sie voll und belästige sie mit schönen Erinnerungen an meinen Mann und beklage mich über seine weniger angenehmen Züge. Das nennt man dann angemessene Trauer. – Sie finden alleine hinaus, oder?«

Monika Berger schaute zu Löffler. Der nickte ihr zu, dann verließen beide das Zimmer und machten sich auf den Weg nach draußen. Erst als beide im Auto saßen, sprachen sie wieder.

»Es wird nie besser. Es ändert sich auch niemals. Nichts hasse ich mehr, als diese Nachricht zu überbringen. Es ist das Endgültige, das so erschütternd ist. Du sagst etwas, du berichtest von einem Ende, das durch keine Macht der Welt jemals korrigiert werden kann.«

»Vielleicht ist es die Hilflosigkeit davor«, sagte Berger, »vor dieser Dunkelheit. Dass man der Überbringer einer Nachricht ist, die manchen Menschen buchstäblich das Herz herausreißt. Und man steht daneben, und kann bloß zuschauen und sehen, dass man so schnell wie möglich wieder verschwindet.«

»Oder noch schlimmer: man wartet darauf, bis die Tränen trocknen, und dann beginnt man seine Fragen zu stellen. Furchtbar. Lassen Sie uns nach Hause fahren.«

»Nach Hause?«

»Ins Präsidium.«

»Genau. Das meinte ich ja.«

Als die beiden ins Präsidium kamen, hatte Stammler bereits die ersten Ergebnisse der Befragungen der Kollegen auf dem Tisch. Sie hatten Anlieger, Institutsangestellte und Mitarbeiter aus den umliegenden Kliniken und dem Botanischen Garten gefragt, ob diesen etwas Außergewöhnliches aufgefallen sei in der zurückliegenden Nacht oder dem frühen Morgen. Das Resultat war vernichtend. Es gab nicht das Geringste, das verwertbar gewesen wäre. Das vor allem aus einem Grund: Um diese Uhrzeit war buchstäblich niemand unterwegs. Die Morgenstelle, wie das Gebiet hieß, war um diese Zeit eh ausgestorben. Wer nicht gerade im Parkhaus seinen Wagen abgestellt hatte, hatte keinerlei Grund, sich hier aufzuhalten. Die Angestellten der Kliniken hatten ihre eigenen Parkhäuser. Damit fielen Nachtdienst schiebende Ärzte oder Krankenpfleger und Krankenschwestern als zufällige Zeugen der Tat schon mal aus. Damit blieb nicht mehr viel übrig.

Stammler hatte den Computer Grauers untersucht. Der hatte seinen Rechner kurz nach Mitternacht abgeschaltet. Die Kamera im Eingangsbereich des Instituts hatte den Professor aufgezeichnet, als er gegen Viertel nach ein Uhr nachts das Gebäude verlassen hatte. Außer ihm war niemand auf der Aufzeichnung zu sehen gewesen. Was aber nicht viel zu bedeuten hatte. Wer ungesehen das Institut verlassen wollte, konnte einen unbewachten Hinterausgang oder einfach ein Fenster im Erdgeschoss benutzen.

»Wir sind keine Festungsanlage«, hatte der Hausmeister zu Stammler gesagt. »Wenn es hier geheime Forschungen gibt, dann sind die Labors abgeschlossen, aber der Rest des Gebäudes ist frei zugänglich.«

»Was für geheime Forschung gibt es denn?«

»Die Wissenschaftler hier haben das Geheimnis des ewigen Lebens gelöst. Nächste Woche können Sie das Medikament in der Adler-Apotheke in Lustnau kaufen. Ist aber nicht ganz billig.«

»Verarschen kann ich mich selbst. Wenn Sie mir noch mal so blöd daherkommen, führen wir dieses Gespräch auf dem Präsidium. Damit das klar ist.«

Der Mann hob abwehrend die Hände.

»Ist schon gut. Ich wollte bloß mal einen Witz machen. Ist doch so traurig hier, wenn einer der Profs hingemetzelt wird. Da muss man sich erst mal dran gewöhnen. Ich meine, nicht gerade gewöhnen, nicht im Sinne von, dass es noch mal, ach, Sie wissen schon, wie ich das meine.«

Stammler hatte abgewunken. Er hatte keine Lust auf kleine Scharmützel gehabt, die bloß Zeit kosteten und nichts einbrachten.

»Fakt jedenfalls ist«, sagte er zu Löffler bei der Lagebesprechung, »dass jeder reingehen und rauskommen konnte, ohne gesehen zu werden.«

»Zumal ja die ganze Sache nichts mit dem Institut zu tun haben muss«, warf Berger ein.

»Der Tote wurde im Parkhaus gefunden, vermutlich auch dort getötet. Und das ist immerhin etliche Hundert Meter vom Institut entfernt.«

»Seine Brieftasche war in seiner Tasche, es fehlt kein Geld, seine Uhr ist noch am Handgelenk, sogar seine Mappe mit Unterlagen und Aufzeichnungen lag neben ihm. Also eins ist mal klar, Raubmord war das keiner.«

Die drei schwiegen eine Weile. Jeder versuchte, sich seinen eigenen Reim auf die bisherigen, mageren Resultate zu machen.

»Wenn das so ist«, begann Berger, »dann hat es sich um etwas Persönliches gehandelt. Oder es war eine ungeplante, spontane Tat, bei der Grauer einfach zur falschen Zeit am falschen Ort war.«

»Damit«, sagte Löffler, und grinste dazu, »hätten wir so ziemlich alle Mordmotive ausgeschöpft. Außer vielleicht Mord aus Leidenschaft. Aber wer weiß, lasst uns doch mal rumfragen, ob der tote Professor eine besondere innige Beziehung zu einer Kollegin hatte.«

»In dem Alter?«

»Alter schützt vor Erotik nicht.«

Stammler seufzte betont auffällig.

»Okay, wir haben keine Spur, keine Ahnung, keine Richtung und keinen einzigen Verdächtigen. Aber eine Leiche, die haben wir.«

Löffler erhob sich abrupt aus seinem Stuhl. Sie hatten sich alle in seinem Büro versammelt. Ihre Kollegin Heim war im Urlaub. Normalerweise war sie für die Zusammenstellung der Daten zu einzelnen Personen zuständig. Jetzt blieb es an den Kommissaren hängen.

»Also Leute, machen wir unsere Hausaufgaben. Stammler, Sie suchen alles zusammen, was Sie zu Klaus Gruber, dem Professor, finden. Und wir, Kommissarin Berger, fahren in die Patho zu Kürner.«

»Nein, da gehe ich nicht mit. Ich habe den Mann heute schon mal gesehen, und einmal innerhalb von vierundzwanzig Stunden reicht mir.«

Sie stampfte mit dem Fuß auf. Ihr Gesicht war gerötet, und sie hatte die Hände zu Fäusten geballt. Löffler trat einen Schritt zurück.

»Ist ja schon gut«, sagte er beschwichtigend, »dann fahre ich eben alleine. Das sollte halt schnell gehen, sonst ist der gute Mann zu Hause beim Geburtstag seiner Frau.«

»Sind Sie da nicht auch eingeladen?«

»Bin ich. Und ich gehe da nachher auch hin. Das Geschenk fahre ich seit Tagen im Auto spazieren. – Jedenfalls mache ich den Besuch bei ihm alleine. Sie fahren dafür ins Institut hoch. Jetzt müssten die Leute dort am Arbeiten sein. Reden Sie mal mit Ihnen, mit den Kollegen, den Mitarbeiterinnen, der Sekretärin, was weiß ich, mit allen halt. Schauen Sie, ob es da einen Anhaltspunkt für den Mord gibt. Wühlen Sie rum, irgendetwas gibt es immer. Wir als Polizisten wissen das doch, nicht wahr?«

Dann grinste er sie an und verließ das Präsidium.

Stammler saß bereits am Computer und suchte die Daten zu Gruber zusammen. Berger trat hinter ihn und schaute ihm über die Schulter. Eine Weile blieb sie so stehen, ohne etwas zu sagen. Schließlich drehte Stammler sich zu ihr um.

»Also, was gibt es? Wenn du so rumstehst, dann willst du doch irgendwas loswerden. Bringen wir es hinter uns, dann können wir beide in Ruhe weiterarbeiten.«

Die Kommissarin setzte sich auf den Stuhl neben Stammler.

»Ich wollte dir bloß sagen, was meinst du dazu, also ich war bei einem Makler. Ich suche eine Wohnung. Ich muss endlich wieder auf eigenen Beinen stehen. Das fängt mit einer Wohnung an. Deshalb will ich wieder alleine wohnen.«

Der Kollege sah sie mit großen Augen an.

»Ausziehen? Aus der Villa? Weg von den Löfflers? Ohne Pool, ohne Haushälterin, ohne Sauna, ohne Garten und ohne morgendliche Ansprache bei heißen Croissants in den Tag starten? Kommt für mich nicht infrage. Und dich verstehe ich nicht.«

»Pah, typisch Mann. Immer zurück zu Hotel Mama. Und wenn es nicht die Eigene ist, dann eben ein Ersatz. Ich als Frau, ich brauche Eigenverantwortung und Selbstständigkeit, da spürt man sich doch gleich ganz anders.«

»Und ich brauche einen Pool, eine Putzhilfe und einen Gärtner, außerdem jemanden, der mein Frühstück zubereitet und meine Wäsche macht. Scheiß auf Selbstständigkeit. Die bedeutet nur unnötige Arbeit. Davon habe ich auch ohne Haushalt genug jeden Tag hier im Büro. Da spüre ich mich auch deutlich, wenn ich abends todmüde ins frisch gemachte Bett falle.«

Berger winkte resigniert ab und stand auf.

»Ich wusste ja, dass du das nicht verstehst. Jedenfalls schaue ich, dass ich aus Lustnau wegkomme. Ich wollte bloß, dass du Bescheid weißt, wenn ich plötzlich verschwunden bin.«

Damit drehte sie sich um und ging.

»Na, tschüss kannst du ja noch sagen, wenn es so weit ist«, rief Stammler ihr nach. Dann widmete er sich wieder der Ausforschung des Lebens des Toten.

Hauptkommissar Christian Löffler fröstelte jedes Mal, wenn er seinen Freund Markus Kürner, den Gerichtsmediziner, in dessen »Werkstatt« besuchte. Dieser Bezeichnung für seine Arbeitsstätte stammte von Kürner selbst. Und das Frösteln kam nicht vom Anblick, der sich Löffler häufig bot, wenn er eintrat. Das Frösteln kam daher, dass es in den Räumen saukalt war, in denen der Mediziner seine Arbeit verrichtete.

»Kommst grad noch rechtzeitig«, empfing ihn Kürner. Er packte eben seine Instrumente zusammen. Vor ihm lag ein zugedeckter Körper. Löffler stellte sich auf die andere Seite der Liege, während Kürner seine Gummihandschuhe auszog.

»Ich fahre gleich nach Hause, Geburtstag feiern«, sagte er, »du wirst dort übrigens auch erwartet.«

»Weiß ich. Aber erst mal die Arbeit. Hast du was für mich?«

»Du hast es aber eilig. Ich vermute mal, ihr alle tappt gewaltig im Dunkeln. Keine Spuren, keine Verdächtigen, ihr wisst nicht, wie es weitergehen soll, keiner kann...«

»Markus! Es ist gut, ich habe dich verstanden. Können wir jetzt zum Thema kommen?«

Kürner grinste vor sich hin. Sein Tag war gerettet. Es war immer ein gelungener Tag, wenn er seinen alten Freund ärgern konnte, weil der immer so tough und unbeirrbar auftrat.

»Na schön«, gab er sich milde, »schauen wir, was wir haben. Todesursache ist eindeutig der Messerstich. Ein Stich, exakt ins Herz. Entweder war der Täter ein Fachmann ....«

»... also ein Arzt?«

»... ein Fachmann, vielleicht ein Arzt oder Auftragskiller, oder er hatte mächtig Glück, dass er so präzise traf. Exitus sofortikus. Das Nachgestochere hätte sich der Täter jedenfalls sparen können.«

»Uhrzeit?«

Der Gerichtsmediziner wog den Kopf hin und her.

»Nun ja, so genau kann ich es jetzt noch nicht sagen. Ich denke mal, es muss elf Minuten nach Mitternacht gewesen sein. Sekunden kann ich nicht exakt bestimmen. Zufrieden?«

»Wenn du mir noch einen weiteren kleinen Anhaltspunkt gibst, dann verlasse ich diesen Raum der Trauer, der tiefen und endgültigen Dunkelheit, mit einem wohligen Gefühl des Erfolges.«

»Was ist denn das für eine blumenreiche Sprache? Schreibst du inzwischen heimliche zu Hause Gedichte? Oder in deinem Büro im Präsidium, wenn grade mal keine Leichen gefunden werden?«

»Nun sag schon, gibt es noch was?«

Kürner zögerte einen Moment.

»Na schön, aber alles noch ohne Gewähr. Ich muss erst noch ein paar Untersuchungen machen. Das geht hier nicht. Nur eine grobe Analyse kann ich dir geben, ist aber mit Vorsicht zu genießen. Bist du bereit?«

Löffler nickte.

»Der Tote hatte einen chemischen Stoff an seinen Fingern. Sehr intensiv, deshalb ist es mir auch gleich aufgefallen. Es hat mich förmlich angestrahlt. Ich habe meinen Assistenten gebeten, mal zu analysieren, was das sein könnte. Nach unserer bescheidenen Meinung, also ohne die großen Analysegeräte, war das Methamphetamin an seinen Fingern.«

»Methamphetamin? Was soll das sein?«

»So was wie eine Aufputschdroge. Ihr solltet mal rausfinden, ob der gute Herr Professor es mit den Drogen hatte. Immerhin ist er Chemiker, da baut man sich seine eigenen kleinen Fröhlichmacher zusammen.«

Der Hauptkommissar dachte nach. Dann schlug er die Decke zurück, unter der der Tote lag. Es war Grauer. Löffler griff nach der Hand der Leiche. Er zog die Finger dicht an seine Augen und schnüffelte sogar an den Kuppen. Tatsächlich leuchteten die Finger silbern, so, als habe er in Diamanten gewühlt und deren Staub hätte sich auf seine Haut gelegt.

»Aber noch überraschender ist etwas anderes.«

Löffler legte die Hand zurück und deckte den Körper wieder zu.

»Was denn noch? Ich werde mit Erkenntnissen geradezu überschwemmt heute. Na, dann mal los, kläre mich auf.«

»Beim Einstichloch in den Körper konnte man ebenfalls kleine kristalline Teilchen sehen. Die haben sich auf der Außenhaut abgelagert, wurden quasi abgestreift, als das Messer eindrang. Was sagst du nun?«

»Ich? Ich sage gar nichts. Deine Meinung will ich wissen.«

Kürner zog seinen weißen Arztmantel aus und legte ihn über den toten Grauer. Dann zog er einen Kamm aus seiner Tasche und kämmte sich die Haare. Der Polizist kannte das von seinem Freund. Um seine Gedanken zu ordnen, musste er sich an anderer Stelle bewegen.

»Wenn du mich schon zum Spekulieren nötigst: Ehe wir wissen, ob sich etwas von dem Amphetamin in seinem Blut befindet, ist auf jeden Fall sicher, dass er es berührt hat. Das Messer kam ebenfalls damit in Berührung. Daraus schließe ich, dass mit dem Messer, mit dem er ermordet wurde, zuvor bereits kristallines Amphetamin geschnitten wurde. Oder sonst wie in Berührung kam. Vermutlich im Labor des Instituts. Entweder hat Grauer das selbst gemacht, oder ein anderer. Jedenfalls hat dieser oder diese andere das Messer in die Finger gekriegt, und den Professor damit erstochen. Denn eins ist mal klar – Suizid war das keiner.«

»Und jetzt«, fragte Löffler etwas ratlos.

»Keine Ahnung. Ich übergebe an den Polizisten. Das ist jetzt deine Sache. Zieh die richtigen Schlüsse. Ich jedenfalls mache mich auf den Weg nach Hause. Die Blutuntersuchungen des Toten laufen, wenn es Ergebnisse gibt, wirst du angerufen. Bis später.«

Damit verschwand der Gerichtsmediziner und ließ Löffler alleine zurück.

Der war zum ersten Mal alleine in dem kühlen Raum der Gerichtsmedizin. Er schaute sich um. Das alles erinnerte ihn eher an eine Folterkammer, als an einen wissenschaftlichen Arbeitsplatz. Er fragte sich, wie der lebenslustige Markus Kürner es aushielt, jeden Tag hierherzukommen und seinen Job zu machen. Na schön, nicht jeden Tag. Er war auch Professor an der Uni, hielt da Vorlesungen und leitete Seminare. Trotzdem, so richtig passte das nicht zu ihm. Aber egal, seufzte Löffler vor sich hin, das war seine Entscheidung. Und für die Kripo war das gut, denn mit ihm hatten sie immerhin die absolute Koryphäe auf diesem Gebiet als ihren Partner.

Der Hauptkommissar verließ den Raum. Draußen erwartete ihn strahlender Sonnenschein. Aber so richtig bessern wollte seine Laune sich nicht. Der Fall war noch vollkommen undurchsichtig. Es war wirklich mal an der Zeit, den Toten, seinen Arbeitsplatz und die Menschen um ihn herum zu durchleuchten.

Monika Berger saß im Chemischen Institut Professor Franz Reihle gegenüber. Sie musste zugeben, dass diese Professoren- und Doktorentitel sie noch immer manchmal verunsicherten. Dabei, so wehrte sie sich in solchen

Fällen gegen diesen kleinen Anflug von Demut diesen Menschen gegenüber, war sie doch in ihrer Stadt mit solchen Titeln aufgewachsen. »Wo man steht und geht ist schon ein Professorchen«, hieß es immer in der Unterstadt, aus der ihre Familie stammte. So machten auch seit Generationen die sogenannten Besenwirtschaften Werbung für ihren Ausschank: Da sitzt der Handwerker neben dem Professor und die Verkäuferin zwischen zwei Studenten. Und alle mögen sich. Geglaubt hatte sie zwar nie an diese Variante der klassenlosen Gesellschaft. Aber zumindest klang es irgendwie liberal und passte zum Image Tübingens. Aber da die Hölderlinstadt inzwischen über Bürgerinitiativen, Leserbriefe und Rathauspolitik ohnehin vom Bildungsbürgertum beherrscht wurde, spielte diese pseudoliberale Seite kaum mehr eine gesellschaftliche Rolle.

Dieser Herr Reihle war einer aus der Sparte »Vorzeigeprofessor.« Etwas arrogant, etwas verwirrt, etwas außerhalb des profanen Lebens stehend und dazu noch etwas selbstverliebt. Aber nett, das schon. Er war der Stellvertreter Grauers, musste also vorübergehend die Funktion des Leiters des Chemischen Instituts übernehmen. Vermutlich hatte er damit nicht mehr gerechnet, war er doch fast ebenso alt wie Grauer und stand vermutlich gleichfalls kurz vor der Emeritierung.

»Ein schwerer Schlag«, sagte er zu Berger betrübt.

Dann schwiegen beide eine Weile. Im Gedenken an den Verstorbenen.

»Sie werden verstehen, Herr Professor«, beendete Berger schließlich die Stille, »dass wir uns im Umfeld des Toten bewegen müssen, um unsere Arbeit gewissenhaft zu erledigen.«

Was für ein Satz, dachte Berger bei sich, so einen schaffe ich bloß, wenn ein Prof vor mir sitzt. Huldvoll nickte Reihle.

»Und deshalb frage ich Sie jetzt, ob Ihnen spontan etwas einfällt, was mit dem Tod Ihres Kollegen zusammenhängen könnte. Also zum Beispiel, ob Ihnen in den letzten Tagen etwas an ihm aufgefallen ist, was ungewöhnlich war.«

Gnädig schüttelte Reihle den Kopf.

»Oder ob er Ihnen etwas anvertraut hat, was mit seinem Tod zusammenhängen könnte.«

Wieder schüttelte er den Kopf.

»Waren Sie beide denn befreundet?«

Reihle nickte erst, hielt aber unterwegs an und schüttelte dann verneinend das Professorenhaupt.

»Aber natürlich dürfen Sie sich auch äußern, wenn Sie wollen. Ich meine: laut äußern. Wir sind unter uns, wir stören niemanden.«

Der Professor zog eine Augenbraue nach oben. Das konnte allerhand bedeuten. Berger interpretierte es als Unverständnis. Oder bestenfalls als Einverständnis, ab jetzt die Stimme zu benutzen.

»Gab es denn jemanden, der im Streit mit Professor Grauer lag? Jemanden aus dem Institut, meine ich? Also, einen richtigen Feind, sozusagen. Fällt Ihnen da jemand ein?«

Der Professor nickte, aber dann, als sei ihm gerade erst eingefallen, dass er eine Stimme hatte, sagte er: »Nein, da gibt es keinen.«

»Woran arbeitete Herr Grauer denn?«

Wieder zog Reihle die Augenbraue nach oben.

»Arbeiten? Woran? Na ja, er arbeitete eigentlich an nichts. Ich meine, er arbeitete schon, aber das war mehr Verwaltung, Bürokratenkram. Sponsorengespräche. Finanzierungen von Forschungen. Wenn Sie das Arbeit nennen – damit war er die letzten Jahre beschäftigt.«

»Wer wird denn sein Nachfolger? Sie?«

Jetzt lachte der Professor leise vor sich hin. Es sah irgendwie traurig aus, dieses Lächeln, dachte Berger.

»Nein, ich nicht, dazu bin ich zu alt. Vermutlich irgendeiner von außerhalb. Solche Positionen werden häufig von Leuten besetzt, die von anderen Universitäten kommen. Ich bin ja nur unwesentlich jünger als Grauer, da hätte es keinen Sinn gemacht, dass ich ihm nachfolge.«

»Hatte er Schwerpunkte, für die er sich einsetzte? Ein spezielles Projekt? Eine Gruppe, für die er um eine Finanzierung kämpfte? Gab es so etwas?«

Reihle strich sich über die Lippen.

»In der Tat, da haben Sie richtig geraten, junge Frau.«

Junge Frau, dachte die Polizistin, das habe ich ja noch nie gehört. Alte Garde, da werden solche Ausdrücke noch verwendet. Aber schön anhören tut es sich nicht. Irgendwie ... gönnerhaft.

»Na, dann erzählen Sie mal. Was für Leute sind das denn? Und worum geht es bei dem Projekt überhaupt?«

Der Professor rückte sich in seinem Stuhl gerade. Aufrecht saß er vor der Kommissarin und beugte sich ihr dann leicht entgegen.

»Es sind drei Doktoranden, die zusammenarbeiten. Woran? Nun, ich kann mir vorstellen, dass Sie das nicht verstehen werden. Oder haben Sie Chemie studiert? – Aber lassen wir das. Die drei Herrschaften sind ohnehin im Haus, reden Sie mit ihnen selbst darüber. Ich lasse sie gerne von meiner Sekretärin zu ihnen bringen. Oder haben Sie noch Fragen an mich?«

»Ja, habe ich. Wann haben Sie den Professor denn zum letzten Mal gesehen?«

»Gestern war das. Gestern Abend, ehe ich das Institut verlassen habe. Ich war noch schnell in seinem Büro und habe ihn etwas gefragt. Das war so gegen achtzehn Uhr.«

»Und was hat er da gemacht?«

»Oh, ich habe ihn geweckt. Er hat ein kleines Nickerchen gemacht. Das tat er manchmal, wenn er zu lange gearbeitet hat.«

»Hat er Ihnen gesagt, was er noch vorhat? Ich meine, er verließ das Institut vermutlich erst gegen Mitternacht. So die bisherige Schätzung.«

Reihle erhob sich.

»Nein, darüber haben wir nicht gesprochen. – Kommen Sie, ich bringe Sie zu meiner Sekretärin.«

Monika Berger folgte dem Professor ins Vorzimmer. Dort saß eine etwa vierzigjährige Frau vor einem Computerbildschirm. Über dem dichten Haarschopf trug sie ein paar Kopfhörer. Sie bemerkte nicht, dass die beiden eintraten. Als der Professor von hinten an sie herantrat und sie leicht an der Schulter berührte, zuckte sie zusammen. Sie riss sich die Kopfhörer herunter und starrte entsetzt auf den Mann hinter ihr.

»Mein Gott, hend Sie mi aber erschreckt«, schrie sie Reihle an. »Upps, bin ich laut, das machen die Kopfhörer. Dass Sie aber au so plötzlich em Raum send, Herr Professor, damit han i net gerechnet. Was wollet Se denn?«

Reihle deutete auf die Polizistin.

»Die Dame hier möchte zur Promotionsverbundgruppe Grauer. Wären Sie wohl so freundlich, und zeigen ihr den Weg?«

Die Frau legte die Kopfhörer auf den Schreibtisch, erhob sich und gab Berger die Hand.

»Grüß Gott, i ben die Frau Bürker.«

»Berger«, antwortet die verdutzte Kommissarin, und schüttelte die Hand der Frau.

»Kommet Se, gehen wir zu denne junge Leut ens Labor. Wahrscheinlich isch dort ziemlich schlechte Stimmung, nach dem was dem Professor passiert isch.«

Die Frau ging voraus, Berger folgte.

»Was haben Sie denn gehört, als der Professor Sie so unsanft gestört hat? Gesprächsprotokolle waren das nicht, oder?«

Frau Bürker drehte sich zu der Kommissarin um und grinste sie an.

»Nein, natürlich net. I han Musik ghört, in aller Ruhe. Normalerweise kommt ja auch koiner, deswegen bin i au so erschrocke.«

»Was haben Sie denn gehört? Wenn ich fragen darf.«

Sie grinste.

»Ha, Helene Fischer natürlich. Ich war neulich bei einem Konzert von der. Jetzt bin ich vom Hardrock zur Fischer gewechselt. Die isch einfach schöner als so a paar Dreckbären mit ihre Tätowierungen, oder net?«

Berger lachte. Sie hatte schon mitbekommen, dass alle auf die schöne Helene standen. Spätestens nach ihrem Auftritt in Berlin mit der Weltmeistermannschaft war sie salonfähig geworden. Klar, wer mit Schweinsteiger und Co. den Gaucho tanzte, der hatte es leicht mit den Fans. Bürker stieß eine Tür auf und ließ die Polizistin eintreten. Es handelte sich dabei um eine Art Büro, wobei eine lang gezogene Glasscheibe an der Längsseite des Raumes den Blick in ein Labor freigab. Um einen Tisch herum saßen zwei junge Männer und eine Frau. Alle drei trugen weiße Mäntel. Wie beim Ärztekongress, dachte Berger.

»Grüß Gott, die Herrschaften«, polterte die Sekretärin gleich los, »hier isch die Polizei. Das isch die Frau Berger, Berger wie Bürker, bloß ohne ü und k.«

Sie schaute sich im Kreis um, und als niemand lachte, seufzte sie laut vor sich hin.

»Chemiker halt«, sagte sie dann, »koin Sinn für Humor. Also, ich lass Sie jetzt alleine mit dene, vorstellen könnet die sich selber. Machte ses guat, Frau Kommissarin.«

Und draußen war sie wieder, auf dem Rückweg zu Helene Fischer.

Der Mann, der ganz vorne saß, schob einen Stuhl zu Berger hin. Die setzte sich darauf und saß allen drei frontal gegenüber. Wie in einer Prüfung. Antworten, so dachte die Kommissarin, werden aber von den Dreien erwartet.

»Also«, begann Berger klassisch, »Sie alle wissen inzwischen, was passiert ist. Nehme ich an.«

Stumm nickten die drei.

»Und Sie drei sind die Forschungsgruppe, die Professor Grauer betreut hat, richtig?«

Wieder ein stummes Nicken.

»Wie wäre es, wenn Sie sich mal vorstellen. Das wird dann gleich persönlicher, meine ich.«

Die drei schauten sich an, dann sprach der Mann, der direkt vor Berger saß.

»Ich bin Sebastian Biegel. Doktor der Chemie. Aber was das Betreuen durch den Professor betrifft – so richtig gekümmert hat er sich eigentlich nicht. Er hat das Geld besorgt und uns dann arbeiten lassen. Alle paar Wochen haben wir uns getroffen, uns betrunken und über die Arbeit geredet. Das heißt, Grauer hat Anekdoten losgelassen, und wir haben dazu gelacht.«

»Genau«, fuhr die Frau neben ihm fort, »aber lustig war das schon. Ich bin übrigens Vera Steffen, Doktor der Chemie – demnächst. Aber wenn man Fragen hatte, konnte man schon zu ihm kommen, das war kein Problem.«

»Aber«, übernahm der dritte Mann, »wir hatten kaum Fragen. Bert Weigand mein Name, Doktor der Chemie. Unser Thema haben wir schon sehr gut gemeinsam beackert. Bloß das Geld für solche Forschungen, das ist knapp. Aber wenn ein Professor Grauer vorstellig wird, bringt das schon was.«

Dann schwiegen die drei und warteten.

»Was war denn Ihr Gebiet? Ich meine – was haben Sie denn erforscht? Oder ist das ein großes Geheimnis, das niemand wissen darf?«

»Geheimnis? Nein, kein Geheimnis. Wir arbeiten ja nicht für den Nachrichtendienst oder die Armee. Wir arbeiten daran, die Effizienz von Synapsen durch chemische Stoffe zu aktivieren. Vor allem bei Hirntoten wurden da schon Erfolge verzeichnet. Messbare Ergebnisse zeigen, dass das möglich ist. Wir versuchen, das auch auf das perzeptuelle Lernen anzuwenden.«

Berger schüttelte den Kopf.

»In Chemie war ich noch nie gut. Aber grundsätzlich verstehe ich schon, worum es geht. Und, kommen Sie weiter in Ihrer Forschung?«

»Wir arbeiten daran«, sagte die Frau.

»Na schön, Themawechsel. Wann haben Sie den Professor denn zum letzten Mal gesehen?«

Alle drei kramten in ihrem Gedächtnis. Für Berger sah das alles ein wenig zu gewollt aus. Sie war sich sicher, dass die drei Chemiker ihr die Antwort hätten wie aus der Pistole geschossen geben können. Aber gut, das gehörte zum Spiel.

»Das war gestern Abend«, antwortete Biegel. »Als wir gingen, war der Professor noch in seinem Büro. So gegen acht Uhr war das. Oder was meint ihr?«

»Ja, so kurz vor acht. Ich war zu Hause, als gerade die Wetterkarte kam, das war um Viertel nach.«

»War er alleine?«

Weigand nickte.

»Und Sie haben alle drei zusammen das Institut verlassen?«

»Ja, haben wir. Wie meistens.«

»Wo haben Sie geparkt?«

»Geparkt? Nirgends. Wir kommen mit dem Bus. Geht schneller. Wir wohnen doch alle in Tübingen, Stadtmitte. Da ist ein Auto überflüssig.«

»Sie wohnen zusammen?«

Sie nickten.

»Ah, eine Doktoren-WG. Auch mal interessant. Wie ist denn Ihr Verhältnis zueinander? Ich meine, wer hat eins mit wem?«

Vera Steffen beugte sich nach vorne und sah Berger in die Augen.

»Das«, sagte sie ganz ruhig, »geht Sie nichts an. Oder hat das was mit dem Tod Grauers zu tun?«

Die Kommissarin zuckte mit den Schultern.

»Weiß man's? Aber wenn Sie nichts sagen wollen – auch recht. Aber was Sie mir sagen könnten: Hatte der Professor Feinde? Gab es jemanden im Hause, mit dem er sich stritt? Den er nicht mochte und umgekehrt? Oder Konkurrenten, die ihn gerne losgeworden wären?«

Wieder signalisierten die drei höchste Hilfsbereitschaft durch ostentatives tiefes Nachdenken.

»Also Feinde«, begann dann Steffen, »hatte er nicht. Und Streit hatte er, soweit ich das weiß, auch mit keinem. Mit niemand hier im Haus jedenfalls.«

»Und seinen Posten«, übernahm Weigand, »den wollte auch keiner schnurstracks übernehmen. Er wäre doch sowieso demnächst ausgeschieden, so lange konnte jeder warten, der ihm nachfolgen wollte.«

»Und Frauen? Gab es Frauen im Leben des Toten?«

»Frauen?« Vera Steffen klang zum ersten Mal überrascht. »Der Professor wollte doch nichts von Frauen. Er war zwar verheiratet, aber jeder wusste doch, dass diese Ehe eine, wie sagt man, Zweckgemeinschaft war. Damals, als der Professor anfing, wäre ein Schwuler undenkbar gewesen für die akademische Welt. Ist es eigentlich sogar heute noch. Gibt halt keiner zu.«

Die Kommissarin brauchte erst mal Zeit, um die Information zu verarbeiten. In diese Richtung hatten sie bislang nicht gedacht. Nun konnte es ja eine Beziehungstat von zwei Seiten sein. Wobei – Beziehungstat hatte bislang ohnehin nicht im Fokus ihres Denkens gestanden.

»Woher wissen Sie das denn?«

»Na, von ihm, vom Professor natürlich«, antwortete Biegel, »manchmal hat er sogar seinen Freund mitgebracht zu unserem Treffen. Ein echter Schluckspecht, der Typ. Der hat dann immer an mir oder an ihm hier«, und damit deutete er auf Weigand, »rumgemacht. Da war der Prof dann immer fuchsteufelswild. Wir haben da bloß gelacht.«

»Wie heißt der Mann denn? Kennen Sie seinen Namen?«

»Klar kennen wir den.«

Berger wartete.

»Und wie ist sein Name?«, hakte sie nach.

»Hubi Stranzl. Also wahrscheinlich Hubert. Ein Österreicher. Oder ein Bayer, das schenkt sich ja nicht viel. Der arbeitet in einer Kneipe, soviel ich da rausgehört habe. Irgendwo in der Altstadt. Na, muss er wohl auch, bei seinem Konsum an Schnaps und Bier.«

»Genau«, sagte Vera Steffen, »und dabei wird der nie richtig besoffen.«

»Profi«, sagte Weigand kurz angebunden.

Alle im Raum schwiegen. Berger fiel irgendwie auch keine Frage mehr ein. Die Chemiker machten den Eindruck, als wollten sie noch rasch ihre Zeit absitzen, ehe es ins wirkliche Leben zurückging.

»Okay«, erhob sich Berger schließlich von ihrem Stuhl, »das war es zunächst mal. Wir kommen sicherlich noch mal auf Sie zurück, wir melden uns dann bei Ihnen.«

»Wir wissen aber nicht mehr«, meinte Steffen, ehe die Kommissarin den Raum verließ.

»Das meinen Sie bloß. Man weiß immer mehr, als man glaubt.«

»Oh, eine Philosophin bei der Polizei«, sagte Weigand, und grinste seine Kollegen an, »das bringt die Verbrechenslösung auf ein ganz neues Niveau.«

»Das sollten Sie sich gut merken.«

»Ach, Frau Kommissarin«, rief Biegel ihr nach, »wie genau ist Grauer eigentlich gestorben. So recht scheint das keiner zu wissen. Klar, Mord soll es gewesen sein. Aber wie? Erschossen? Erwürgt? Erstochen?«

»In der Reihenfolge«, sagte Berger, ehe sie die Türe hinter sich zuzog.

In den paar Monaten, die Jessica schon in Tübingen wohnte, hatte sie sich bereits bestens eingelebt. Sie hatte befürchtet, als Nordlicht aus Hamburg in der schwäbischen Provinz erst mal schräg angesehen zu werden. Das erwies sich im Nachhinein als Irrtum. Eher wurde sie bestaunt und heimlich bewundert. Der Teenager aus der Millionenstadt – das war schon was. Außerdem war sie hübsch, eloquent, war nett zu allen, ließ sich aber nichts gefallen, und sie mochte schwäbische Brezeln.

Mit dem einheimischen Dialekt hatte sie keine Probleme. Bereits als Kleinkind hatte ihr Vater, damals noch in Hamburg, tageweise schwäbisch mit ihr geschwätzt. Das begann damit, dass sie, als er einmal schwäbisch mit ihr sprach, weil sie nicht einschlafen wollte: Ein paar Tübinger Töne, und sie begann lauthals zu lachen und zu krähen. Wenn sie weinte und Löffler schwäbisch mit ihr redete, war jeder Kummer vergessen, und die Kleine gluckste vor Vergnügen. Abends am Bett eine kleine Geschichte auf Schwäbisch erzählt, und schon schlummerte das Kind zügig ein.

Zwar sprach Jessica kein schwäbisch, aber sie verstand jedes Wort. Was als Einstieg in die Unistadt Tübingen nicht ganz verkehrt war. Die Mädchen in der Klasse waren am Anfang noch reserviert gewesen. Das legte sich aber schnell, und inzwischen trafen sie sich auch außerhalb des Klassenzimmers regelmäßig. Am häufigsten allerdings besuchte sie ihren Mitschüler Tobias. Wie sie war er in der Theater-AG der Schule. Zusammen probten sie inzwischen für ein Stück, in dem sie ein paar gemeinsame Szenen hatten. Meist fuhr Jessica mit dem Rad von Lustnau ins Französische Viertel im Süden der Stadt, an der Schnellbahn Richtung Reutlingen gelegen. Hier wohnte die alleinerziehende Mutter Barbara zusammen mit Tobias und dessen großem Bruder. Der arbeitete an der Uni. Eigentlich wohnte er in einer WG in der Innenstadt, aber ein paar

Mal in der Woche kam er nach Hause, fast immer abends. Meistens rechtzeitig zum Abendessen. »Sonst kriege ich ja nichts«, sagte er dann lachend, »bei uns in der WG kann niemand kochen, und jeden Tag Döner oder Currywurst aus dem ‚X' verträgt auch der Stärkste nicht.« Das »X« war eine legendäre Imbissbude mitten in der Altstadt, gleich unterhalb vom Marktplatz. Oft saß er dann noch vor dem Fernseher und schlief anschließend in seinem alten Kinderzimmer.

Jessica fuhr mit Tobias zusammen mit dem Rad von der Schule in der Uhlandstraße über die Wöhrdtstraße zur Blauen Brücke und dann durch die Unterführung am LTT vorbei Richtung Französisches Viertel. Vielleicht war Jessica verwöhnt vom weitläufigen Haus ihres Großvaters oder auch von der schönen Wohnung an der Außenalster in Hamburg, in dem sie mit ihrer Mutter inzwischen lebte. Aber abgesehen davon: Jedes Mal, wenn sie ins Viertel einfuhr, in dem Tobias wohnte, überkamen sie Beklemmungen. Wie Bienenwaben, wenngleich schön bunt, waren die Wohnklötze aneinander und nebeneinander gebaut. Im Karree aufgestellt, blieben kleine Hinterhöfe für die Bewohner. Wenn einer aus dem Wohnzimmerfenster guckte, hatte er die Nase bereits in der Küche des Nachbarn. Als Jessica einmal etwas derartiges Tobias' Mutter gegenüber erwähnte, verwies sie darauf, dass dieser Stadtteil bereits einige Architektenpreise eingeheimst habe. Außerdem habe früher der Bürgermeister Tübingens hier gewohnt und Dieter Thomas Kuhn sowieso. »Na dann«, hatte Jessica bloß gesagt.

In Tobias' Zimmer übten sie ihre Sprechrollen. Nach einer Weile brachte die Mutter ein paar belegte Brote und ließ sie dann wieder alleine.

»Musst du nicht nach Hause«, fragte Tobias am Nachmittag.

»Nee«, winkte Jessica ab, »ich habe meinem Großvater gesagt, dass ich erst abends heimkomme. Das geht schon klar.«

Irgendwann hatten sie keine Lust mehr. Tobias holte eine DVD unter einem Berg anderer DVDs hervor. Zusammen schauten sie »Fack ju Goethe« an, jeder mindestens zum dritten Mal.

»Kann man immer wieder darüber lachen«, sagte Jessica. »Und was machen wir jetzt? Ich habe noch eine Stunde Zeit, dann muss ich los.«

»Warte mal«, sagte Tobias, und stand auf, »ich komme gleich wieder. Ich habe was gefunden.«

Nach ein paar Minuten kam er zurück ins Zimmer. In der offenen Hand hielt er ein silbrig-weiß glänzendes Kristall, ungefähr so groß wie ein Fingernagel.

»Was ist das denn?«, fragte Jessica und wollte danach greifen.

»Vorsicht, das gehört meinem Bruder. Er hat noch ein paar davon, drüben, in seinem Zimmer. Er darf nicht merken, dass ich eins genommen habe. Ich habe neulich gesehen, wie er es bei sich im Bücherregal versteckt hat.«

Sanft strich das Mädchen mit dem Finger über das Kristall.

»Das ist ja ganz glatt. Was ist das denn?«

»Genau weiß ich es nicht, ich glaube, mein Bruder hat es von der Arbeit mitgebracht. Dort wird das Zeug ja rumliegen.«

»Und was machen wir damit?«

»Mein Bruder hat etwas davon geraucht, das habe ich gerochen. Aber ich rauche nicht. Vielleicht kann man es ja essen?«

»Und was soll das bringen?«

»Mensch, Jessica, das ist doch klar. Das bringt einen gut drauf, was denn sonst? Willst mal was probieren?«

Sie wehrte mit beiden Händen ab.

»Nee, du, ich bin schon gut drauf. Ich brauche das nicht.«

»Und du bist gar nicht neugierig?«

»Bin ich nicht, aber du offensichtlich.«

Beleidigt marschierte Tobias zu seinem Schreibtisch. Dort nahm er ein Lineal und zerkleinerte das Kristall auf einer Schreibunterlage. Dann nahm er etwa die Hälfte davon und zeigte es Jessica auf seiner Hand. Er griff nach seiner Wasserflasche, schluckte die Kristalle und spülte sie mit dem Wasser hinunter. Er blieb ruhig stehen. Jessica trat einen Schritt näher und beobachtete angestrengt sein Gesicht. Aber nichts passierte.

»Ich spüre gar nichts. Vielleicht habe ich zu wenig genommen. Soll ich noch mal?«

»Lass das lieber. Wenn jetzt noch nichts passiert ist, dann macht mehr davon es auch nicht besser. Komm, wir setzen uns auf euren Balkon und beobachten Leute.«

Das machten sie manchmal. Sie schauten anderen Menschen zu, wie sie sich bewegten, wie sie redeten, wie sie gingen. Dann machten sie sie nach. Training nannten sie es, und damit wollten sie sich auf ihre spätere Schauspielkarriere vorbereiten.

Also setzten sie sich in die Plastikstühle auf dem Mini-Balkon zur Aixer Straße hin. Um diese Zeit kehrten viele von der Arbeit heim, sodass es viel zu gucken und zu imitieren gab.

»Mir ist schlecht«, sagte Tobias mit einem Mal.

»Trink was.«

»Ich kann nicht, dazu ist mir zu übel. Ich glaube, ich gehe in mein Zimmer und lege mich hin.«

»Soll ich deine Mutter rufen?«

»Die ist nicht da. Die hat heute Stammtisch. Sie kommt erst spät nach Hause.«

Er stand von seinem Stuhl auf, konnte sich aber kaum mehr auf den Beinen halten. Er hielt sich am Stuhl fest, damit er nicht umfiel. Sein Gesicht war erst krebsrot, dann plötzlich kreideweiß. Er begann am ganzen Körper zu zittern. Dann fiel er zu Boden. Aber das Zittern hörte auch dort nicht auf.

»Scheiße, Tobias, was soll ich tun?«

Jessica beugte sich zu dem am Boden Liegenden hinunter. Sie versuchte, ihn auf die Seite zu legen, falls er sich übergeben musste. Als sie ihm in die Augen sah, stellte sie fest, dass er vollkommen weggetreten war.

Stammler hatte Stunden vor dem Bildschirm verbracht. Zwischendurch, um sich abzulenken, hatte er ein gelegentliches Ballerspiel eingeschoben. In solchen Situationen hätte seine Kollegin Heim ihm vorwurfsvolle Blicke zukommen lassen. Aber zum Glück war die ja weg, so konnte er in aller Ruhe den Lautsprechern etwas mehr Dampf geben. Kampfgetümmel mit Sound machte einfach mehr Spaß.

»Exitus.«

Gerd Stammler fuhr erschrocken zusammen. Er drehte sich um und sah seinen Chef hinter sich stehen.

»Haben Sie mich erschreckt«, sagte der Kommissar, »fast hätte ich deshalb das Level versaut.«

»Ich gehe jetzt mal einen Kaffee holen, und nachher schmeißen wir unsere Informationen zusammen. Sie kommen in der Zwischenzeit zurück in den Arbeitsmodus, wenn's recht ist. Kollegin Berger ist auf dem Weg ins Präsidium. Wollen mal sehen, ob es jetzt einen Schritt nach vorne geht.«

Damit machte er sich auf den Weg in die Kantine. Kurz danach tauchte Monika Berger auf. Als sie hereinkam, zog sie gleich einen Stuhl zu Stammler hinüber und wollte berichten. Aber der Kollege hielt sich seinen Zeigefinger gegen die Lippen.

»Nachher, der Chef kommt gleich, und wir legen zusammen, was wir haben. Dann brauchst du nicht alles zweimal zu erzählen.«

Auf einem Tablett balancierte in diesem Augenblick Christian Löffler drei Tassen Kaffee durch die Tür. Er stellte das Tablett auf Stammlers Schreibtisch ab.

»Bedienen Sie sich, heute serviert der Chef. Ist aus dem Automaten, schmeckt absolut furchtbar und wird normalerweise als Folter bei Gefangenenbefragungen eingesetzt.«

»Hauptsache heiß«, meinte Berger und schnappte sich einen Becher.

Sie nahm einen Schluck, schaute danach entsetzt in die Runde und spuckte den Kaffee zurück in den Becher.

»Ich nehme alles zurück«, sagte sie einigermaßen atemlos, »auch heiß ist das Zeug ungenießbar. Ich weiß Ihren guten Willen zu schätzen, aber der Wille allein macht die Brühe nicht genießbarer.«

Löffler überlegte einen Moment.

»Na schön«, sagte er dann, und erhob sich, »dann verlegen wir die Sitzung in den ‚Bären'. Um die Zeit haben wir dort unsere Ruhe, wenn wir uns ins Nebenzimmer setzen.«

Stammler packte seine Unterlagen zusammen, dann fuhren sie in die Altstadt. Der Tunnel war noch immer eine Baustelle, aber zumindest wieder über beide Seiten einfahrbar. An der Hermann-Hepper-Halle vorbei fuhren sie vor bis zur Kelter, dann rechts in die Schmiedtorstraße vor zum »Bären«. Löffler parkte im Halteverbot gleich gegenüber des Lokals. Der Wirt, Jörg Kramer, genannt Jäcky, arbeitete selbst.

»Ja was«, empfing er sie vom Tresen aus, »habt ihr nix zu tun? Könnet ihr tagsüber in der Kneipe sitzen und andere beim Arbeite zugucke?«

»Ganz ruhig«, entgegnete Löffler, »wer gerade erst knapp dem Abstieg entgangen ist, sollte keine große Lippe riskieren.«

Jäcky war nämlich Fan von Werder Bremen, die eine furchtbare Bundesliga-Saison gespielt hatten und fast abgestiegen wären. Jäcky galt als die Institution für Werder in Tübingen. Der ganze hintere Bereich seiner Bar war mit Fotos von Spielern, Wimpeln und Schriftzügen seines Vereins ausgeschmückt. Häufig bediente er seine Gäste auch im Bremen-Trikot. Den Spott bei Niederlagen seines Vereins ertrug er mit Fassung.

»Klar, du als Edelfan von Bayern kennst das Leiden mit dem Lieblingsverein nicht. Immer obenauf ist doch auch langweilig.«

Die Frotzeleien mit Löffler gehörten zum Standard, wenn die beiden sich in der Kneipe begegneten. Böse war dem anderen keiner, das gehörte zum Fußball einfach dazu.

Die drei Polizisten setzten sich in den großen, hellen Nebenraum. Auf der dortigen Großleinwand zeigte der »Bären« immer seine Fußballspiele. Unter dem Jahr die Bundesliga und die Europapokale, alle paar Jahre Welt- und Europameisterschaften.

»Bring uns doch mal drei Kaffee«, sagte Monika Berger zu Jäcky, als sie sich um einen Tisch gesetzt hatten.

»Nein, ich will einen Fruchtsaft«, wehrte Löffler ab.

»Ich auch«, sagte Stammler.

»Na gut«, seufzte Berger, »dann keinen Kaffee und dazu drei Säfte.«

Sie setzten sich bequem in ihre Stühle und Kommissar Stammler packte seine Unterlagen aus.

»Grauer war schwul«, platzte es aus Monika Berger heraus. »Das haben mir seine drei Assistenten erzählt.«

Die beiden Kollegen schauten sie einigermaßen erstaunt an. Nach kurzem Schweigen beugte sich Löffler nach vorne.

»Das ist also Ihr Ergebnis eines Nachmittags? Ist ein schwuler Toter ein anderer als ein Hetero? Oder was wollen Sie uns genau sagen?«

Berger beugte sich ebenfalls nach vorne.

»Ich will damit sagen, dass sich unser Täterbild vergrößert hat. Und ja – das ist eine wichtige Erkenntnis. Bei aller politischen Korrektheit, Herr Hauptkommissar, sollte man wichtige Fakten nicht kleiner machen als sie sind.«

»Ach ja? Ignoriere ich etwa Ihre Erkenntnisse?«

»Nein, aber Sie werten Sie unter Ihren moralischen Vorstellungen. Aber darum geht es nicht, sondern es geht um Fakten. Und Fakt ist, dass wir mit der Erkenntnis einen ganz neuen Personenkreis dazubekommen, der mit Grauer und damit auch mit der Tat in Beziehung steht.«

»Aber für Sie steht das ja ...«

»Die Säfte. Meine Herrschaften.«

Jäcky stand breit grinsend vor ihnen und hielt ein Tablett mit drei quietschbunten Getränken in die Höhe. Er nahm sie herab und platzierte sie vor den Polizisten.

»Die Farben wirken beruhigend, ihr werdet schon sehen. Nach dem ersten Schluck überkommt euch eine tiefe innere Ruhe, und ihr wollt euch alle gegenseitig um den Hals fallen statt an den Hals gehen. Prost.«

Damit verschwand er wieder hinter seinen Tresen.

Und tatsächlich, die Spannung unter den beiden Streithähnen fiel ab. Jeder nuckelte an seinem Strohhalm und genoss die süßen Früchte, die Jäcky zusammengemixt hatte.

»Also gut«, sagte Löffler schließlich, »von vorne. Grauer war also schwul. Hatte er einen Partner, von dem man weiß?«

»Ja, hatte er. Sehr wahrscheinlich handelt es sich um einen gewissen Hubi Stranzl. Mit dem war er jedenfalls immer unterwegs.«

»Schön, das prüfen wir noch. Und was gab es im Institut?«

Die Kommissarin erzählte von ihrer Begegnung mit den drei Chemikern.

»Schlussendlich«, schloss sie ihre Zusammenfassung ab, »sind die drei keine Kandidaten für den Kreis von Verdächtigen. Da gibt es kein Motiv, im Gegenteil: Durch den Tod Grauers werden sie jetzt Probleme haben, ihre Forschung zu finanzieren.«

»Hört sich gut an – Kreis von Verdächtigen«, murmelte Stammler. »Sehr positiv. Und leider sehr unwahr – unter uns gesagt.«

Löffler klopfte Stammler beruhigend auf den Rücken.

»Kommen Sie, Kollege, lassen Sie uns wissen, was Sie herausgefunden haben über unseren Toten. Vielleicht gibt es da Spuren, die direkt zum Täter führen.«

Stammler setzte sich in Pose, als müsste er einen Vortrag halten. Vor sich hatte er einen Stapel Papiere liegen.

»Also«, begann er damit, seine Erkenntnisse weiterzugeben, »der Professor ist, beziehungsweise war, Leiter des Instituts seit dreizehn Jahren. Vorher war er schon zwölf Jahre Professor in Tübingen, davor in München, Zürich und Frankfurt. Sein Schwerpunkt war die Synthese und da die Biomimetika. Darunter versteht man den Aufbau oder Nachbau von Substanzen. Da geht es dann um Polymere oder Katalysatoren, aber natürlich ...«

»Gut, gut, Kollege«, fiel ihm Berger ins Wort, »gibt es auch noch was zum Menschen Grauer? Etwas, das uns zum Fall zurückführt?«

»Ehrlich gesagt«, antwortete der Kommissar, und machte dazu ein enttäuschtes Gesicht, »gibt er nicht sehr viel her. Ereignislos würde sein Leben wohl am besten beschreiben. Keine Kinder, keine Extravaganzen, keine Vorstrafen, keine Knöllchen für falsches Parken. Jedes Jahr Urlaub im Schwarzwald mit seiner Frau, dann eine Woche Urlaub auf Mallorca. Den allerdings alleine.«

»Und das nennst du nicht extravagant? Ein alternder Chemieprofessor, der alleine auf Malle urlaubert? Ich finde das schon spektakulär.«

»Ja, aber auch bloß, weil du inzwischen weißt, dass er schwul war. Sonst hätte man nämlich auch einen ganz normalen Wanderurlaub auf Malle annehmen können. Das machen nämlich jede Menge Deutscher, bloß damit du es weißt.«

»Ich glaubt also«, griff nun Löffler ein, »er hat den Mallorca-Urlaub mit seinem Partner gemacht? Mit diesem Hubi? Ohne Wissen seiner Frau?«

Die Kollegen überlegten eine Weile.

»Also«, begann schließlich Berger, »ich könnte mir schon vorstellen, dass seine Frau Bescheid wusste. Aber dass man es im Hause Grauer einfach totgeschwiegen hat. In der Riesenvilla ist das ja kein Problem.«

Stammler nickte zustimmend.

»Jedenfalls gibt uns sein Lebenswandel keinerlei Anhaltspunkt für die Tat. Es wird wohl Zeit, dass wir uns mal mit diesem Stranzl unterhalten. Adresse?«

»Besorge ich gleich«, sagte Stammler und zog sein Smartphone heraus.

»Das geht vielleicht einfacher«, sagte Löffler grinsend. »He, Jäcky, hast du mal einen Moment Zeit?«

Gleich darauf kam der Wirt zu den drei Polizisten an den Tisch.

»Hör mal, Jäcky«, begann der Hauptkommissar, »was sagt dir denn der Name Hubert Stranzl? Du kennst doch hier jeden.«

»Ach«, lachte da der Wirt, »den Hubi meinst du. Der hat sogar mal eine Weile hier bei mir gejobbt. Ist allerdings schon eine ganze Ecke her. Der Hubi ist eine Stimmungskanone. Inzwischen hält er sich allerdings für was Besseres. Was wollt ihr denn von dem?«

»Topsecret. Aber du kannst mir sicher sagen, wo ich den Mann finde.«

»Topsecret.«

Löffler lachte.

»Okay, okay, du sitzt am längeren Hebel. Aber wir wollen bloß mit Hubi reden, er kann uns vielleicht in einem Fall weiterhelfen.«

»Er wohnt draußen in den Ammerterrassen, in der Schwärzlocher Straße. Ich glaube, es ist der mittlere Eingang, sicher bin ich nicht. Aber das dürfte ja kein Problem für euch Superpolizisten sein.«

»Und was macht der Hubi heute um sein Geld zu verdienen?«

Jäcky zuckte mit den Schultern.

»Undurchschaubar. Manchmal legt er in einem Club in Böblingen oder Sindelfingen auf. Sagt man. Ansonsten hat er einen Sponsor. Sagt man.«

»Sponsor?«

Jäcky rollte mit den Augen.

»Na, einer, der ihm Geld gibt. Ihr wisst schon – ein Freund. Er soll eine Beziehung haben mit einem älteren Herrn aus gutem Hause. Sagt man. Aber irgendein Geheimnis muss ich für euch ja noch übrig lassen.«

Mit einem Grinsen verschwand er wieder hinter seinem Tresen.

»Da ist ja nicht weit von hier. Wir fahren am besten gleich bei dem Mann vorbei. Vielleicht treffen wir ihn zu Hause an. Möglicherweise weiß er noch gar nichts vom Tod Grauers. Das wäre dann ein ziemlicher Schock für ihn.«

»Je nachdem, wie die Beziehung der beiden war. Bisher wissen wir nur, was die Chemiker uns gesagt haben. Und Jäcky.«

»Finden wir es heraus«, sagte Löffler entschlossen, stand auf, warf einen Geldschein auf den Tisch und machte sich auf den Weg nach draußen. Rasch erhoben sich auch die beiden Kollegen von ihren Plätzen und eilten ihm nach.

»Also«, sagte Berger unterwegs zu Stammler, »schwäbisch ist das nicht, diese schnellen Aufbrüche und solche

Spontanentscheidungen. Das ‚No ned hudle' hat der in Hamburg gelassen.«

»Das habe ich gehört«, klang Löfflers Stimme von draußen herein.

Ganz am Ende der Schwärzlocher Straße, kurz bevor die Straße dann in die Zufahrt zum »Schwärzlocher Hof« einmündet, liegen die Ammerterrassen. Der terrassenförmig angelegte Bau aus den Siebzigerjahren umfasste verschiedene, in Blöcke aufgeteilte Baueinheiten. Hinter den Blöcken lagen kleine Innenhöfe. Die Wohnungen im Erdgeschoss hatten direkten Zugang zu ihnen. Von der Straße aus sahen die Gebäude aus wie Dornröschens Schloss: Grün zugewachsen, bloß ohne Rosen. Zu dem Komplex gehörten ein gemeinsames Schwimmbad und eine Sauna, die Zimmer in den Wohnungen waren großzügig und hell.

Die Polizisten hatten Glück: Gleich am ersten Hauseingang fanden sie eine Türklingel mit dem Namen Stranzl. Sie drückten den Knopf, warteten kurz, dann ertönte der Summer. Berger drückte gegen die Türe und sie ging auf.

»Vertrauensselig, der Mann.«

»Tübinger Modell.«

Sie gingen durch einen nur schwach beleuchteten Flur. Stranzl wohnte im Erdgeschoss. Berger und Stammler lasen abwechselnd die Türschilder.

»Hier«, sagte der Kommissar plötzlich, »da haben wir Stranzl, Hubert.

Berger drückte den Klingelknopf. Kaum war der letzte Ton verklungen, öffnete sich auch bereits die Türe. Im Rahmen stand ein Mann mit mächtigem Oberkörper und

Glatzkopf. Er grinste die Polizisten an und gab ihnen dann das Zeichen einzutreten.

»Herein, herein, meine Herren«, sagte er mit dumpfem Bass, »wer so geballt in einer Wohnung auftaucht, kommt entweder von einer Behörde oder ist ein gefährliches Rollkommando. Aber gefährlich sehen Sie nicht aus. Die Dame hier ist sogar recht hübsch. Der Mann im Anzug auch, bloß der Unrasierte da schlägt etwas außer der Art.«

Die Polizisten standen in einem großen Zimmer, dessen eine Wand aus einer Glasscheibe bestand. Draußen sah man ein kleines Rasenstück, ansonsten war der Garten ringsum mit Bäumen zugewachsen.

»Herr Stranzl ...«

»Sie können ruhig Hubi zu mir sagen, meinen Familiennamen habe ich eh fast schon vergessen.«

»Herr Stranzl«, versuchte die Kommissarin es von Neuem, »wir sind von der Kripo, besser gesagt von der Mordkommission.«

Nun war es dem bestens gelaunten Hubi doch ein wenig ernster zumute.

»Mordkommission? Zu dritt? Bei mir? Ich habe keinem was getan. Das ist ein Justizirrtum, aber einer, der sich gewaschen hat. Wo ist mein Anwalt? Kann ich meinen Anwalt ...«

Hubi ging hektisch im Zimmer hin und her. Nun hielt Stammler ihn am Arm fest und geleitete ihn zu einem Sessel, der mitten im Raum stand und auf das TV-Gerät ausgerichtet war.

»Herr Stranzl«, redetet nun Löffler beruhigend auf ihn ein, »wir werfen Ihnen nichts vor. Im Gegenteil: Wir wollen Sie nur ein paar Dinge fragen? Meinen Sie, Sie können uns antworten?«

Stranzl nickte stumm.

»Zuerst die traurige Nachricht. Sie kennen doch Herrn Grauer, Klaus Grauer, den Chemieprofessor, oder?«

Stranzl nickte wieder.

»Man hat uns gesagt, in welchem Verhältnis Sie zu ihm standen. Deshalb müssen wir Ihnen leider mitteilen, dass Herr Grauer tot ist. Ermordet. Gestern Nacht.«

Gespannt konzentrierten sich alle drei Polizisten auf die Reaktion, die diese Nachricht bei Hubi auslöste. Der saß einfach stumm da, schaute von einem Polizisten zum nächsten und sagte erst mal gar nichts. Dann nahm er die Fernbedienung des Fernsehers, schaltete das Gerät ein und zappte zum SWR, dem Dritten Programm. Dort verzweigte er sich in den Videotext und blätterte darin herum.

»Hier steht aber nichts von einem Mord«, sagte er schließlich, »und wenn es hier nicht gemeldet ist, glaube ich das auch nicht.«

»Sie glauben der Polizei weniger als dem Videotext«, wunderte sich Stammler.

»Sie nicht?«

Hauptkommissar Löffler trat entschlossen zu Hubi hin.

»Ist Ihnen egal, dass Grauer tot ist? Immerhin war er Ihr Freund. Möglicherweise Ihr Geliebter. Und jetzt machen Sie hier unwürdige Spielchen. Wir können diese Unterhaltung gerne bei uns im Revier weiterführen. Sie als Verdächtiger, wir als die bösen Ermittler.«

»Sonst noch was«, sagte Hubi, »ihr könnt mich nicht mitnehmen. Mit welcher Begründung auch. ‚Hat den Toten gekannt' vielleicht, oder wie? Da wären die Gefängnisse hier im Lande aber voll. Also beruhigen wir uns wieder, und ich werde alle Fragen beantworten.«

»Gut so«, übernahm Berger nun, »und damit gleich die erste Frage: Sie wussten anscheinend nichts vom Tod Grauers?«

»Nein, woher auch? Ich bin vor einer Stunde erst aufgestanden. Da blieb nicht viel Zeit zur Kommunikation. Außerdem, mit wem auch? Wer weiß denn überhaupt von seinem Tod?«

»Wann haben Sie den Professor das letzte Mal gesehen?«

»Vorgestern, würde ich sagen. Vorgestern haben wir eine Sause gemacht.«

»Sause gemacht? Was bedeutet das denn?«

»Na, genau das, was es bedeutet, wenn Sie mit einem Mann einen drauf machen, Schätzchen. Irgendwie verlaufen solche Sachen doch immer gleich und dann enden sie im Bett.«

Berger wurde rot. Es war ihr offensichtlich unangenehm, derart persönlich angesprochen zu werden.

»Sie waren also Partner«, übernahm Stammler.

»Eine Rasur und etwas frische Kleidung – und Sie sehen aus wie neugeboren, Herr Polizist«, sagte Hubi neckisch. »Ich achte auf so etwas, müssen Sie wissen.«

»Trotzdem, noch mal: Waren Sie beide Partner?«

»Herr Kommissar, ich bitte Sie. Nun schauen Sie mal mich an und dann den guten Professor. Ich meine, als er noch in Normalform war. Also noch lebendig. Können Sie sich wirklich vorstellen, dass wir ein Paar waren?«

Die Kommissare schauten sich einigermaßen überrascht an.

»Dann erklären Sie uns doch mal Ihr Verhältnis zu ihm.«

Hubi spreizte beide Arme in seinem Sessel, und spielte ganz den eitlen Pfau.

»Nun, meine Herrschaften, wir hatten eine ökonomische Lösung für richtig empfunden.«

»Sie haben sich bezahlen lassen?«

»Ja.«

»Und wie lief das?«

»Mensch, Sie können aber fragen. Ich liefere, Grauer zahlt. Es wäre in seinem Alter keine leichte Aufgabe, also eher eine unlösbare Aufgabe, noch einen Partner zu finden. Sie wissen schon, mit Romantik und Verliebtsein und so. Da haben wir dasselbe Problem wie die Heteros. Nun ja, aber auf die Freuden verzichten will der gute Mann ja auch nicht. Für solche Fälle gibt es mich, Hubsi, den Männerversteher. Zuerst hat er mir pro Treffen Geld gegeben, aber das haben wir bald geändert. Ich bekam eine Monatspauschale, das war einfacher. Dafür ging ich mit ihm in Urlaub, in die Kneipen, auch mal nach Stuttgart ins Theater oder in ein Konzert. Aber meistens in Kneipen, die uns gefielen.«

»Das war das Arrangement?«

»Genau. Kurz und bündig. Tja, und jetzt ist er also tot. Aber Sie sagten ermordet? Was ist denn passiert? Was hat man dem armen Mann angetan?«

»Wo waren Sie heute Nacht? Nur um das mal hinter uns zu bringen. Die Alibisache, meine ich.«

»Oh je, erinnern Sie mich nicht daran.«

Hubsi griff sich an den Kopf und rieb sich intensiv die Schläfen. Dazu machte er ein gequältes Gesicht.

»Ein Freund von mir, Joe heißt er, hatte Geburtstag. Da war ich, und zwar bis heute früh. Leider. Schauen Sie mich nur an. Ich brauche ja Ewigkeiten, um wieder auszusehen wie das blühende Leben. Sagen Sie mal, Herr Polizist«, wandte er sich an Löffler, »wie machen Sie das denn, so frisch, gepflegt und proper auszuschauen. Gibt es da ein klitzekleines Geheimnis, das Sie mir verraten könnten?«

Löffler schien einen Moment nachzudenken. Dann fiel ihm etwas ein.

»Sport, mein Freund, ich mache Sport. Ich bin Läufer. Dazu gehe ich jeden Tag auf die Piste, spule ein Läufchen ab und danach duschen und Körperpflege. Ein Wundermittel.«

»Würden Sie mich da mal einweisen, falls ich Interesse habe?«

»Aber sicher, jeder Läufer ist bei uns willkommen. Kommen Sie einfach morgen Abend um achtzehn Uhr zum Lauftreff auf den Sand oben. Dann zeige ich Ihnen, wie das funktioniert.«

»Können wir mal zu den Namen kommen«, mischte sich Stammler ein. »Schreiben Sie mir ein paar Namen von Leuten auf, die Sie gestern bei der Party gesehen haben.«

Damit reichte er ihm ein Blatt Papier aus seinem Notizblock und einen Stift. Hubi kritzelte etwas darauf und gab es dem Kommissar zurück.

»Hatten Sie jemals Streit mit Grauer, oder kennen Sie jemanden, der ihn nicht leiden konnte? Einen Feind, der dem Professor Böses wollte?«

Hubi lachte.

»Aber nein. Das Professorchen war ganz angenehm, und jeder mochte ihn. Er hat ja auch meist die Zeche für alle übernommen, falls wir mal in Gesellschaft unterwegs waren. Also aus der Ecke können Sie keinen Täter ziehen, würde ich sagen.«

»Und was wird aus Ihnen? Jetzt, da das Arrangement ausgelaufen ist.«

»Och, ich habe nicht nur eines in der Form. Jetzt genieße ich meine freie Zeit ohne den Professor und trauere ein wenig um ihn. Er war ein höchst passabler Mensch, wirklich. Es tut mir schon leid um ihn.«

Die Kommissare sahen sich gegenseitig an, dann nickten sie.

»Wir können jetzt gehen«, meinte Berger, »falls wir noch Fragen haben, Herr Stranzl, melden wir uns bei Ihnen. Und falls Ihnen etwas einfällt – hier haben Sie meine Karte.«

Hubi wehrte die Karte ab.

»Nein, danke, ich will die Karte von dem Kommissar dort«, sagte er, und deutete auf den Hauptkommissar. Löffler lachte. Er griff in seine Tasche und zog eine Visitenkarte heraus. Die reichte er dem grinsenden Hubi.

»Und nicht vergessen – Lauftreff für reine Haut und gutes Aussehen. Auch für die Figur wirkt so ein Läufchen Wunder.«

Hubi winkte ihm zu. Dann verließen die drei die Wohnung.

Als sie im Auto saßen, schwiegen sie eine Weile.

»Und jetzt?«, fragte schließlich Berger.

»Jetzt sind wir weiter als jemals weg von der Lösung des Falles«, meinte Stammler.

Ehe Löffler etwas sagen konnte, läutete sein Handy.

Er schaute auf das Display. Dann nahm er den Anruf an.

»Was gibt es, Vater? – Was ist mir ihr? – Wo ist das passiert? – Wann denn? In welcher Klinik? – Kommst du hin? – Aber ich, und zwar sofort, nein, Kürner muss warten! Geb Jessica Bescheid, gleich. – Ja, bis nachher.«

Er steckte das Handy ein.

»Was ist denn passiert? Ist etwas mit Jessica, ist ihr was zugestoßen?«

Berger hatte sich nach vorne über die Lehne des Sitzes gebeugt und griff nach Löfflers Oberarm.

»Nein«, sagte der, »aber ein Freund von ihr ist eingeliefert worden, er fiel ins Koma. Vor ihren Augen. Sie rief den Krankenwagen. Jetzt ist sie bei ihm in der Notaufnahme. Ich fahre da jetzt hin.«

»Klar, wir kommen mit.«

»Nein, das bringt nichts, ich setze Sie im Präsidium ab. Überprüfen Sie das Alibi von Stranzl. Und reden Sie mit den Leuten, die er angegeben hat, vielleicht ergibt sich da mehr, als Hubi uns sagen wollte.«

Dann ließ er den Wagen an und fuhr durch den Tunnel zurück ins Präsidium. Dort ließ er die Kollegen aussteigen, ehe er sich auf den Weg zum Uniklinikum auf dem Schnarrenberg machte.

Christian Löffler sah seine Tochter gleich, als er in die Notaufnahme kam. Sie saß auf einer Bank an der Wand und hatte dabei die Hände auf den Knien abgestützt. Sie starrte an die Wand gegenüber. Der Hauptkommissar setzte sich neben sie. Sie ließ ihren Kopf auf seine Schulter gleiten. So blieben sie eine Weile wortlos sitzen. Löffler strich ihr übers Haar. Sie lächelte ihn an. Wie jung sie noch immer ist, dachte Löffler, das habe ich schon fast vergessen. Seitdem sie bei mir wohnt, kommt sie mir so erwachsen vor, dabei ist sie noch ein Teenager.

»Was ist denn passiert«, fragte er, »was hat dein Freund denn? Der Opa war ganz aufgeregt, ich hab kaum ein Wort verstanden.«

»Ich weiß es auch nicht genau. Ich glaube, er hat sich vergiftet. Plötzlich ist er umgefallen und nicht mehr aufgewacht. Die Sanitäter haben ihn dann abgeholt und an jede Menge Geräte angeschlossen. Zumindest hat er da noch geatmet. Koma, haben sie gesagt.«

»Koma? Einfach so?«

Jessica schüttelte den Kopf.

»Nicht einfach so. Er hat was eingeworfen.«

»Eingeworfen?«

»Ja, er hat so ein komisches Zeug geschluckt. Kristallpulver oder so ähnlich. Irgendwie muss ihn das umgehauen haben.«

»Ecstasy?«

»Ecstasy? Keine Ahnung. Aber ich dachte, das wären Pillen, nicht so ein Pulver. Und dann auch noch so weißes Kristall. Jedenfalls lag er da, und seine Mutter war weg. Beim Stammtisch. Ich wusste nicht, was ich tun sollte. Erst habe ich ihn hin und her gewälzt, aber er hat bloß geröchelt. Da habe ich Angst gekriegt und die Polizei gerufen. Die haben gleich den Krankenwagen angefordert. Und jetzt bin ich hier und warte. Die Polizisten sagten, ich muss noch eine Aussage machen, aber erst später.«

»Aber woher hatte er das Zeug denn? Gekauft? Gestohlen? Hat es ihm jemand gegeben?«

Jessica schüttelte den Kopf.

»Nee, er sagte, er hätte es im Zimmer seines großen Bruders gefunden. Ich glaube, Tobias wusste selbst nicht, was es war. Zumindest hat er das behauptet. Und jetzt stirbt er vielleicht daran.«

Löffler zog seine Tochter zu sich her. Sie legte ihre Arme um seinen Hals. Lange Zeit blieben sie ganz ruhig sitzen. Dann stand plötzlich ein Arzt vor ihnen.

»Sind Sie Herr Biegel?«

Löffler löste sich von seiner Tochter. Er stand auf und reichte dem Arzt die Hand.

»Hauptkommissar Christian Löffler. Ich bin von der Tübinger Kripo, aber rein privat hier. Meine Tochter hat die Polizei und den Krankenwagen gerufen. Der Junge ist ein Schulkamerad von ihr. Wie geht es ihm denn?«

Der Arzt trat einen Schritt zurück.

»Das darf ich Ihnen nicht sagen, Sie sind kein Angehöriger.«

»Das weiß ich, aber sehen Sie, meine Tochter hat den Jungen gefunden, sie macht sich Sorgen. Schauen Sie sie nur an. Wenn Sie ihr etwas Beruhigendes sagen können, wäre ihr bereits geholfen.«

»Ich kann nur den Angehörigen etwas sagen.«

»Meine Tochter leidet. Nur ein Wort.«

»Wie ich schon sagte – Sie sind keine Angehörigen.«

»Was hat das Koma verursacht? Waren Drogen im Spiel? Was hat der Junge geschluckt? Möglicherweise wurde es ihm von Fremden verabreicht. Das wäre dann versuchter Mord. Vielleicht sogar vollendeter.«

»Wie bitte?«

»Ich ermittle in der Sache. Immerhin bin ich Leiter der Mordkommission. Und es gibt einiges, das uns sehr auffällig vorkommt. Zunächst mal, wie geht es dem Opfer?«

Mit offenem Mund stand der Arzt vor Löffler. Er schien noch gar nicht zu begreifen, was sich abspielte. Erst so langsam wurde ihm klar, was Löffler bezweckte.

»So kommen Sie mir nicht davon«, sagte er mit fistelhoher Stimme, »da gibt es Gesetze. Und an die müssen auch Sie sich halten!«

»Wenn Sie mir nicht augenblicklich Auskunft geben, komme ich in zehn Minuten mit dem Staatsanwalt, mit Ihrem Klinikleiter und der Presse. Dann möchte ich Ihre Karriere aber nicht weiter verfolgen.«

Zähneknirschend rang der Mann noch kurz mit sich selbst. Aber er wusste, und auch Löffler wusste: Die Sache war entschieden.

»Der junge Mann, Tobias, ist in ein Koma gefallen. Darin liegt er noch immer. Es ist uns bisher nicht gelungen, ihn herauszuholen. Die Ursache ist völlig unklar. Der Kollege vom Krankenwagen sagte uns, der Junge hätte Substanzen zu sich genommen. Das prüfen wir jetzt. Er ist auf jeden Fall noch nicht überm Berg, es gab einen vollkommenen Kreislaufzusammenbruch, Herzrhythmusstörungen und Atemprobleme. In dieser Häufung kommt das sonst nur bei extremem Medikamentenmissbrauch vor.«

»Wann wissen Sie Bescheid, was der Junge zu sich nahm?«

»Wenn das Labor schnell arbeitet – in zwei Stunden, vielleicht drei. Genau kann man das nicht sagen. Aber vorher können wir keine Therapie machen, wogegen auch.«

Der Hauptkommissar streckte dem Arzt die Hand hin.

»Vielen Dank, Herr Doktor, das war sehr freundlich von Ihnen. Dann warten wir mal ab, was die Analysen bringen. Ich melde mich dann wieder.«

Der Arzt schlug die dargereichte Hand aus, drehte sich um und ging zurück in seine Abteilung.

»Cool, Papa, das hast du echt klasse gemacht. Wie im Kino. Vor allem die Stelle mit dem Staatsanwalt und der Presse war gut.«

»Na ja, jedenfalls wissen wir jetzt Bescheid. Zumindest so weit, dass wir uns keinesfalls beruhigen können. Zuerst müssen wir seine Eltern erreichen. Die wissen ja noch von gar nichts.«

»Mutter. Er hat nur eine Mutter, der Vater ist, na ja, ich weiß nicht, keine Ahnung, jedenfalls ist keiner zu Hause.«

»Hast du die Nummer der Frau? Die Mobilnummer?«

»Nein, woher auch, ich kenne die Frau kaum. Ich habe auch keine Ahnung, wo die ihren Stammtisch hat.«

»Ist ja auch egal, ich bin ja bei der Polizei, da kriegen wir die Nummer vielleicht raus. Wie heißt die Frau denn?«

Biegel heißt die Familie. Die Mutter, ich weiß nicht genau, Marion, Monika, irgendwie so. Ich habe es vergessen. Aber sie wohnen in der Aixer Straße, im Französischen Viertel.«

Der Hauptkommissar rief Stammler mit seinem Smartphone an. Er gab ihm die Daten durch.

»Wenn Sie die Nummer haben, melden Sie sich bei mir.«

Dann wandte er sich wieder seiner Tochter zu.

»Du kannst hier nichts mehr unternehmen. Ich bringe dich nach Hause. Falls sich etwas tut bei dem Jungen, rufe ich dich an. Einverstanden?«

Jessica nickte. Zusammen gingen sie zum Wagen. Der Hauptkommissar fuhr über den Nordring hinunter zur Wilhelmstraße und dann in ihr Haus nach Lustnau.

Löffler stellte den Wagen vor dem Haus ab. Als sie ins Wohnzimmer kamen, saß dort Klaus Löffler mit dem Telefon am Ohr. Als er seinen Sohn sah, winkte er ihm hektisch zu, er solle zu ihm kommen. Dabei deutete er auf den Hörer.

Christian Löffler nahm das Telefon. Am anderen Ende war seine ehemalige Frau.

»Christian, das ist aber schön, dass du da bist.«

»Hör zu, Beatrice, wenn du so säuselst, dann willst du doch was. Ich habe wenig Zeit, also kommen wir gleich zur Sache.«

Kurze Stille am anderen Ende.

»Nun«, kam die Stimme dann wieder, »dann machen wir es kurz: Ich bin noch in den USA, Igor hat mich verlassen und ich komme umgehend nach Deutschland zurück. Die Wohnung in Hamburg habe ich langfristig untervermietet, weil ich dachte, ich bleibe länger hier. Ich habe also keine Wohnung. Aber du hast ein ganzes Haus in Tübingen. Also wäre es doch die beste Lösung, ich komme bei euch vorbei, wohne da ein paar Monate und kümmere mich um Jessi. Was meinst du?«

Löffler schaute zu seinem Vater. Der winkte ab. Wedelte mit den Armen, rollte die Augen und schüttelte den Kopf. Die Ansage war eindeutig.

»Es ist mir schon klar«, deutete Beatrice das lange Schweigen richtig, »dass das überraschend kommt und dass es gewisse Vorbehalte deinerseits gibt. Aber ganz ehrlich, ich brauche deine Hilfe. Zu meinen Eltern kann ich nicht, seitdem ... Du weißt schon. Und ins Hotel will ich nicht. Außerdem will ich auch Jessi nahe sein.«

»Ungefähr so nahe, wie du es wärst, hätte das mit den USA langfristig geklappt?«

»Das ist jetzt nicht fair«, beschwerte sich Beatrice, »ich habe sie ja zu dir gebracht, um auch mal was für mich zu tun. Außerdem wollte sie selbst nach Tübingen.«

Beide schwiegen eine ganze Weile. Löffler versuchte, das Dilemma zu lösen, während seine Ex-Frau darauf wartete, was dabei herauskam.

»Es wird schwierig werden, wir haben das ganze Haus voll mit Kollegen von mir.«

»Das weiß ich bereits, Klaus hat es mir gesagt. Wahrscheinlich dachte er, das könnte mich abschrecken. Kann es aber nicht. Meine Not ist wirklich zu groß, da halte ich es auch mit drei Bullen aus. Hast du sonst noch ein Totschlagargument?«

Tatsächlich fiel Löffler nichts ein, was irgendwie wie ein Argument klingen könnte. Was er hätte sagen können, wäre: Ich will dich hier nicht haben. Einen kurzen Augenblick erwog er dies, aber als er seine Tochter sah, die neben ihrem Opa saß und ihm zuhörte, verwarf er diese Idee. Die letzte Rettung war Jessica selbst.

»Ich frage unsere Tochter, was sie davon hält.«

Das Mädchen hörte das, nickte mit dem Kopf und hielt den Daumen hoch. Alea jacta est, dachte der Hauptkommissar, die Vergangenheit holt mich ein.

»Na schön«, sagte er in den Hörer, »du bist willkommen. Wann ist es denn soweit, wann fliegst du zurück?«

»Fliegen? Zurück? Ich bin doch bereits hier.«

»Hier? Wo hier?«

»Na, in Tübingen. Du darfst mich gerne abholen mit meinem ganzen Gepäck.«

Christian Löffler war sprachlos. Dann jedoch erinnerte er sich an die Zeiten mit Beatrice zurück. Und wunderte sich nicht mehr.

»Wo genau bist du denn?«

»Am Bahnhof.«

»Du hast mich vorhin angelogen. Du bist also gar nicht mehr in den USA.«

»Sag ich doch.«

»Das ist das Letzte, ehrlich.«

»Ich kam mit der Bahn von Stuttgart her. Und jetzt sitze ich hier in der Bahnhofskneipe und gucke den Zügen zu. Die haben den Biergarten direkt auf den Bahnsteig gepflanzt. Na ja, in der Provinz geht das ja noch alles. Hat auch seinen Charme, aber ...«

»Pass auf«, unterbrach sie Löffler, »ich habe jetzt keine Zeit. Ich stecke mitten in einem Fall. Nimm dir ein Taxi, das geht am schnellsten.«

»Aber das ist doch so unromantisch.«

»Genau deshalb sollst du ein Taxi nehmen.«

Am anderen Ende wurde das Gespräch einfach abgebrochen.

Löffler blickte in das unglückliche Gesicht seines Vaters. Daneben saß die neugierige Jessica und schaute Christian Löffler gespannt an.

»Deine Mutter kommt her«, sagte er, »sie hatte wohl Pech mit ihrem Freund in den USA. Eine Weile wird sie wohl hier bei uns wohnen.«

»Hier? Wieso das denn?«

»Sie hat eure Hamburger Wohnung vermietet, solange sie weg war. Sie wollte ein Jahr bleiben, jetzt sind aber erst ein paar Wochen vergangen. Also muss sie warten, bis der Vertrag mit den Mietern ausläuft.«

»Schön, dann sind wir ja wieder eine Familie unter einem Dach. Und einen Opa haben wir auch dazu gekriegt. Das kann ja wirklich lustig werden. Was meinst du, Opa? Dann ist hier richtig was los im Haus.«

»Ja«, nickte Klaus Löffler unglücklich, »das befürchte ich auch. Außerdem wird so langsam der Platz knapp. Vielleicht solltest du«, sagte er zu seinem Sohn, »deine Polizei-Niederlassung hier so langsam auflösen.«

Löffler nickte.

»Ja, das denke ich auch. Aber nun warten wir erst mal ab bis Bea hier ist. Alles Weitere wird sich geben.«

Er wählte die Nummer des Präsidiums. Stammler nahm ab.

»Ich komme noch rasch vorbei«, sagte der Hauptkommissar, »später muss ich zu einem Geburtstagsfest. Es wäre schön, wenn Sie die Berichte über Ihre Vernehmungen fertig hätten. Ich würde sie noch gerne durchgehen, bevor ich zu den Kürners fahre.«

Löffler legte auf, ging ein paar Schritte durch den Raum, dann setzte er sich neben seine Tochter.

»Falls ich etwas Neues von deinem Freund Tobias erfahre, melde ich mich. Deine Aussage kannst du auch morgen machen, darum kümmere ich mich bei den Kollegen. Jetzt bleibst du erst mal bei Opa, und danach kannst du dich um deine Mutter kümmern. Das ist ein Fulltime-Job, da kommst du gar nicht zum Nachdenken über das, was passiert ist. Okay?«

Er nahm sie noch mal in den Arm und stand dann auf.

»Vater, würdest du irgendein Zimmer für Bea vorbereiten? Oder ruf Frau Single an, ob sie auch mal an ihrem freien Tag einspringen und uns helfen kann.«

Klaus Löffler nickte.

»Komm Opa«, sprang seine Enkelin aus dem Sessel auf, »das machen wir zusammen. Geht doch schnell. Und außerdem haben wir was zu tun. Mami wird sich freuen, wenn sie kommt und alles schon ganz toll vorbereitet ist. Du kennst sie doch.«

Traurig nickte Löffler Senior.

Der Hauptkommissar stieg unterdessen in seinen Wagen und machte sich auf den Weg ins Präsidium. Dort warteten bereits die beiden Kollegen. Sie hatten ihre Berichte geschrieben und Kopien davon auf Löfflers Schreibtisch gelegt. Als der hereinkam, schnappte er sich die Unterlagen, kam aus seinem Büro marschiert, ging zu Stammler und Berger und setzte sich zu ihnen.

»Ich will das jetzt nicht lesen. Besser, Sie beide erzählen mir, was es Wichtiges gab. Vielleicht etwas Erhellendes, das uns zum Täter führt? Was ist mit Hubis Alibi?«

»Wie zu erwarten, mehrfach bestätigt.«

Löffler blätterte in den Unterlagen vom Treffen Monika Bergers mit den drei Chemikern und Professor Reihle. Plötzlich ließ er die Papiere sinken und starrte ins Leere.

Dann nahm er sie wieder hoch und las weiter.

»Ich kann das kaum glauben«, sagte er dann, »aber diesen Namen hier – den kenne ich. Sebastian Biegel. Ich meine, ich kenne nicht den Mann, aber den Nachnamen. Was wissen Sie denn von ihm?«

Monika Berger überlegte.

»Nicht viel«, musste sie eingestehen, »bloß, dass er mit den anderen beiden in einer Art WG in der Stadtmitte wohnt. Machte einen ganz normalen Eindruck. Höflich. Ein Chemiker halt, was soll ich da sagen?«

»Ein Chemiker halt? Woher willst du wissen, wie Chemiker sind«, fragte Kollege Stammler.

Die Kommissarin zog eine Grimasse und ignorierte dann ihr Gegenüber.

»Er wohnt in einer WG? Nicht zu Hause? Sind Sie ganz sicher?«

Berger schloss die Augen und dachte angestrengt nach.

»Ich bin sicher«, erklärte sie dann, »dass sie sagten, dass sie alle zusammen einen Haushalt hätten. Ich fragte noch, ob es darunter ein Paar gibt, also die Frau mit einem der beiden Männer zusammen ist. Aber das kam nicht so gut an. Die Frau wurde ziemlich fuchsig. Also schließe ich daraus, dass es so ist: Mit einem hat sie ein Verhältnis.«

»Merkwürdig. Stammler, gehen Sie mal an den Computer und suchen Sie nach Sebastian Biegel und nach Tobias Biegel. Mal sehen, was dabei herauskommt. Apropos: Ich hatte Sie doch gebeten, mir die Nummer der Frau herauszusuchen. Aixer Straße. Was ist damit?«

Stammler wurde rot im Gesicht.

»Dazu bin ich noch nicht gekommen«, murmelte er vor sich hin.

»Wie bitte? Können Sie nicht deutlicher reden«

»Dazu bin ich noch nicht gekommen. Ich dachte, das wäre eine Privatsache von Ihnen. Und das hätte noch ein bisschen Zeit.«

»Da haben Sie sich getäuscht. Mensch, Stammler, ich erwarte schon, dass Sie machen, was ich Ihnen auftrage.«

Der hackte indes stumm auf seiner Tastatur herum. Nach einer Weile drehte er sich um und grinste.

»Alles erledigt, Boss. Die Frau heißt Melitta Biegel, ihre Söhne Tobias und Sebastian. Der eine dreizehn, der andere achtundzwanzig Jahre alt. Beide haben die Aixer Straße als Erstwohnsitz. Die Handynummer habe ich hier, wenn Sie sie noch brauchen.«

Er reichte Löffler einen Zettel, auf den er die Nummer aufgeschrieben hatte. Der nahm ihn und tippte die Zahlen in sein Smartphone. Er wartete, dann war jemand am anderen Ende.

»Frau Biegel, hier spricht Christian Löffler. Der Vater von Jessica ... ja, ich weiß, dass Sie Stammtisch haben. – Nein, die Kinder sind nicht zu Hause. Sie sollten in die Uniklinik kommen. – Ja, mit Tobias. Beruhigen Sie sich, kommen Sie einfach ins Krankenhaus, da erfahren Sie alles. Und bringen Sie ihren anderen Sohn mit, wenn das möglich ist. – Ja, bis nachher.«

Die anderen schauten ihren Chef erstaunt an, nachdem das Gespräch beendet war.

»Das verstehe ich jetzt nicht«, sagte Monika Berger schließlich, »Sie kennen die Eltern unseres Chemikers?«

Löffler schüttelte den Kopf.

»Nein, das nicht, Jessica ist mit seinem Bruder Tobias in einer Klasse. Heute war sie bei ihm, Theaterprobe oder so ähnlich. Dabei hat der Junge etwas geschluckt, und seitdem liegt er im Koma. Das, was er geschluckt hat, könnte aus dem Zimmer seines Bruders stammen. Und das wiederum ist unser Chemiker, dieser Sebastian Biegel. Keine Ahnung was das war, aber Traubenzucker ganz bestimmt nicht. Aber wir können den Mann ja nachher fragen. Wir fahren jetzt in die Uniklinik. Dort liegt der Junge nämlich auf der Intensivstation. Mal sehen, was Sebastian uns erzählt. Beziehungsweise euch, denn ich gehe zu meinem Freund Kürner, dort findet ein Fest statt, zu dem ich eingeladen bin.«

»Zu unserem Mord sehe ich da aber keine Verbindung. Der große wollte ja wohl kaum seinen kleinen Bruder vergiften. Und dass ein Chemiker mal Giftstoffe rumliegen hat, ist zwar nicht schön, aber ist das strafbar?«

Löffler wedelte mit dem Finger.

»Finden Sie erst mal heraus, um was für einen Stoff es sich da handelt. Reden Sie mit dem Arzt, er soll das zügig analysieren lassen. Und fragen Sie den Bruder, der muss es schließlich am besten wissen. Aber ich vermute, der wird uns nicht die Wahrheit sagen.«

»Warum sollte er nicht?«

»Finden Sie es heraus.«

Berger stöhnte theatralisch. Dann musste sie selbst lachen.

»Okay, okay, wir haben eine interessante Aufgabe. Immer noch besser, als einen Abend im Haus von Markus Kürner zu verbringen. Das wäre die Höchststrafe. Das halten bloß Masochisten aus oder alte Freunde aus der Schulzeit.«

»Das gebe ich genau so weiter«, drohte Löffler lachend.

Ingo Bergmeister war mit allen Wassern gewaschen. Das sagte er seinen Freunden immer wieder, und sprach dann von sich in der dritten Person. Das hatte er von Lothar Matthäus übernommen. »Ingo ist mit allen Wassern gewaschen«, sagte er dann, »und mit ihm sollte man sich nicht anlegen. Wer es doch tut, hat Pech gehabt.«

Manche beeindruckte das nicht, und so bekam Ingo im Laufe seines Lebens im Milieu so einiges auf die Mütze.

Milieu – das hieß bei ihm Einbruch, viele Schlägereien, Zuhälterei, Diebstahl und Handel mit so ziemlich allen verbotenen Substanzen. Was ihm nach Armbrüchen, Jochbeinbrüchen, eingetretenen Rippen und diversen Gefängnisaufenthalten immer wieder auf die Beine half, war sein unverbrüchlicher Optimismus, es eines Tages irgendwie an die Spitze zu schaffen. Tolles Auto, tolles Appartement, viele willige Weiber und ein Kampfhund, der nur ihm gehorchte. Das war die Spitze.

Und jetzt war er da an diese Sache gekommen. Eher durch Zufall. Eigentlich durch seine große Klappe, die er vor Kurzem in einer Tübinger Kneipe aufgerissen hatte. Er hatte von seinem kurz bevorstehenden Aufstieg in die Riege der Supermänner geschwärmt. Okay, ein paar Gläser zu viel lösten bei ihm gerne seine Zunge. Aber seine grenzenlosen Zukunftsträume waren davon nicht abhängig – die hatte er in jedem Zustand.

Danach fand dann das Gespräch statt. Auf dem Heimweg, auf dem Platz an der Krummen Brücke, war er angesprochen worden. Eigentlich hatte er sich nur eine Weile hinsetzen wollen. Aber dann diese Person, die sich unangenehm nahe zu ihm setzte. Ob er denn Erfahrung habe mit neuen Drogen, kam die Frage.

»Neue Drogen?«, hatte Ingo gleich Fachkenntnis vorgetäuscht, »das gibt es für mich nicht. Ich kenne alles. Und ich verkaufe alles. Sonst noch Fragen? Ich bin nämlich müde und ich habe morgen früh einen Termin.«

Natürlich hatte Ingo frühmorgens nie einen Termin, es sei denn, man hätte ihn bei Gericht vorgeladen. Aber da er sich als Geschäftsmann sah, mussten Termine sein – ob es sie gab oder nicht.

Er wohnte alleine, seine Freundin war vor einer Woche ausgezogen. Über Nacht und überhastet. Während er mit seinem Kumpel Bernie bei einer Flasche Wodka die Möglichkeiten eines Einbruchs in einem Computerladen in

Sindelfingen überdachte, hatte sie gepackt und war, als er bei Tagesanbruch besoffen heimkam, verschwunden.

Nicht mal die Blutflecken auf der Bettdecke hat sie weggemacht, dachte Ingo. Er hatte sie nämlich am Tag zuvor windelweich geprügelt. Und als er darüber nachdachte, warum er das getan hatte, wusste er es schon nicht mehr. Dann hatte sie es auch verdient, überlegte Ingo, denn ohne Grund gibt es bei mir keine Prügel.

Er erinnerte sich, dass Bernie, sein Kumpel für Einbrüche, entsetzt darüber war, dass Ingo seine eigene Mutter geschlagen hatte. Ingo war darüber entsetzt, dass Bernie entsetzt war.

»Bernie«, hatte er gesagt, »nun stell dir mal vor, dass deine Mutter dir, wenn es dir schlecht geht, nicht unter die Arme greift. Ich brauche ein Alibi, und sie weigert sich, mir eines zu geben. Und du weißt, was das für mich bedeutet hätte, oder? Und diese dumme Kuh erzählt mir, man müsse für seine Fehler im Leben auch mal geradestehen. Geradestehen? Ich meine, das wäre für mich doch Knast gewesen. Also hätte sie mich in den Knast gebracht, bloß weil sie auf ihre alten Tage in die Kirche geht und Gott entdeckt hat. Aber dafür muss sie doch nicht ihr eigenes Kind büßen lassen. Also habe ich ihr ein paar gescheuert. Und als sie noch immer nicht kapiert hat, dass es mir ernst ist, habe ich halt ein wenig stärker zugeschlagen. Aber das Jochbein hat sie nicht von einem Schlag von mir gebrochen, bitteschön. Da ist sie selbst schuld. Ausgerutscht, hingefallen, Bruch. Und schon war sie wieder meine alte Mutti, die sich um ihren Sohnemann Ingo kümmert. Na, hatte ich da nicht recht mit den paar Klapsen?«

Dennoch lief es bei Ingo derzeit nicht besonders gut. Er soff zu viel. Er hatte keine rechten Ideen. Der Elan zum Unrecht war ihm abhandengekommen. Es fielen ihm keine bösen Taten ein, die etwas Geld ins Haus bringen würden. Ich werde alt, dachte er, und erschrak schon alleine bei dem

Gedanken. Und dann wurde er gefragt, ob er sich mit Drogen auskenne.

Tatsächlich war er eher Konsument als Verkäufer. Aber, treu nach seinem Prinzip: Man kann alles lernen, spielte er erst mal die große Nummer. Es ginge um größere Mengen, wurde ihm auf dem Weg durchs Hasengäßle hoch zur Haaggasse mitgeteilt. Es sei eine perfekte Substanz, die einmalig sei auf dem Markt. Also auch einmalig teuer. Aber eben auch: einmalig gut.

»Kein Problem«, sagte Ingo überzeugt, »je mehr und je perfekter, desto besser. Fahr das Zeug an, und ich verticker es.«

Man müsse sich über die Preise und die Anteile unterhalten.

»Ich trage das Risiko, also will ich sechzig Prozent.«

Nach der Ansage schien das Gespräch beendet. Aber Ingo konnte das nicht zulassen. Es war eine Chance für ihn, ins Geschäft zurückzukommen. Also herunter vom hohen Ross, beschloss er, und gab mit den Prozenten klein bei.

Als zwei Tage später die erste Lieferung kam, glaubte er endgültig an seinen Aufstieg. Zwar hatte er sich nie als Drogenboss gesehen, aber wenn es anders nicht ging. Boss ist Boss, und er wollte nach oben.

Sein Problem war nur, er wusste nicht, wie und wo er das Zeug verkaufen sollte. Hehlerware wie Elektronik oder Schmuck ging klar. Aber Drogen? Er fragte erst mal seinen Freund Bernie. Aber der winkte gleich ab. Er wollte mit so was nichts zu tun haben, und er wusste auch keinen, an den Ingo sich wenden könnte.

»Mensch Ingo«, sagte er, »du bist hier in Tübingen, nicht in Chicago. Hier gibt es Kleindrogenanwender, aber keinen riesigen Markt.«

Jetzt saß der gute Ingo auf dem Zeug und wusste nicht wohin damit. Die paar Kiffer, die er kannte, und denen er im Lauf der Jahre immer wieder mal etwas besorgt hatte, wollte von dieser Art Drogen nichts wissen. Und andere Anwender kannte Ingo nicht. Also probierte er selbst mal etwas aus von dieser tollen Droge. Wow, das dröhnte.

Das verlangte bei ihm eindeutig nach mehr. Und mehr, nun ja, das hatte er ja. Also bediente er sich aus dem Beutel und genoss die Tage. Manchmal kroch eine vage Ahnung in ihm hoch, dass hier gerade etwas ziemlich schief lief. Aber er wäre nicht Ingo, der mit allen Wassern gewaschene Ingo, wenn er solche negativen Gedanken an sich hätte herankommen lassen. So versank er im Drogenrausch und taumelte durch das, was euphemistisch Tübinger Nachtleben hieß. Bis er einen Anruf erhielt.

Treffpunkt. Geldübergabe. Weiteres Vorgehen. Neue Ware.

Das hatte ja so kommen müssen, überlegte er. Aber kein Grund zur Aufregung, mit solchen blutigen Amateuren würde Ingo locker zurechtkommen. Treffpunkt im alten Botanischen Garten, hinter dem Taubenhaus. Da war man wenigstens nicht in diesem ganzen studentischen Trubel dieser Nichtstuer drin, dachte Ingo, da kann ich mein Ding durchziehen, und dann schauen wir mal.

Es wurde langsam dunkel, als Ingo im Botanischen Garten eintraf. Er war durch die Lange Gasse marschiert, beim Büro der Französischen Filmtage über die Straße gegangen und dann von hinten her Richtung Taubenhaus marschiert. Dieses Taubenhaus war ein riesiger hölzerner Bau, in dem die Tauben nisteten und ihre Eier legten. Die Eier wurden dann gegen Gipseier ausgetauscht, und die Vögel brüteten umsonst. Das war die Tübinger Notwehr gegen die Taubenplage. Ingo hätte das anders gelöst. Er hatte in den letzten Jahren immer wieder von seinem Fenster aus in der Altstadt mit dem Luftgewehr auf die Tiere geschossen, wenn sie sich an seiner Dachrinne niederließen.

Mit Freunden hatte er schon Wettkämpfe ausgetragen, wer am meisten der Viecher erledigte.

Jetzt stand er also in der Dämmerung hinter dem Taubenhaus und wartete. Oben gurrten die Vögel, und von unten zog langsam die Kühle seine Beine hoch. Ich hätte noch eine kleine Dosis einnehmen sollen, überlegte er, wer weiß, wie das hier ausgeht.

»Und, wie ist es gelaufen?«

Ingo drehte sich zu der Stimme hin um, die hinter seinem Rücken plötzlich ertönte.

»Ah, pünktlich wie die Maurer. Das ist ja richtig professionell.«

»Wie ist es gelaufen?«

»Kein Vorgeplänkel? Kein Small Talk? Na, dann kommen wir eben zur Sache. Gelaufen ist es beschissen. Die Leute finden das Zeug nicht gut. Fast die Hälfte musste ich als Proben umsonst weitergeben. Und dann wollten sie nichts kaufen. Sie seien Besseres gewohnt, hieß es ständig.«

Ingos Gegenüber lachte leise vor sich hin.

»Das ist nicht zum Lachen, das ist traurig. Denn so hatte ich keine Chance, den Schrott loszuwerden. Kein Umsatz, kein Gewinn, kein gar nichts. Und dafür habe ich meine wertvolle Zeit investiert. Da wäre es nur recht und billig, wenn ich wenigstens für meine Arbeitszeit entlohnt würde. Ein paar Tausender könnten da bereits reichen.«

Als Antwort kam wieder ein leises Lachen.

»Witzig ist das nicht. Wenn ich keine Entschädigung bekomme, behalte ich den Rest von dem Zeug. Das ist mehr als angemessen.«

»Haben Sie den Rest dabei?«

»Klar«, sagte Ingo souverän, und zog den Beutel aus der Tasche. Aus dem Beutel von vor ein paar Tagen war inzwischen allerdings ein kümmerliches Beutelchen geworden. Sogar Ingo war unangenehm überrascht, wie wenig davon übrig war.

»Proben weitergegeben? Das waren aber viele Proben.«

»Das waren auch viele Interessenten. Aber wie gesagt, kein Interesse.«

»Was schlagen Sie vor?«

»Verbessern Sie das Produkt, dann gehen wir an den Markt in der Großstadt. Stuttgart, Hamburg, Rom, New York.«

Schweigen.

»Sind Sie noch ganz dicht?«

Ingo bewegte sich einen Schritt nach vorne.

»So nicht, sonst werde ich ungemütlich.«

»Glauben Sie, ich habe Angst vor Ihnen?«

»Sollten Sie aber.«

Schweigen.

»Wer weiß denn von unserem Deal? Haben Sie Freunde eingeweiht? Andere Dealer? Drogensüchtige?«

Ingo klopfte sich gegen die Brust.

»Ich bin Profi. Ich weihe keinen ein. Das ist das erste Gesetz in meiner Branche: keine Mitwisser. Und daran halte ich mich. Ist eine Frage des Überlebens.«

Dann schienen beide unschlüssig zu sein, wie es weitergehen sollte.

»Gibt es denn Hinweise darauf, woher Sie den Stoff haben? Namen? Telefonnummern? Haben Sie noch mehr von dem Zeug zu Hause?«

Ingo gefiel die Frage nicht. Sie machte ihn unruhig. Aber natürlich musste sich in der Branche jeder nach allen Seiten absichern.

»Von mir gibt es gar nichts. Das ist der ganze Stoff. Jetzt geben Sie mir halt das Geld, noch einen großen Beutel von dem Zeug und ich schieße uns damit ganz nach oben.«

»Na schön, probieren wir es noch mal.«

Ingo sah die Hand in der Tasche verschwinden. Als sie wieder herauskam, umklammerten ihre Finger eine schwarze Kralle.

»Was soll das denn sein? Sie wollen doch ...«

Dann spürte er den Schmerz und sah die springenden Funken, die aus seinem Körper zu kommen schienen. Der Elektroschocker leistete ganze Arbeit.

Als Ingo Bergmeister zu Boden sank, wusste er noch nicht, dass er nie mehr aufstehen würde. Und dass das Letzte, was er sah, ein mit Taubendreck verschmierter Holzturm im alten Tübinger Botanischen Garten sein sollte. Ausgerechnet, dachte er noch, ehe sein Oberkörper den Boden berührte. Er sah auch nicht mehr die Spritze, die sich in seine Vene schob, und seinem Leben ein Ende setzte.

Als die beiden Kommissare in der Uniklinik eintrafen, fanden sie die Mutter des Jungen, Melitta, und dessen Bruder Sebastian vor. Sie saßen im Gang der Intensivstation und warteten. Immer wieder öffneten sich Türen, und Menschen in Weiß kamen heraus oder gingen hinein. Alle schienen es eilig zu haben. Keiner redete, selten einmal kamen sie zu zweit. Und alle hatten sie irgendwelche Unterlagen – Ordner, Reißbretter, Akten – in der Hand. Die Polizisten nahmen zwei Stühle und setzten sich den beiden gegenüber.

»Guten Tag, Frau Biegel«, sagte Monika Berger zu der Mutter, »Herr Löffler, unser Chef, hat uns gesagt, dass wir Sie hier finden. Er ist der Vater von Jessica, Sie erinnern sich?«

Die Frau nickte stumm. Der Sohn neben ihr, der große, erwachsene Sohn, hielt ihre Hand.

»So treffen wir uns also wieder, Herr Doktor Biegel«, sagte die Kommissarin zu ihm, »ich hätte mir natürlich auch andere Umstände gewünscht, aber so ist das nun mal.«

»Toller Satz«, sagte der Mann.

Wie geht es Ihrem Bruder denn?«

»Sie wissen noch nicht mal seinen Namen. Und außerdem, was will eigentlich die Kripo hier? Sie sind doch von der Mordkommission oder wie das heißt. Tobias wurde aber nicht, ich meine, man hat ihm nichts angetan.«

»Wie geht es dem Jungen?«, fragte Stammler die Mutter, die schweigend dasaß und nicht darauf achtete, was um sie herum passierte.

»Hat der Arzt Ihnen denn schon Genaueres gesagt?«

Die Frau schüttelte nur den Kopf.

»Haben Sie überhaupt mit dem Arzt gesprochen?«

Wieder schüttelte sie bloß den Kopf.

»Und Sie?«, fragte er den Sohn.

»Es war noch kein Arzt hier. Ich habe die Krankenschwester gebeten, Sie solle ihn herbringen, wir würden gerne mit ihm reden. Alles was wir wissen, wissen wir von ihr. Von der Schwester, meine ich.«

»So geht das aber nicht«, sagte Berger zu Stammler und stand auf. Sie ging geradewegs in Richtung Intensivstation. Unterwegs begegnete ihr einer jener Männer in Weiß, die stumm und eilig durch die Gänge huschten.

»Stopp«, rief sie, und hielt den Mann am Arm fest. »Wir brauchen Informationen zu einem Ihrer Patienten. Sind Sie der Richtige dafür?«

Der Arzt schaute auf, als sei er aus tiefster Versunkenheit in die Wirklichkeit geholt worden. Irritiert musterte er die Kommissarin von Kopf bis Fuß.

»Glauben Sie, Sie sind in der Lage, mit uns zu reden?«

Der Mann schüttelte stumm den Kopf und wollte weitergehen. Monika Berger stellte sich ihm in den Weg. Sie legte ihm die Hand auf die Brust. Er sah irritiert von der Hand zu der Frau, dann wieder auf die Hand, die ihn am Weitergehen hinderte.

»Um wen geht es denn? Und wer sind Sie?«

»Ich komme von der Kripo Tübingen. Wir wollen wissen, wie es um Tobias Biegel bestellt ist. Da drüben sitzen seine Mutter und sein Bruder, die haben keine Ahnung, wie es ihm geht. Keiner redet mit denen. Außer Ihnen, oder?«

Der Mann in Weiß nickte, dann ging er in Richtung Melitta Biegel. Als er vor ihr stand, hielt er ihr die Hand hin.

»Guten Tag, Frau Biegel. Ich bin zwar nicht der behandelnde Arzt Ihres Sohnes, aber ich kann Ihnen sagen, dass er immer noch im Koma liegt. Wir wissen nicht genau, was die Ursache dafür ist. Man sagte uns, er habe etwas eingenommen, ein Medikament, ein Gift, irgendetwas Verunreinigtes, aber wir warten noch auf die Analyse. Bessere Nachrichten kann ich Ihnen nicht überbringen.«

Dann nickte er mit dem Kopf, drehte sich um und verschwand wieder hinter einer Tür.

»Kurz und knapp«, sagte Stammler.

»Ach, Herr Biegel, hätten Sie wohl noch einen Augenblick Zeit für mich. Nur ein kurzes Gespräch unter vier Augen?«

Monika Berger winkte den Chemiker dabei zu sich her.

»Aber Sie sehen doch, meine Mutter, das geht doch jetzt nicht.«

»Geh nur«, sagte Frau Biegel ganz leise, »ich sitze eh bloß rum und warte.«

Widerwillig stand der Sohn auf und ging mit der Kommissarin zum Ende des Ganges. Dort war es ruhig und keiner würde da stören.

»Hören Sie«, beschwerte sich Sebastian Biegel, »mein Bruder liegt im Koma, meine Mutter ist verzweifelt, und Sie wollen hier mit mir reden?«

Die Kommissarin winkte ab.

»So einfach ist das nicht. Wir reden jetzt hier mal darüber, woher Ihr Bruder das Zeug hatte, das er geschluckt hat.«

Biegel sah die Polizistin erstaunt an.

»Davon weiß ich noch gar nichts. Uns wurde bloß gesagt, dass Tobi etwas eingenommen hat und wegen dieser Sache ins Koma fiel. Keiner konnte uns sagen, worum es sich dabei handelte. Und jetzt kommen Sie, und fragen mich etwas, das ich gar nicht wissen kann. Ich war doch überhaupt nicht zu Hause.«

»Waren Sie in Ihrer Akademiker-WG?«

Biegel sah sie misstrauisch an. Dann grinste er.

»Hört sich gut an. Aber eigentlich ist es bloß eine Arbeitsgruppe, die zusammen wohnt. Auf Zeit, dann löst sich das wieder auf.«

»Spielt auch keine Rolle. Kommen wir zum entscheidenden Punkt: Es gibt eine Zeugin, die erklärt, dass Ihr Bruder das Mittel, das er schluckte, aus Ihrem Zimmer geholt hat. Wir reden wohlgemerkt von dem Zimmer in Ihrem Elternhaus, also im Französischen Viertel. Folglich gibt es da etwas, das ziemlich gefährlich und ziemlich giftig ist. Was könnte das wohl sein?«

Biegel schien aufrichtig überrascht zu sein. Eine Weile starrte er stumm vor sich hin und dachte nach. Die Kommissarin beobachtete ihn aufmerksam. Es entging ihr auch nicht, dass er beim Nachdenken auf etwas gestoßen war, das ihm Sorgen bereitete. Er wurde blass und gleich danach rot im Gesicht.

»Na, Herr Biegel, ist Ihnen etwas eingefallen?«

Der schüttelte bloß den Kopf und versuchte, dem Blick Bergers irgendwie zu entgehen.

»Hören Sie zu, wenn Ihnen etwas eingefallen ist, dann müssen Sie das jetzt sagen. Wenigstens den Ärzten. Nur mit dem Wissen, was Tobias genau eingenommen hat, können sie ihm auch helfen. So tappen die hier im Krankenhaus immer noch im Dunkeln. Wer weiß, ob es für Ihren Bruder nicht bereits zu spät ist.«

Sebastian Biegel wirkte tatsächlich überrascht. Besorgt. Nachdenklich. Es schien, als sei ihm eben gerade eben erst die Situation klar geworden, in der er und seine Familie steckten. Etwas arbeitete in ihm.

»Ich weiß aber nicht, was es gewesen sein könnte, das Tobias aus meinem Zimmer genommen hat. Ich wohne da doch gar nicht mehr.«

»Kommen Sie, hören Sie auf. Sie sind doch nie richtig ausgezogen.«

»Ach, lassen Sie mich in Ruhe«, meinte Biegel, dann ging er einfach an der Kommissarin vorbei zurück zum Platz neben seiner Mutter. Er nahm ihre Hand in die Seine und drückte sie fest.

»Ihr Sohn konnte oder wollte uns nicht weiterhelfen, Frau Biegel«, sagte die Polizistin.

»Ich hoffe nur, dass man Tobias trotzdem helfen kann. Es kann ja nun nicht mehr lange dauern, bis das Ergebnis der Analyse vorliegt.«

»Hören Sie auf, solchen Quatsch zu erzählen«, beschwerte sich der Sohn, »wir alle wollen das Beste für Tobias.«

Monika Berger zuckte mit den Schultern.

»Sie müssen es ja wissen.«

Danach schwiegen alle und beobachteten das geschäftige Treiben auf dem Flur der Station.

»Was sollen wir tun«, fragte Stammler nach einer Weile seine Kollegin.

»Wir warten, irgendwann muss diese Scheißanalyse doch mal fertig sein.«

Als Christian Löffler im Hause Kürner eintraf, hörte er bereits die Musik, die bis in den Garten hinausschallte. Kürner hatte eine Coverband aus der Nähe Tübingens, die »No Age Limit«, für das Fest engagiert. Zwar hatte

Kürners jüngerer Sohn, dessen Pate Christian Löffler war, für einen DJ plädiert, den »DJ Dead Chicken«. Aber nach einem Machtwort Kürners nahm sein Sohn das Engagement dieses Plattenauflegers zurück.

»Ich will Rock hören«, hatte Markus Kürner zu Löffler gesagt, »mit dem Zeug bin ich groß geworden, und damit will ich auch alt werden.«

»Aber es ist ja eigentlich nicht dein Geburtstag, sondern der von Jasmin.«

»Aber ich bestimme die Musik. Alles andere kann sie ja machen, Essen, Deko, Einladungen und was weiß ich nicht alles – aber nicht die Musik.«

»Macho.«

»Musikkenner heißt das. Und außerdem, siehst du den Oberstaatsanwalt, unseren OB oder den Leiter des Lehrstuhls für Empirische Kulturwissenschaften beim Tanzen zu 160 bpm?«

Löffler lachte.

»Na gut, dann lass halt graue Mähnen schwingen zu »Born to be wild«, Santana und den Dire Straits. Ich bin dabei.«

Als Löffler ins Wohnzimmer trat, kam ihm schon Jasmin, Kürners Frau, entgegen. Sie breitete ihre Arme aus und empfing den Kommissar.

»Mein Lieblingspolizist kommt, wie immer etwas spät – aber er kommt. Schön, dass du es noch geschafft hast, mein Lieber. Ich habe gehört, was passiert ist mit dem ollen Grauer. Dabei haben wir erst vor ein paar Tagen die Einladung zu seiner Emeritierung bekommen.«

Löffler trat einen Schritt zurück und hielt entsetzt eine Hand vor den Mund.

»Bist du von Sinnen, Jasmin? Du hast Geburtstag, und wir unterhalten uns über so ein Thema? Das ist völlig ausgeschlossen.«

Lachend winkte sie ab.

»Okay, okay, ich habe schon ein Glas Schampus getrunken. Das macht mich gleich immer so geschwätzig.«

»Hier«, meinte der Hauptkommissar dann und griff in die Innentasche seines Sakkos, »das habe ich dir mitgebracht. Passt bestimmt perfekt in deine Sammlung.«

Er gab ihr einen Umschlag. Sie besah ihn von allen Seiten, schließlich machte sie ihn, feierlich fast, auf. Als sie seinen Inhalt herausholte und ihn erkannte, stieß sie einen spitzen Schrei aus. Sie hielt sich rasch den Mund zu, ehe sich alle anderen Gäste nach ihr und Löffler umdrehten.

»Mensch, Christian, wo hast du das denn her. Und dann auch noch mit persönlicher Widmung an mich.«

Jasmin sammelte Autogramme von Filmstars. Schon als Kind hatte sie damit begonnen. Damals, Mitte der Achtzigerjahre, kam der Film »Die Unendliche Geschichte« ins Kino. Und als der Film in Berlin anlief, waren die Hauptdarsteller vor Ort. Jasmin war mit ihren Eltern in der Stadt, ihren Onkel besuchen. Aber als sie die Menschenmenge vor dem Kinopalast sahen, mischten sie sich neugierig darunter. Plötzlich tauchte Barret Oliver, der den Bastian spielte, vor ihr auf, fragte nach ihrem Namen und schrieb ihr mit einem Stift »For Loveley Jasmine« auf ihr T-Shirt. Er warf er ihr noch einen Handkuss zu und verschwand dann wieder in der Menge.

Da war es um Jasmin geschehen. Am nächsten Tag schauten sie den Film an. Das T-Shirt mit der Unterschrift Olivers wurde in einen Rahmen gestellt und in Jasmins Zimmer an die Wand gehängt. Ihre Jagd nach Unterschriften von Filmstars begann.

Auf der Karte, die Löffler ihr schenkte, stand »For Jasmin with love from Johnny ‚Jack Sparrow, owner of the new Radiohead‘ Depp.«

»Wo hast du die Karte denn her? Das ist ja großartig.«

»Bei der letzten Premiere war ich in Hamburg. Jessica wollte unbedingt hin, und da habe ich sie besucht und bin mit ihr zur Premiere. Danach gab's noch Small Talk, und da stand er plötzlich neben mir. Ich hatte am Nachmittag die neue Radiohead-CD gekauft. Sie war gerade erst veröffentlicht worden. Die schenkte ich ihm. Da hat er ganz komisch geschaut, und ich fragte ihn, ob er einen Gruß an dich schicken könne. Das war es dann, hier ist das Ergebnis dieser Begegnung.«

»Großartig, das wird meine Sammlung schmücken. Aber nun komm erst mal richtig an hier, trink was, iss was, geh zu den anderen.«

Löffler sah, dass ein Glatzkopf ihm zuwinkte. Er drängte sich durch eine Gruppe von Leuten, dann stand er vor seinem Freund Kreitlein. Mit ihm zusammen hatte er im Herbst auf den Tübinger Nikolauslauf trainiert und war ihn dann im Dezember gelaufen. Fast wäre Löffler Gewinner seiner Altersklasse geworden, nur Kreitlein war vor ihm ins Ziel gekommen. Vier Sekunden hatte der ihm auf den letzten hundert Metern vor dem Ziel abgeknöpft. Löffler hatte sich spaßeshalber bei ihm beschwert. Das mache man doch nicht mit einem Freund, da laufe man gemeinsam durchs Ziel, am besten Hand in Hand.

»Bist du irre«, hatte da Kreitlein protestiert, dabei war sein Glatzkopf ganz rot geworden, »das ist doch keine Kinderparty. Das ist Wettkampf, da kenne ich keine Freunde. Wenn ich vorhabe, Händchen haltend ins Ziel zu laufen, dann nehme ich an keinem Rennen teil. Denn das eine schließt das andere völlig aus. Mann, Mann, Christian Löffler, gerade du solltest das eigentlich wissen.«

»Na, zweiter Sieger«, begrüßte Kreitlein ihn entsprechend standesgemäß, »bist du bereits wieder im Training? Nach dem Lauf ist vor dem Lauf, das kennst du ja.«

Die ganze alte Schulclique von früher stand um ihn herum, und Löffler wurde feixend in die Mitte genommen. Normalerweise trafen sie sich regelmäßig um die Weihnachtszeit. Da kamen auch die zurück nach Tübingen, die inzwischen in anderen Städten und Ländern lebten und arbeiteten. Doch an Weihnachten zählte Familie, und da gab es das große Zusammentreffen. Heiligabend standen sie alle vor oder im Jazzkeller in der Haaggasse, wechselten dann in die Marktschenke auf dem Marktplatz, dazwischen gab es eine schnelle Currywurst im »X«, und zum Ende noch ein Absacker im Storchen oder im Bären. Doch der Geburtstag von Kürner oder seiner Frau hatte aus irgendwelchen Gründen ebenfalls dazu geführt, dass die Cliquen sich trafen und gemeinsam feierten.

Gerade als Löffler sein erstes Glas geleert hatte, zupfte ihn jemand am Ärmel. Er schaute nach dem Zupfer und bemerkte, dass es Oberstaatsanwalt Marek Bürger war. Der gab ihm Zeichen, ihm zu folgen. Löffler seufzte theatralisch, dann stellte er sein Glas ab und ging zusammen mit Bürger in die Diele.

»Bitte, Marek«, sagte der Hauptkommissar, »nichts Geschäftliches jetzt.«

»Wie nennst du das? Geschäftliches? Bin ich ... sind wir ... ist die Polizei ein Gemüsehändler oder ein Handy-Shop? Es geht um Fälle, um Schicksale, um Tote und Nicht-Tote, um ...«

»Marek!«

Der Oberstaatsanwalt wischte sich den Schweiß von der sehr hohen Stirn.

»Gut, gut, ich beruhige mich«, fuhr er dann fort. »Ich will ja auch bloß, also ganz schnell, sozusagen unter uns, also...«

»Marek.«

»Was ist mit dem Fall Grauer?«

Löffler klopfte ihm anerkennend auf die Schulter.

»So, nun ist es heraus. Jetzt hast du mir den Abend versaut. Aber gewaltig. Musst du denn Mord und Totschlag zu Jasmins Geburtstag tragen?«

»Nicht ich, der Mörder hat das hierher getragen. Ich habe keinem was getan. Aber wenn wir schon bei dem Fall sind, was hast du denn bisher erreicht?«

»Nichts.«

»Wie, nichts?«

»Im Augenblick tappen wir vollkommen im Dunkeln. Stell dir mal vor: Es ist gerade mal ein Tag vergangen, und wir haben den Täter noch nicht. Igitt.«

Bürger bekam wieder seinen traurigen Blick. Wer ihn nicht kannte, würde ihn jetzt wahrscheinlich gerne in den Arm nehmen und ihm etwas vorsingen, dann seine Nase schnäuzen und ihm dabei übers Haar streichen.

»Stell dir nur mal vor, ein Uni-Professor. Ein leibhaftiger Professor. Tot. Erstochen. In Tübingen. In der Unistadt, die bekannt ist für ihr Flair, für ihre heile Welt. Eine Welt voller gewaltfreier, lernbereiter und stets fröhlicher bürgerlicher Hippies.«

»Hippies?«

»Früher schon, ja. In den Sechzigern. Aber was glaubst du, welchen Schaden so eine Tat für uns anrichtet? Wir werden keine qualifizierten Lehrkräfte für die Uni mehr bekommen, wenn wir keine Leibwachen stellen. Die Killer-Metropole Tübingen, so werden wir bald genannt werden. Intelligentes Leben wird hier vernichtet, Mörderkommandos machen Jagd auf Akademiker. Ach, Christian, wo soll das alles bloß enden?«

»Hör zu, Marek, wir machen das wie immer: Du hältst uns alles vom Hals, was uns bei der Arbeit stören könnte, und wir liefern dir dann den Täter. Was meinst du, kannst du damit leben?«

Bürgers Augen strahlten.

»Das klingt ganz nach dem Christian Löffler, den ich kenne. Mutig, optimistisch und stets mit Augenmaß. Wenn ich etwas für dich tun kann, dann lass es mich wissen. Ich bin die kommenden ein, zwei Wochen zwar unterwegs – du weißt schon, Konferenzen, Vorträge, ein paar private Termine. Aber danach bin ich jederzeit bereit, dir zu helfen.«

»Siehst du, Marek, so kenne ich dich. Wir sind doch ein tolles Team. So, und nun gehen wir zurück zu den anderen, sonst machen die sich noch Gedanken über uns.«

Als die beiden ins Wohnzimmer zurückkamen, war ein neues Gesicht dazugekommen. Löffler traute zwar kaum seinen Augen, aber er konnte der erschreckenden Wahrheit nicht entrinnen: Seine Ex-Frau Beatrice hatte sich in Schale geworfen und war zur Geburtstagsfete erschienen. Als sie Löffler hereinkommen sah, winkte sie ihm fröhlich zu. Sie war bereits wieder in ihrer Rolle aufgegangen: Mittelpunkt, Mittelpunkt, Mittelpunkt.

Kreitlein grinste ihm zu. Er wusste Bescheid, und manchmal war selbst bei ihm die Schadenfreude die größere Freude. Noch während Löffler versuchte, sich darüber klar zu werden, wie er sich jetzt verhalten sollte, zog ihn jemand am Arm. Sein Vater stand mit bekümmertem Gesicht hinter ihm.

»Ich konnte es nicht verhindern«, sagte er mit Trauer in der brüchigen Stimme.

»Komm schon, Papa, da kannst du doch nichts dafür. Bea hat schon immer gemacht, was sie wollte, das kann man eben nicht verhindern.«

Klaus Löffler strahlte.

»Das wollte ich bloß hören. Dann kann ich mich ja jetzt ins Vergnügen stürzen. Ach, endlich mal wieder eine ungezügelte Party. Warum machst du nie so was? Wir haben doch genug Platz zu Hause.«

»Wenn du noch eine Weile wartest, übernimmt Jessica bald das Thema Feiern zum Abwinken. Mal sehen, ob du dann noch immer so erfreut darüber sein wirst.«

Der Senior zwinkerte ihm bloß zu, dann tauchte er in der Menge unter. Bea stand auf einmal neben ihm und reichte Löffler ein Glas Schampus.

»Prost, mein Lieber. Siehst du, jetzt gibt es sogar eine Willkommensparty für mich. So ähnlich, jedenfalls. Gerade der richtige Zeitpunkt, um nach Tübingen zu kommen. Ich fühle mich schon wie zu Hause.«

»Lieber nicht, Beatrice, lieber nicht. Sonst bleibst du uns am Ende noch erhalten.«

Sie spielte die Beleidigte.

»Aber Chris, so redet man doch nicht mit seiner Frau.«

»Ex. Bald.«

»Jedenfalls gefällt es mir hier, alles nette Leute, und so gar nicht schwäbisch. Die sprechen ja wie normale Menschen. Ich verstehe fast jedes Wort.«

»Das freut mich aber. Die Hinterwäldler haben dazugelernt.«

»Ich glaube eher, das liegt daran, dass die Uni so viele Nichtschwaben angelockt hat. Die heben das Niveau doch ganz beträchtlich. Und jetzt komme auch noch ich als Hamburgerin dazu. Das gibt ja neue Weihen für eure Schlafstadt.«

Sie grinste ihn schelmisch an. Dann drehte sie sich um und ging zurück zu Kreitlein und seiner Gruppe. Löfflers Handy klingelte. Er zog es aus der Tasche, ging nach draußen und meldete sich.

»Hallo Chef, Stammler hier. Wir haben das Ergebnis der Analyse der Stoffe an Grauers Wunde. Das Labor hat angerufen. Das Ergebnis ist irgendwie spannend. Und unerwartet, würde ich sagen.«

»Mensch Kollege, kommen Sie zur Sache.«

»Ja, ja, schon gut. Also, der Stoff, der von der Tatwaffe kommt und an der Einstichwunde hängen blieb, ist Methamphetamin.«

Stammler wartete eine Weile, wie um zu genießen, welche Reaktion diese Nachricht bei Löffler auslösen würde. Tatsächlich musste Löffler sich auf diese Nachricht erst einmal konzentrieren. Natürlich kannte er den Begriff, er wusste, um welche Art von Substanz es sich handelte. Die Medien waren voll von Crystal Meth, nicht erst seit der Serie »Breaking Bad«. Dennoch überraschte es ihn. Er hätte nicht gedacht, dass er jemals in seiner polizeilichen Praxis, zumal in Tübingen, etwas damit zu tun haben könnte.

»Aber das ist nicht alles«, fuhr Stammler mitten im Gedankengang des Hauptkommissars fort, »das Beste kommt erst noch. Das hat mich auch erst mal...«

»Stammler.«

Der Kommissar seufzte, er hätte das Kommende doch so gerne inszeniert. Zelebriert. Aufgeführt. Einen Auftritt daraus gemacht. Nun ja, da musste er halt zur Faktenhuberei zurück.

»Wir haben auch die Analyse des Stoffs, der den Jungen ins Koma gebracht hat. Der Arzt kam vor ein paar Minuten zu uns und hat es gesagt. Sie hätten mal das Gesicht des Bruders sehen sollen. Der wurde so weiß, da ist eine frische Schneedecke nichts dagegen.«

»Wie geht es dem Jungen?«

»Dem Jungen?«

Der Kommissar war irritiert.

»Tobias, dem Kind im Koma. Ist er aufgewacht?«

»Ich weiß nicht. Ich meine, es geht ihm wie immer, also er liegt halt da, immer noch im Koma. Der Arzt hat nichts Genaues darüber gesagt. Aber ich kann mal die Mutter fragen, die hat mit ihm gesprochen.«

»So, und jetzt zum Stoff. Was hat der Junge eingeworfen?«

»Methamphetamin«, sagte Stammler triumphierend.

Nun war Löffler wirklich baff.

»Hoch konzentriertes Zeug, fast völlig rein, wie der Laborbericht aussagt. Ein Wunder, dass der Junge nicht sofort tot war.«

»Woran stirbt man denn da?«

»An einer Überdosis.«

Der Hauptkommissar seufzte laut.

»Ja, klar, Stammler, das habe ich schon begriffen. Aber was bewirkt diese Überdosis?«

»Ah, jetzt verstehe ich Sie, Chef. Tja, das Zeug geht auf den Kreislauf, ins Gehirn, Ohnmacht, Koma, im schlimmsten Fall Zusammenbruch des ganzen Systems. Tod.«

Der Hauptkommissar dachte nach. Aber das »Jumping Jack Flash« der Band fuhr immer wieder zwischen seine Gedanken. Er konnte sich nicht konzentrieren. Es hatte, resignierte er, keinen Sinn, auf der Party den Fall lösen zu wollen.

»Na, jedenfalls wird der tote Grauer dem Jungen den Stoff wohl kaum verkauft haben. Alles andere sollten wir morgen im Präsidium besprechen. Fragen Sie noch mal nach dem Jungen, dann fahren Sie nach Hause. Jessica ist alleine dort. Reden Sie mit ihr, sie ist noch völlig aufgewühlt wegen Tobias. Aber sagen Sie ihr nichts von dem Meth.«

»Alles klar, bis morgen früh dann.«

Christian Löffler ging zurück zu den anderen. Er holte sich ein neues Glas Wein und hörte der Band zu. Gerade spielte Gitarrist Benne Bauknecht das Solo von »Sultans of Swings«, ehe der andere Gitarrenspieler, Hemme Bauer, »Get back« von den Beatles einzählte. Echte Klassiker, dachte Löffler, die man vierzig Jahre später immer noch spielte. Er spürte, dass er, als Sänger Hans-Martin einsetzte, mit dem Fuß mitwippte.

»Wollen wir tanzen?«, fragte Beatrice, die plötzlich neben ihm stand.

Er schaute sich um und sah, dass schon etliche der Gäste auf der kleinen Tanzfläche vor der Band in alter Rock-and-Roll-Manier herumhüpften. Warum nicht, dachte er, morgen muss ich wieder mit den Toten leben. Er trank sein Glas in einem Zug aus, schnappte Bea um die Hüfte und schleppte sie zum Tanzen.

Gitarrist Benne grinste ihn an, legte beim Solo einen Zahn zu und Löffler schwang seine Arme, als wolle er die ganze Band umarmen.

Stammler stand neben der Dusche und trocknete sich ab, als Monika Berger zum Pool kam. Sie sah ihren Kollegen nicht gleich. Berger begann mit Gymnastik am Beckenrand, dehnte sich, streckte die langen Beine und verschränkte die Arme hinter dem Rücken.

»Du bist ja biegsam wie eine Schlange«, sagte Stammler.

Die Kollegin schrak zusammen, machte einen Schritt zur Seite, bekam die Beine nicht auseinander, rutschte aus und fiel ins Wasser. Als sie wieder auftauchte, sah man ihr bereits an, dass sie fuchsteufelswild war.

»Spinnst du?«, rief sie noch vom Becken aus, »mich so zu erschrecken. Ich hätte sterben können. Ausrutschen, Kopf auf die Steinplatten, rein ins Wasser und ertrinken. Aus, das wär's gewesen. Und das alles wegen dir!«

Stammler gelang es nicht, sein Lachen zu kontrollieren. Also lachte er eben lauthals los, was Berger noch wütender machte. In dem Augenblick ging die Tür auf und Jessica tauchte auf. Sie warf ihr Handtuch auf einen Stuhl und ließ erst mal die Situation auf sich wirken.

»Ich vermute«, sagte sie dann, und legte dabei den Zeigefinger auf die Lippen, »dass du«, und sie deutete auf Stammler, »sie« und damit meinte sie Berger, »in den Pool geschmissen hast. Und jetzt ist Monika sauer. Richtig?«

Stammler lachte. Sogar die gerade aus dem Becken wieder herauskletternde Monika Berger konnte sich ein Grinsen nicht verkneifen.

»Mir ist die Lust auf Schwimmen vergangen«, meinte die Kommissarin, »außerdem ist es schon ziemlich spät. Wir haben einiges vor heute.«

Vorsichtig sah sie zu Stammler hin. Der zuckte bloß kurz mit den Schultern und bemühte sich, dass Jessica es nicht bemerkte. Stumm trockneten sich die beiden Polizisten ab, während die Tochter des Hauses ins Wasser sprang und ein paar Längen auf dem Rücken schwamm.

»Wenn ihr Neues wisst von Tobias, dann informiert mich, okay?«

Jessica lag ruhig auf dem Wasser, hatte die Augen geschlossen und ließ sich treiben.

»Ja, machen wir. Gehst du heute in die Schule?«

»Mal sehen. Ich glaube schon. Sonst bringt Opa mich um. Und meine Mutter auch.«

»Deine Mutter? Aber die ist doch weit weg. Und wir verraten ihr nichts – versprochen.«

Das Mädchen grinste die beiden an.

»Viel Vergnügen beim Frühstück.«

Die Polizisten verschwanden in ihren Zimmern und zogen sich um.

Als erst Stammler und ein paar Augenblicke später Berger im Esszimmer erschienen, saß da eine Frau, die sie nicht kannten. Eine attraktive Frau, das musste Stammler zugeben. Auch Monika Berger hätte sich das eingestanden, hätte sie nicht geahnt, wer da vor ihnen an einem Orangensaft nippte.

»Ach, da sind ja die Herrschaften«, begrüßte Bea die anderen aufgekratzt. »Ich habe ja schon einiges von Ihrer Polizisten-WG gehört. Und jetzt sitzen sie leibhaftig vor mir, die Mordspezialisten. Ich bin Beatrice, die Frau von Christian.«

»Die Ex-Frau«, tönte es von der Tür her. »Du vergisst immer das Ex, meine liebe Bea. Das ist aber sehr wichtig.«

Löffler kam in den Raum und schenkte sich eine Tasse Kaffee ein, ohne sich zu setzen. Dann griff er sich eine Brezel und biss hinein.

»Willst du dich nicht setzen?«

»Nein«, sagte der Hauptkommissar kauend, »wir haben es eilig, die Mörder warten. Also, meine Herrschaften, legen wir los.«

»Ach, Christian«, sagte Bea plötzlich in einem Kleinmädchenton, »kannst du mir bitte mein Zimmer zeigen? Heute Nacht haben wir es ja nicht mehr geschafft. Aber auf die Dauer ist dein Zimmer zu eng für uns. Und gestern ging das alles so schnell mit dem Koffer verstauen, rasch umziehen und dann gleich zur Party von Markus und Jasmin.«

Löffler lief rot an.

»Das wird dir Vater nachher zeigen, wir müssen jetzt los.«

Damit setzte er seine Tasse auf den Tisch, stopfte sich den Rest Brezel in den Mund und verließ das Zimmer. Die beiden Kollegen folgten ihm, wobei Stammler sich noch einen Wecken schnappte und ihn in der Tasche seines Sakkos verstaute. Löffler wartete im Wagen und übernahm wieder die Rolle des Chauffeurs.

Stumm fuhren die drei Richtung Präsidium. Plötzlich stellte Löffler den Wagen an der Einfahrt in die Alberstraße Richtung Sportinstitut am Straßenrand ab. Er stieg aus und setzte sich auf den Beifahrersitz. Verwundert blieben die beiden anderen auf ihren Plätzen sitzen und warteten.

»Na, was ist, einer von Ihnen beiden muss weiterfahren. Ich habe noch Restalkohol von gestern, und wenn was passiert, ist der Teufel los. Also, wer steuert das Ding?«

Stammler stieg aus, schob sich auf den Fahrersitz und fuhr los.

»War es so heftig gestern?«, fragte Berger von hinten.

»Heftig? Nein, nicht heftig, es war einfach eine klasse Party. Und da trinkt man auch mal was. Oder machen Sie das nicht so? Sind Sie die heilige Johanna?«

»Herr Hauptkommissar, Sie brauchen sich gar nicht aufzuregen, bloß weil Ihnen das vorhin mit Ihrer Frau ...«

»Ex-Frau.«

»... Ex-Frau unangenehm war. Was man sich einbrockt, kann man gefälligst auch selber wieder auslöffeln.«

»Noch so ein paar schlaue Sprüche auf Lager?«

»Klar, wenn es sein muss. Ich könnte ja ...«

»So«, rief Kollege Stammler da, »jetzt lassen wir mal den privaten Scheiß und kümmern uns um unseren Fall. Was fangen wir denn mit den neuen Informationen an, die wir haben? Hier Crystal, dort Crystal – was zum Teufel ist da los?«

Sie kamen beim Präsidium an.

»Besprechen wir das oben, da gibt es auch die Unterlagen dazu.«

Nachdem sie sich auf den neuesten Stand der Ergebnisse der Analysen bei Tobias und dem Professor gebracht hatten, setzten sie sich zusammen.

»Zufall ist das keiner«, begann der Hauptkommissar, »kann das keiner sein. Wenn in Tübingen an zwei unterschiedlichen Orten so eine Droge auftaucht, muss ein Zusammenhang bestehen.«

»Ein Teenager und ein Professor? Da sehe ich kaum eine Verbindung.«

»Nein, kein Teenager und ein Professor, sondern ein Mordwerkzeug mit Drogenspuren und der Bruder eines Mannes, der den Ermordeten gut kannte. Das ist die Spur, der wir unbedingt nachgehen müssen.«

»Das verstehe ich nicht«, mischte sich Stammler ein. »Die Spuren am Professor können sonst wo herkommen. Wenn ein Süchtiger ihn um Geld anging und der gute Mann ihm keines gab – wusch, sticht der ihn ab. Der Professor wies keine Spuren davon auf, dass er selbst Crystal genommen hätte. Und was diesen Tobias betrifft, müssen wir erst einmal klären, woher er dieses Zeug wirklich hatte. So was kann man doch bestimmt leicht auf dem Schulhof kaufen, fragen wir mal bei Jessica nach.«

Der Hauptkommissar schüttelte den Kopf.

»Erstens ist es nicht ganz so einfach, in unserer Stadt an Meth zu kommen. Und zweitens: Das Zeug in dieser hohen Qualität ist fast nirgends erhältlich, da muss man schon sehr gute Quellen haben.«

»Und woher wissen Sie das?«

»Habe ich heute früh gegoogelt. Da haben diverse Herrschaften noch Strandparty im Pool gespielt.«

»Na schön«, meinte die Kollegin, »was machen wir als Nächstes? Vernehmung des Bruders, dieses Sebastian, würde ich vorschlagen. Wir müssen die Herkunft des Stoffes klären.«

Das Telefon läutete. Löffler nickte Stammler zu. Der nahm den Hörer ab und meldete sich. Eine Weile blieb er seltsam stumm.

»Wo genau?«, fragte er dann. »Was habt ihr unternommen? – Und wer sonst noch? – Ja, die könnt ihr dazuholen, wir beeilen uns.«

Stammler legte auf und begegnete den neugierigen Blicken seiner zwei Kollegen.

»Ein Toter«, sagte er dann, »im Bota, also im alten Botanischen Garten. Gleich hinter dem Taubenhaus liegt er. Eine Frau mit ihrem Kind hat ihn gefunden.«

»Mord?«

»Das scheint nicht klar zu sein, deshalb riefen sie uns an. Der Gerichtsmediziner vor Ort weiß wohl mehr, aber er will es nur uns sagen.«

»Das«, warf Monika Berger blitzschnell ein, »kann dann bloß Kürner sein. Der Professor spricht nur mit seinesgleichen.«

»Na gut«, seufzte Löffler, und erhob sich langsam von seinem Stuhl, »dann fahren wir halt hin. Frische Luft wird mir guttun. Und von unterwegs melden wir uns auch gleich bei dem Biegel an, dem Bruder von Tobias. Der ist bestimmt in seinem Institut, da fahren wir anschließend hin.«

Sie fuhren durch den Tunnel und von da Richtung Feuerwehrhaus auf den Altstadtring. Wegen der Baustelle am Zinser-Dreieck kam man nur schwer und über Umwege in die Mühlstraße. Das war der vorübergehende Preis dafür, dass sich demnächst eine Art Flaniermeile mit verbreitertem Fußgängerweg auftun würde. Wehrt den Online-Handel ab, war die Nachricht, die dahinter steckte, macht das Einkaufen in »wirklichen« statt in virtuellen Läden wieder bequem und zum Erlebnis.

Sie stellten den Wagen beim Büro der Französischen Filmfestspiele ab und gingen die paar Meter zu Fuß zum Taubenturm. Schon von Weitem war die Absperrung zu sehen, wie auch der breite Rücken Kürners, der mit seinen fast zwei Metern herausragte wie ein Leuchtturm. Um ihn herum standen Polizisten in Uniform, die sich unterhielten und darauf zu warten schienen, dass jemand Anweisungen gab, was als Nächstes zu tun war.

»Da seid ihr ja«, begrüßte Kürner die drei, als sie endlich neben ihm auftauchten.

»Gut siehst du aus, Christian, ist dir nicht schlecht? Mir schon, aber bloß wegen der Scampis. Die vertrage ich einfach nicht.«

Löffler grinste bloß. Ein Polizist kam zu ihnen. Er hatte bisher hinter dem Taubenhaus gestanden und sah nun die Gelegenheit, die Sache an einen Vorgesetzten abzugeben.

»Ach, Sie sind das, Motteler«, begrüßte ihn Löffler und reichte ihm die Hand.

»Was ist denn überhaupt passiert? Wer liegt da um die Ecke unter der Plane?«

»Was genau geschehen ist, kann ich Ihnen auch nicht sagen. Der da«, und damit zeigte er auf Markus Kürner, »spricht ja nicht mit uns. Behauptet, wir hätten ihn neulich beleidigt.«

»Dann sagen Sie mir, was Sie wissen, den Rest hole ich mir dann von dem da. Also.«

Motteler kratzte sich am Hinterkopf.

»Hier?«

»Schön, gucken wir uns das Elend mal an.«

Gemeinsam mit den drei Kommissaren ging Motteler hinüber zum Toten. Er schlug die Plane zurück.

»Das ist Ingo Bergmeister. Nicht unbekannt bei uns und bei den Kollegen. Aber eigentlich ein kleiner Fisch mit großer Klappe.«

»Und woran ist er gestorben? Ist es wirklich ein Gewaltverbrechen, oder ist der halt mal so gestorben«, fragte Stammler und trat näher an den Toten heran. Er kniete sich nieder und betrachtete das Gesicht Bergmeisters. Er griff ihm in den Mund und schaute die Zunge an.

»Sind Sie jetzt auch schon Gerichtsmediziner«, rief da plötzlich Kürner, der nur ein paar Meter entfernt mit verschränkten Armen stand und die Szene beobachtete. »Dann braucht man mich ja nicht mehr, wenn jetzt plötzlich alle eine ärztliche Ausbildung haben.«

Löffler lachte.

»Ach, komm schon, Markus, jetzt bist du gefragt. Wir stehen auf dem Schlauch, was ist da passiert? Hast du bereits eine Ahnung? Ein Ergebnis? Die Lösung? Hilf uns, wir brauchen etwas Handfestes, wenn wir ermitteln wollen.«

Langsam schlenderte der Gebauchpinselte zu den Polizisten hin. Motteler wurde dabei geflissentlich ignoriert, auch für Berger hatte der Gerichtsmediziner keinen Blick übrig. Bloß Stammler und, natürlich, Christian Löffler kamen in den Genuss eines knapp angedeuteten Lächelns.

»Kommt her, kniet euch mal neben mich«, sagte er dann, während er in die Hocke ging und dann auf den Toten deutete.

»Dieser Mann wurde eindeutig getötet. Er starb zwar vermutlich an einer Art Überdosis eines bestimmten Stoffs, aber den nahm er nicht freiwillig. Er wurde ihm eingeflößt, nachdem er sich bereits nicht mehr dagegen wehren konnte.«

Löffler schaute erst noch mal zum Toten, dann zu Kürner.

»Wie kommst du denn auf die Idee? Auf den ersten Blick hat er doch keine Verletzungen. Nicht an den Armen, nicht an den Händen und auch sonst kann man nichts erkennen.«

Kürner zog das Hemd des Toten hoch. Und dort, auf der nackten, weißen Haut, konnte man zwei schwarze Punkte sehen. Es sah aus, als sei die Haut dort verbrannt, vielleicht die Brandmale einer Zigarette.

»Das hier«, sagte der Mediziner, und deutete auf die Punkte, »stammt von einem Elektroschocker. Und zwar von einem, der auf die höchste Stufe gestellt war. Das alleine hätte bei manchen schon für einen Herzstillstand sorgen können. Hat er aber höchstwahrscheinlich nicht bei unserem Toten hier. Denn der Mörder oder die Mörderin musste nachlegen. Oder wollte nachlegen. Ja, eher das Letztere. Denn ohne Not nehme ich doch keine Spritze mit, wenn ich einen mit dem Schocker kaltmachen will. – Man verzeihe meine Ausdrucksweise, aber wir sind ja unter uns drei.«

»Welche Spritze denn? Wovon redest du eigentlich?«

»Seht mal her«, sagte der Mediziner, und schob das Hemd von Bergmeister hoch, »da gibt es einen Einstich. Deutlich zu sehen. Das wollte auch keiner verdecken. Wer das gewesen ist, dem war völlig egal, dass man den Einstich entdecken kann.«

Löffler begutachtete den Stich in der Armbeuge. Ein kleiner Tropfen, inzwischen schwarz gefärbten Blutes, hatte sich auf der Haut festgesetzt. Ja, der Einstich war auf den ersten Blick erkennbar.

Und du meinst«, erhob sich der Hauptkommissar aus seiner Hocke, »den Tod hat der Stich, beziehungsweise was in der Spritze war, verursacht?«

Kürner nickte.

»Und was war in der Spritze, was denkst du?«

»Heroin, Crack, Meth – irgendetwas in der Richtung. Diese Symptome kenne ich von unseren Tübinger Drogentoten. Das genaue Ergebnis kannst du in zwei Stunden haben, wir haben da ein tolles Analysegerät.«

»Na, das ist doch mal eine Aussage. Und wir können bis dahin mal schauen, was wir über diesen Bergmeister haben. Das dürfte auf Sie, lieber Stammler, zukommen.«

»Nein, nicht schon wieder. Ich bin pausenlos in irgendwelchen Datenbanken, während Sie da draußen das wahre Leben eines Ermittlers führen. Ich will mal wieder an etwas teilhaben, das ich meinen Kindern erzählen kann. Und nicht immer: Papa hat am Computer gearbeitet, die Kollegen haben geschossen und die Bösen gefangen.«

Löffler klopfte ihm auf die Schulter.

»Nächste Woche kommt Frau Heim wieder, dann sind Sie entlastet. Aber bis dahin brauchen wir Sie und Ihre Computerkunst. Sie dürfen, wenn Sie wollen, auch von zu Hause arbeiten. Zwischendurch ein Sprung in den Pool – da lässt es sich doch aushalten.«

Murrend zog Stammler ab.

»Und wir«, fragte Berger, »gehen wir jetzt zu Biegel ins Institut? Mit dem Fall hier können wir uns ja danach beschäftigen, wenn wir erst mal alle Infos haben.«

»Genau das machen wir. Aber erst will ich noch einen Kaffee trinken, das heute Morgen war ja nichts. Begleiten Sie mich?«

»Ha, ha, was sollte ich wohl sonst tun? Sie haben den Wagen.«

»Na, dann lade ich Sie wenigstens ein. Kommen Sie, hier gibt es nichts mehr für uns zu tun.«

Ehe er ging, winkte er Kürner zu und schüttelte dem Kollegen Motteler die Hand. Zusammen marschierten sie durch die Lange Gasse bis zum Collegium, dann rechts am Boulanger vorbei auf den Marktplatz. Es war Markttag, und Löffler kaufte beim Stand des Bäckers eine Schneckennudel. Berger lehnte das Angebot ab. Dann stiegen sie die paar Treppen hoch und traten in die Silberburg ein. Dort konnte man alles zu Tübingen kaufen, aber auch Andenken und Tübinger Delikatessen aller Art. Sogar eine große Auswahl mit schwäbischem Whiskey war im Angebot. Außerdem konnte man an ein paar wenigen Tischchen Kaffee trinken, etwas knabbern oder sich einfach hinsetzen und das Markttreiben beobachten. Ingo, der Wirt und Verkäufer in Personalunion, begrüßte die beiden.

»Was ist heute mit der Mörderjagd«, fragte er lachend, »macht die Kaffeepause?«

»Das schon, aber bloß wenn du uns auch zwei bringst.«

»Ich weiß nicht, ob ich es verantworten kann, euch von der Arbeit abzuhalten. Immerhin werden inzwischen schon Professoren bei uns gekillt. Das geht ans Eingemachte. Wenn uns jetzt auch noch die Profs wegbrechen, werden wir zu Rottenburg 2. Tot sind wir dann auch, fehlt uns bloß noch ein Bischof.«

»Je schneller du uns den Kaffee bringst, desto zügiger haben wir die Killerkommandos in der Zelle.«

Lachend verschwand Ingo hinter der Theke und bediente die Kaffeemaschine.

Eine Weile schauten die beiden Polizisten aus dem Schaufenster auf den Markt. Für den ökobewussten Tübinger war diese alte Tradition im Herzen der Altstadt natürlich ein gefundenes Fressen. Man konnte ökologisch einkaufen, die regionalen Anbieter unterstützen und es auch noch allen öffentlich zeigen, die ja gleichfalls ökologisch einkauften, die regionalen Anbieter unterstützten und es auch allen zeigen wollten. Eine Art Perpetuum mobile des Tübinger Öko-Spießbürgers.

»Bleibt Ihre Frau denn nun bei uns wohnen«, platzte es dann aus Monika Berger heraus, nachdem Ingo die Tassen auf dem Tisch abgestellt hatte.

»Ex-Frau.«

»Ja, meinetwegen: Ex-Frau. Ich meine, ich will es nur wissen, weil ich ohnehin auf dem Sprung bin.«

»Auf dem Sprung?«

»Ja, ich suche nach einer Wohnung.«

»In Tübingen? Sie machen Witze. Hier gibt es keine bezahlbaren Wohnungen. Zumindest keine mit Dusche, Toilette und größer als zehn Quadratmeter.«

»Dann eben außerhalb. Ich gehe zu einem Makler.«

Löffler schwieg eine Weile.

»Was genau ist der Grund, dass Sie bei uns ausziehen wollen?«

Sie dachte ein paar Sekunden nach.

»Ich kann das gar nicht so genau begründen. Es ist nur so ein Gefühl, dass es nicht richtig ist, noch länger in der Villa in Lustnau zu leben. Ich habe da nichts zu suchen. Da wohnen Sie, Ihr Vater, Ihre Tochter, und meinetwegen auch Ihre Ex-Frau. Aber für mich ist das nichts. Das habe ich auch schon Stammler gesagt. Aber der wenigstens, bleibt Ihnen erhalten.«

»Ich hoffe nur, das hat nichts damit zu tun, dass Beatrice kurzfristig bei uns wohnt. Denn die geht auch wieder, sobald sie sich ausgetobt hat.«

Berger schüttelte den Kopf.

»Nein, Ihre Ex ist mir egal, meine Entscheidung fiel bereits, ehe sie hier ankam. Und außerdem – was sollte es mir ausmachen, wenn sie hier einzieht? Ich kenne sie ja nicht mal, vielleicht würde ich mich blendend mit ihr verstehen.«

Löffler lachte.

»Ja, das kann durchaus sein. Wenn Bea will, kann sie Menschen um den Finger wickeln.«

»So wie Sie, meinen Sie?«

Dann, als sie sah, dass diese Bemerkung bei Löffler einen starren Blick auslöste, wurde sie rot im Gesicht. Ihr wurde gleich klar, dass sie weit übers Ziel hinausgeschossen war.

»Entschuldigen Sie«, sagte sie mit belegter Stimme, »so war das nicht gemeint. Sie hat Sie natürlich nicht in dem Sinne um den Finger gewickelt, meine ich. Sie verstehen schon.«

Ihr Chef sah sie eine Weile an, dann begann er zu lächeln.

»Wer weiß, vielleicht haben Sie sogar recht. Ich war jung, alleine in der Stadt, sie war bildschön, intelligent, mit reichem Elternhaus gesegnet und hatte eine Karriere vor sich. Da lässt man sich gerne um den Finger wickeln, oder?«

»Na ja, so ganz ohne sind Sie ja auch nicht.«

»Ach ja? Wollen jetzt Sie mich um den Finger wickeln?«

»Ginge das denn?«

»Lassen Sie mich überlegen. Sie sehen toll aus, sind intelligent, kommen leider aus der Tübinger Altstadt, haben keine Wohnung, kein Vermögen und das mit der Karriere ist auch nicht so sicher. Da müsste ich ja beide Augen zudrücken.«

Die Situation war wieder entspannt.

»Über Ihren geplanten Auszug reden wir ein anderes Mal, würde ich vorschlagen. Bei einem Gläschen und was zu knabbern. Aber bis dahin erledigen wir unsere Hausaufgaben. Und die sind: Zwei Mordfälle aufklären, von denen wir bisher nicht allzu viel wissen, wenn wir ehrlich sind.«

Löffler hatte, wie immer, wenn er intensiv nachdachte, den Ellbogen auf den Tisch gestützt und zwei Finger gegen die Schläfe gepresst.

»Und dann haben wir auch noch den Jungen«, murmelte der Hauptkommissar, mehr zu sich selbst.

»Den Jungen? Warum wollen Sie denn diesen Tobias immerzu in dem Fall unterbringen?«

»Bauchgefühl. Beziehungsweise, so ganz stimmt das auch nicht. Die Verbindung zum Fall Grauer liegt doch mit den Amphetaminstoffen auf der Hand.«

»Grauer hat dem Kind aber keine Droge verkauft, und das Kind nicht den Prof getötet.«

»Nein, nicht das Kind, aber vielleicht der Bruder. Der hat den Professor getötet, und seinem Bruder die Droge gegeben.«

Er hielt inne. Überlegte. Schlug leicht mit der Hand auf den Tisch. Ließ sich in seinem Stuhl erschöpft zurückfallen.

»Alles Quatsch, ich weiß«, seufzte der Polizist, »aber irgendwie müssen wir uns doch der Lösung dieser Geschichte annähern.«

»In dem Fall würde ich vorschlagen, wir profitieren von der stinknormalen Polizeiarbeit und verhören erst mal diesen Biegel. Dabei können wir ja auch Ihre Theorie abklopfen.«

»Sie haben recht«, sagte der Hauptkommissar entschlossen, »wir fahren jetzt ins Institut und reden mit dem Mann. Außerdem beantrage ich von unterwegs vom Staatsanwalt gleich eine Hausdurchsuchung bei ihm.«

»Kriegen wir nie, auf welcher Grundlage auch?«

»Auf der Grundlage alter Freundschaften, die Wunder bewirken. Und wegen eines gewissen Vertrauensvorschusses, den wir genießen.«

Beide grinsten sich an.

Dann zahlten sie bei Ingo die Getränke und marschierten zum Auto. Als sie ankamen, sahen sie gerade noch, wie der Stadtbüttel vom Wagen wegging. Unter dem Scheibenwischer steckte ein Knöllchen.

»He«, rief Löffler dem Mann nach, »wie soll ich ins Training kommen, wenn du mir dauernd Strafzettel aufbrummst?«

Der Mann drehte sich um. Als er den Hauptkommissar entdeckte, grinste er über beide Backen. Er kam auf die beiden zu, griff, als er vor dem Polizisten stand, nach dem Strafzettel, zerknüllte ihn und warf ihn auf den Boden.

»Du kannsch jo au mol a Zeichen hinmache, dass des dein Auto isch. Dann erspar i mir die Arbeit. Ond dass du mir am Samstag zum Lauftreff kommsch, gell, i mach nämlich die Gymnastik vor.«

»Das lass ich mir nicht entgehen. Bis Samstag dann – und danke auch.«

»Für was?«

»Den Strafzettel.«

»Welchen Strafzettel?«

Dann war er hinter einem Lastwagen verschwunden, der die Straße zugeparkt hatte.

So viel zum Thema alte Freundschaften«, sagte Monika Berger grinsend.

»Sportler halten zusammen. Das ist überall so auf der Welt.«

»Besonders in Tübingen.«

»Genau.«

Als der Hauptkommissar und seine Kollegin an der Mensa Morgenstelle, hoch auf dem Berg, vorbeifuhren, erinnerte sich Löffler daran, dass hier früher noch richtig was los war. Es gab das Fest auf zwei Ebenen, und es gab Livekonzerte mit bekannten Bands. Er selbst war – lange ist es her – bei Hubert von Goisern gewesen. Oder bei einer Genesis-Cover-Band, die die Songs der Band perfekt nachgespielt hatte. Inzwischen herrschte in dieser Beziehung tote Hose in dem Gebäude.

Im gleich daneben liegenden Chemischen Institut ließen sie sich von der Sekretärin in Biegels Labor bringen. Ja, er sei da, allerdings erst seit ein paar Minuten. »Später als sonst«, sagte sie.

Als sie in das Labor eintraten, sahen sie drei Köpfe, die sich über den Bildschirm eines Computers gebeugt hatten. Als die Polizisten die Tür ins Schloss fallen ließen, drehten sich alle Köpfe zu ihnen herum, das Display des Notebooks wurde rasch geschlossen und die drei Chemiker rückten auseinander.

»Was soll das sein«, fragte Vera Steffen, »ein Überfall, oder was?«

»Nette Begrüßung.«

»Ah, Sie sind das«, sagte Steffen, als sie Monika Berger erkannte. »Na, heutzutage ist man nicht mehr sicher im Umfeld der Wissenschaft. Da reagiert man manchmal schon leicht hysterisch. Professor Grauer hat sicher auch nicht damit gerechnet, dass er spät nachts im Parkhaus abgestochen wird.«

»Das ist auch schon Nicht-Chemikern passiert – sagt man.«

»Ja, ja, klar, aber im Augenblick werden wohl Chemiker gejagt.«

»Frau Steffen, jemand hat einen, ich betone: einen Chemieprofessor getötet. Das ist tragisch, vor allem für den Toten. Aber Sie brauchen deshalb keine Hetzjagd auf diese Berufsgruppe konstruieren, das ist ziemlich lächerlich.«

»Aber man bringt einen Chemiker doch nicht um, das macht einfach keinen Sinn.«

»Macht es mehr Sinn, einen Maurer, Bäcker oder Lehrer umzubringen?«

»Nun, streiten wir uns nicht«, intervenierte Bert Weigand, »Sie sind sicher zu uns gekommen, weil Sie sich unsere Hilfe erhoffen. Was können wir denn für Sie tun?«

»Ich bin Hauptkommissar Löffler«, stellte der sich vor, »und wir würden uns gerne mal mit Herrn Biegel unterhalten. Und zwar nur mit Herrn Biegel. Dann stören wir die beiden anderen nicht bei ihrer wichtigen Arbeit. Gibt es hier einen Raum, in dem wir ungestört sind?«

»Wir bleiben hier, ich habe keine Geheimnisse vor meinen Kollegen.«

»Aber wir haben welche. Also, wohin?«

Resigniert hob Biegel die Schultern, verdrehte die Augen zu seinen Kollegen hin und ging dann zur Türe. Die Kommissare folgten.

»Es gibt hier einen Besprechungsraum«, sagte der Chemiker, als er sie durch einen langen Gang führte. »Aber der wird kaum gebraucht, weil wir die Meetings immer in den Labors abhalten. Hier, da ist es.«

Er stieß eine Tür auf, und sie traten in einen Raum, in dessen Mitte ein runder Tisch stand, an dem sicher ein Dutzend Menschen Platz hatte. Biegel zog einen Stuhl zu sich her. Er setzte sich hin und sah den Hauptkommissar erwartungsvoll an. Löffler nahm ihm gegenüber Platz, während seine Kollegin an der Tür stehen blieb.

»Das sieht aus wie ein Verhör«, stellte der Chemiker fest, und deutete dabei auf Berger, »sie passt auf, dass ich nicht verschwinde, und Sie, Herr Hauptkommissar, stellen die Fangfragen. Fehlt bloß noch die versteckte Kamera.«

»Nun passen Sie mal gut auf«, begann Löffler, und beugte sich nach vorne, während er Biegel ansah, »ich habe nicht die geringste Lust, mir Ihren abgehobenen Mist anzuhören. Damit das schon mal klar ist. Sie befinden sich keineswegs in einer Fernsehserie. Und deshalb bin ich auch nicht furchtbar nett zu Ihnen und Sie können mir nicht auf der Nase herumtanzen. Ist das bei Ihnen angekommen?«

Der Mann nickte. Es war, als suche er nach Worten und finde sie nicht.

»Denn«, fuhr der Polizist fort, »es gibt da einen Jungen, der liegt im Koma im Krankenhaus. Und es gibt den Verdacht, dass Sie nicht unschuldig daran sein könnten. Um es mal vorsichtig zu formulieren.«

Wieder versuchte der Mann etwas zu sagen, bloß dass er die Worte nicht fand. So mahlte er mit seinem Kiefer, als zerstückle er eine Nuss.

»Aber nicht nur das«, ergänzte der in Fahrt gekommene Hauptkommissar, »das Zeug, das Ihren kleinen Bruder ins Koma brachte, wurde auch bei Ihrem Institutsleiter gefunden. An einer offenen Wunde. Und die führte zum Tode. Können Sie mir folgen? Wenn ja, dann ist das doch ein merkwürdiger Zufall. Wenn dann schließlich noch eine Zeugin behauptet, Ihr Bruder hätte das verdächtige Zeug, konkret: das Methamphetamin, in Ihrem Zimmer entdeckt und dann geschluckt – wer da nicht hellhörig wird, hat es an den Ohren. Das haben wir aber nicht. Und Sie, was ist mit Ihnen?«

Sebastian Biegel wirkte betroffen. Es war, als sei ihm mit Löfflers Zusammenfassung zum ersten Mal klar geworden, dass das, was in den letzten Stunden geschehen war, tatsächlich mit ihm zu tun hatte. Dass es keine abstrakten Toten und keine abstrakten Drogen waren, mit denen er es hier zu tun hatte. Dass diese Dinge im Augenblick mit Macht über ihn hereinbrachen, und dass man durchaus Antworten von ihm einfordern konnte.

»Ich weiß nicht, was Tobias genommen hat«, sagte er dann leise, »keine Ahnung, ob er in meinem Zimmer herumgeschnüffelt, und irgendeine chemische Lösung entdeckt und die ausprobiert hat.«

Er schwieg.

»Keine chemischen Lösungen. Methamphetamin. Crystal Meth sagt man dazu. Und das ist eine harte, komplizierte Droge.«

Biegel nickte ergeben. Dann hob er hilflos die Arme.

»Was glauben Sie, wie ich mich fühle, wenn ich daran denke, dass mein kleiner Bruder hilflos im Krankenhaus liegt und keiner weiß, ob er jemals wieder erwacht. Und wenn er erwacht – was hat das Koma aus ihm gemacht? Wir alle wissen doch, was für Menschen so ein Zustand hinterlassen kann. Und wenn Sie jetzt auch noch spekulieren, dass ich etwas damit zu tun haben könnte, dann, ach, ich weiß auch nicht.«

Die Polizisten gaben ihm etwas Zeit. Sie beobachteten, wie er auf seiner Unterlippe herumkaute, und wie er versuchte, die Tränen zurückzuhalten.

»Wir wissen nicht, ob Tobias das Zeug, das er nahm, wirklich aus Ihrem Zimmer zu Hause hat – aber wir werden Ihre Wohnung definitiv durchsuchen lassen«, sagte Christian Löffler.

So richtig drangen die Worte nicht zu Biegel durch. Er war in seine Welt abgetaucht, und was immer er da fand, würde er den Polizisten ganz sicher nicht mitteilen.

»Hören Sie, Biegel, was werden wir finden, wenn wir Ihr Zimmer durchsuchen? Haben Sie eine Ahnung?«

Biegel war zurück im Verhör. Zurück in der Morduntersuchung und beim komatösen jüngeren Bruder.

»Gar nichts werden Sie finden«, sagte er, »weil da nichts ist. Aber bitte, Sie dürfen sich selbst überzeugen, da brauchen Sie meinetwegen nicht mal einen Durchsuchungsschein oder wie das Ding heißt. Aber räumen Sie wieder ein, was Sie rausholen. Kann ich jetzt zurück zu meiner Arbeit?«

Der Hauptkommissar schaute zu seiner Kollegin. Er nickte ihr kaum merklich zu.

»Nein, eigentlich nicht«, übernahm Berger das Gespräch, »denn wir fragen uns inzwischen, wie das Crystal an Professor Grauers Körper kam. Das heißt, wie es hinkam, wissen wir. Durch das Messer nämlich, mit dem er getötet wurde. Aber wie kamen die Spuren des Meth aufs Messer? Können Sie uns da weiterhelfen?«

»Jedenfalls war Grauer nicht süchtig, falls Sie das meinen.«

»Das meine ich ganz sicher nicht. Aber Ihre Antwort steht Ihnen nicht besonders, denn Sie wissen sehr gut, worauf meine Frage abzielt.«

»Ach ja, worauf denn?«

»Wie es sein kann, dass sich im Bauch Ihres Bruders und an der Einstichwunde Grauers derselbe Stoff befinden kann, obwohl die beiden sich vermutlich nicht kannten. Wer aber das Verbindungsglied sein könnte, liegt auf der Hand, denn das sind Sie.«

»Sie könnten doch Grauer getötet haben, während Ihr Bruder bei Ihnen das Meth fand, und es gleich schluckte. Beim einen war es Mord, beim anderen Fahrlässigkeit.«

Biegel schüttelte den Kopf.

»So ein Quatsch. Warum sollte ich Grauer töten? Ich hatte nichts gegen ihn. Außerdem war ich zum Zeitpunkt seines Todes mit meinen Kollegen zusammen, die werden das bestätigen.«

»Machen die das auch unter Eid bei einer Mordanklage?«

Der Chemiker nickte.

»Tja, Sie sind ja ein richtiger Glückspilz. Wer solche Freunde hat, braucht keine Polizei zu fürchten.«

»Aber sagen Sie mal«, fragte Löffler, »kommt es bei Ihren Versuchen vor, dass Sie Amphetamine einsetzen? Als Wirkstoff, als Beschleuniger oder als Katalysator – egal zu welchem Zweck?«

Biegel überlegte kurz, dann schüttelte er den Kopf.

»Eigentlich nie, wir forschen in vollkommen anderen Bereichen. Psychotrope Substanzen wie Methamphetamine oder Ephedrin kommen nicht vor. Amphetamin und Dexamphetamin wird heute zum Beispiel bei ADHS, bei dieser Aufmerksamkeitsdefizit- und Hyperaktivitätsstörung eingesetzt. Aber daran arbeitet hier im Institut keiner.«

»Aber wieso finden sich dann ganz offensichtlich an der Klinge der Tatwaffe Spuren dieses Mittels? So, als habe man mit dem Messer etwas zurechtgeschnitten oder als sei es anderweitig damit in Berührung gekommen.«

Der Chemiker zuckte bloß mit den Schultern. Es sah aus, als sei er mit seinen Gedanken ganz woanders. Die Information mit der Tatwaffe schien neu für ihn zu sein.

»Das müssen Sie herausfinden, ich habe keine Ahnung.«

»Und Ihr Verhältnis zu Grauer sagen Sie, war gut?«

»Sehr gut sogar«, betonte der Gefragte vehement, »ich kannte ihn schon sehr lange, und er hat mich das ganze Studium über begleitet. Er war mein Doktorvater, er hat mir immer sehr geholfen. Sein Tod ist, ob Sie mir das glauben oder nicht, auch für mich sehr, sehr tragisch. Ich mochte den Mann.«

»Na schön«, meinte Löffler schließlich, und erhob sich von seinem Stuhl, »dann wollen wir mal sehen, wohin uns die Spuren führen.«

»Gibt es denn welche«, fragte Biegel, als er neben Löffler zur Türe ging.

Der Hauptkommissar grinste ihn an.

»Dienstgeheimnis.«

Als sie gemeinsam mit dem Chemiker in das Labor zurückkamen, saßen die anderen beiden noch immer am Computer.

»Gibt es denn überhaupt noch Versuche«, fragte Christian Löffler, »die man in der Realität machen muss? Oder läuft das heute alles über Computersimulationen? Vielleicht können Sie aus dem Labor bald einen Pool machen, und dann in den Liegestühlen am PC ihre Versuche am Beckenrand durchführen.«

»Eine verführerische Idee«, antwortete Steffen lachend, »aber leider sehe ich da in naher Zukunft keine Chance. Da am Ende unserer Versuche ja Produkte stehen sollen, die faktisch vorhanden sind, die man berühren, einnehmen, mit sich tragen kann, unterliegen auch die Versuche größtenteils sozusagen einem haptischen Prinzip. Alles andere wäre mir persönlich auch zu abstrakt, wenn Sie verstehen, was ich meine?«

Der Kommissar lachte.

»Warum, glauben Sie, habe ich einen so handfesten Beruf wie den des Polizisten ergriffen? Das ist die Form von Haptik, die ich bei meiner Arbeit verspüre. Und damit meine ich keineswegs bloß das Schließen der Handschellen – wenn Sie verstehen?«

»Soll das ein Wink mit dem Zaunpfahl sein?«

Wieder lachte Löffler sie an.

»Aber nein, wie kommen Sie darauf? Sie haben doch alle wunderbare Alibis – jeder ist das Alibi vom anderen. Perfekt.«

»Sie glauben uns nicht?«

Löfflers Smartphone läutete.

»Sie entschuldigen einen Augenblick«, sagte er, und ging mit dem Handy in der Hand durch die Tür in den Flur.

»Was gibt es?«, fragte er Stammler, der am anderen Ende war.

»Interessantes, Chef. Sehr interessante Nachrichten. Die Gerichtsmedizin rief an wegen der Ergebnisse der Analyse bei Bergmeister. Man hat ihn offensichtlich, genauso wie Kürner sagte, mit einem Elektroschocker außer Gefecht gesetzt. Das ist zwar eine Bestätigung unserer Vermutungen, aber was wir nicht ahnen konnten, in der Spritze, die man ihm anschließend verpasst hat, war Crystal Meth. Amphetamin. Derselbe Stoff, den wir an Grauer und im Magen des Jungen gefunden haben. Der Mann war total vollgepumpt damit. Bis zur Halskrause, das hätte einen Elefanten umgebracht.«

Stammler wartete auf eine Reaktion seines Vorgesetzten. Aber der blieb zunächst ruhig. Offensichtlich versuchte er die Information einzuordnen.

»Sonst noch was?«, fragte er dann.

»Ja«, fuhr Stammler fort, »dieser Einstich im Arm. Bergmeister war kein Junkie, ich meine, er war nicht süchtig oder so was. Es war der einzige Einstich. Die Mediziner vermuten, dass man ihm den Stich gezielt als Überdosis gesetzt hat. Dafür spricht auch die unglaubliche Menge, die man in ihm fand. Auch die Reinheit des Stoffs. Haben Sie vorher so noch nie gesehen, sagen sie.«

»Danke Kollege«, beendete der Hauptkommissar das Gespräch.

Als er zurückkam, trat er in einen Raum ein, in dem alle schwiegen. Nur der leise Ton der Atmung war zu hören. Die Chemiker warteten wohl darauf, dass die Polizisten endlich verschwanden, und Berger hatte offensichtlich keine Lust, sich mit dem Triumvirat zu unterhalten. Deshalb empfanden es sicher alle als Erleichterung, als Löffler zurückkam.

»Es gibt noch eine Leiche«, sagte er in den Raum, »bei der derselbe Stoff, dasselbe Methamphetamin gefunden wurde, wie bei Grauer und bei Tobias Biegel. Gibt es jetzt noch jemand, der an einen Zufall glaubt?«

Alle sahen sich gegenseitig an.

»Wer ist denn der Tote?«, fragte Weigand schließlich.

»Er ist ein stadtbekannter Kleinkrimineller. Man hat ihn zu Tode gespritzt. Mit einer Überdosis reinsten Meths.«

»Aber was sollte denn Grauer mit so einem Menschen zu tun haben?«, warf Biegel ein, »das sind doch komplett unterschiedliche Lebenswelten. Also ich glaube da schon an einen merkwürdigen Zufall.«

»Außerdem wurde Grauer erstochen, während dieser Typ ja Drogen nahm. Und außerdem, woher wollen Sie wissen, dass er nicht selbst an seinem Tod schuld war. Eine

Überdosis ist schnell gespritzt, das kann sogar langjährigen Süchtigen passieren.«

»Ingo Bergmeister.«

»Wie bitte?«

»Ingo Bergmeister heißt der Tote. Haben Sie den Namen schon mal gehört? Einer oder eine von Ihnen? Vielleicht im Zusammenhang mit dem Professor?«

Alle drei schüttelten den Kopf.

»Vielleicht, wenn ich ein Gesicht dazu hätte«, meinte Vera Steffen, »aber der Name alleine sagt mir gar nichts. Andererseits treibe ich mich auch eher selten mit Kleinkriminellen in Tübingen herum.«

Löffler hörte die Antwort der Chemikerin bereits nicht mehr, wenn man von seinem Gesichtsausdruck ausging. Er hatte die typische Löffler-Maske aufgesetzt. Eine Mimik, die signalisierte: Egal, was ihr sagt oder tut – ich bin mal kurz weg, und kann euch weder hören, noch sehen noch irgendetwas verstehen von dem, was um mich herum geschieht. Ich konzentriere mich jetzt ganz auf einen Gedanken – also lasst mich einfach in Ruhe.

»Sagen Sie mal, Herr Biegel«, sagte der Hauptkommissar dann leise, so, als sei es nur für den Mann bestimmt, »hätten Sie eigentlich Schwierigkeiten, die Grundstoffe für die Produktion von Crystal Meth zu besorgen? Ich meine, Sie als Chemiker haben da doch ganz andere Möglichkeiten als unsereins, oder?«

»Bin ich Walter White, oder was?«

Biegel schien ernstlich erzürnt zu sein.

»Na, immerhin kennen Sie Walter White«, meinte Berger anstelle ihres Chefs, »da müssten Sie sich mit dem Crystalgeschäft doch auskennen.«

Biegel winkte ab.

»Bloß weil ich Breaking Bad gesehen habe, heißt das noch lange nicht, dass ich plötzlich auf die dunkle Seite wechsle.«

Löffler wiegelte ab.

»Sie haben recht, das war nur ein Spaß. Ich habe mir die Serie ja selbst angesehen und war begeistert.«

»Ist mir doch egal.«

»Na schön«, machte der Leiter der Tübinger Mordkommission sich nun endgültig zum Aufbruch bereit, »falls wir noch Fragen haben sollten, wir wissen ja, wo wir Sie finden. Besonders Sie, Herr Biegel, sollten sich nicht von Tübingen entfernen. Spätestens dann, wenn Sie in Wurmlingen sind, sollten Sie sich melden und uns das mitteilen. Aber jetzt warten wir erst mal die Hausdurchsuchung ab.«

»Da ist aber nichts.«

»Ich will Ihnen ganz ehrlich sagen, dass ich daran nicht so recht glaube. Und wenn Sie mit der Sache etwas zu tun haben, dann finden wir das heraus.«

»Wollen Sie mir drohen, oder was für eine Art Ankündigung ist das?«

»Eben das, eine Ankündigung.«

Die beiden Kommissare gingen zurück zum Wagen.

»Da haben wir ja schön auf den Busch geklopft«, sagte Berger, als sie im Auto saßen.

»Ich meine, ich mag die Typen ja auch nicht, aber dass sie was mit den ganzen Toten und Komatösen zu tun haben, glaube ich eher nicht.«

»Ich schon.«

»Aber welche Beweise, Indizien, oder meinetwegen Hinweise haben Sie denn?«

»Keine, nur mein Bauchgefühl. Aber das bleibt unter uns. Ich kann ja schlecht zugeben, dass ich Fälle löse, weil mein Bauch brummt.«

»Guter Fingerzeig. Ich habe Hunger.«

»Erst Präsidium, dann sehen wir weiter.«

»Na gut, aber wenn ich zusammenklappe, dann müssen Sie mich tragen.«

»Sie würden mich dafür doch glatt wegen sexueller Belästigung anzeigen.«

»Aber Christian Löffler, Sie doch nicht.«

Jessica saß zu Hause in ihrem Zimmer und bediente mit ihrem WhatsApp fleißig die Smartphones ihrer Klassenkameraden. Ihre Mutter hatte in der Schule angerufen, und dort mitgeteilt, dass ihre Tochter heute nicht zum Unterricht käme. Im Gespräch mit dem Rektor erzählte sie in kurzen Worten von Jessis Erlebnis mit Tobias. Dann zog Beatrice sich zurück in ihr Zimmer und verbrachte dort mit jeder Menge Telefongesprächen, E-Mails und Postings in sozialen Netzwerken den Mittag.

Zuvor hatte sie ihrer Tochter noch von den Ereignissen mit ihrem Freund in New York erzählt. Als sie merkte, dass Jessica sich nicht sonderlich dafür interessierte, brach sie ab und sie unterhielten sich eine Weile über Jessicas neue Schule, über Tübingen und, ganz vage allerdings, wie es weitergehen solle. Als Jessica auch hier immer einsilbiger wurde, spielte ihre Mutter die beleidigte Leberwurst und zog sich zurück. Es klopfte an Jessicas Zimmertür.

»Ich habe jetzt keine Zeit!«, rief das Mädchen.

»Für wen genau hast du keine Zeit«, schallte es durch die Tür.

»Ach, du bist das, Opa. Es ist offen, du kannst hereinkommen.«

Klaus Löffler kam herein und blieb vor seiner Enkelin stehen, die im Sessel vor dem Panoramafenster zum Österberg hin saß.

»Smartphone-Konferenz?«

Jessica lachte.

»Die wollen alle wissen, warum ich heute nicht in der Schule war. Und das mit Tobias. Irgendwie hat sich herumgesprochen, dass er im Krankenhaus liegt. Von mir jedenfalls stammt das nicht. Aber ich glaube, der Vater von Melanie ist Arzt im Klinikum, der könnte das herausgelassen haben.«

Löffler Senior setze sich auf den Stuhl am Schreibtisch.

»Ja, ja, schlimme Sache, das mit dem Jungen. War der nicht mal hier bei uns? Mit dem du Theater geübt, also geprobt hast?«

Sie nickte. Schweigend schauten sie eine Weile durchs große Fenster, hinüber nach Waldhäuser, aus dem der Riesenturm des Weißdornweg 14 herausragte.

»Opa?«

»Ja?«

»Neulich hat mir Tobias erzählt, dass sein Bruder, der ja Chemiker ist, total high nach Hause kam. Und er hat ihm gesagt, er mache seine eigenen Muntermacher, wozu sei er schließlich Chemiker geworden. Er hat ihm nicht alle Details gesagt, aber irgendwie findet das ganze dort statt, wo er arbeitet. Ich glaube, deshalb hat Tobias das Zeug auch geschluckt – weil er dachte, er könnte dadurch ebenso high werden wie sein Bruder.«

Der Opa dachte kurz nach.

»Hast du das deinem Vater erzählt?«

»Nein, habe ich nicht. Erst habe ich es vergessen, und dann wollte ich mich nicht einmischen. Was meinst du, soll ich ihm das noch sagen?«

»Eigentlich schon. Aber sag mal, hat der Chemiker auch erzählt, wo er sein Zeug zusammenbraut?«

»Nicht richtig. Tobias sagte, sie hätten ein Labor im Keller, eins, das nicht mehr in Betrieb ist. Und das benutzt er.«

»Weißt du was«, sagte Löffler, »das sehen wir uns selbst mal an. Ich habe gerade richtig Lust auf ein kleines Abenteuer. Zur Abwechslung mal in einem echten Krimi mitzuspielen, ist doch auch nicht schlecht, oder?«

Verschwörerisch grinste er seine Enkelin an.

»Dann kannst du gleich für deine Schauspielkarriere proben. Du spielst die Ermittlerin, oder die Privatdetektivin, und ich den pensionierten Ex-Bullen, der dich unterstützt.«

»Mensch Opa, du hast ja Ideen. Aber lass das bloß Papa nicht erfahren, ich glaube nicht, dass ihm das gefällt. Er ist doch immer so korrekt, wenn es um seinen Job geht. – Und wie gehen wir nun vor, hast du eine Idee?«

Opa nickte.

»Klar. Ich kenne mich ein wenig aus im Institut. Da waren schon etliche Sponsorentreffen, und ich war da immer eingeladen, als ich mein Unternehmen noch hatte. Daher kannte ich auch Grauer. Ein netter Mann, übrigens. Jedenfalls haben wir uns immer durch einen Hinterausgang rausgestohlen, um zu rauchen. Und genau den benutzen wir beide jetzt als Vordereingang.«

»Du hast geraucht?«

»Ja, früher, als es noch gesund war.«

Jessica lachte. Dann wurde sie ganz aufgeregt.

»Und wann wollen wir da hingehen? Jetzt gleich? Heute noch? Vielleicht heute um Mitternacht?«

Der Großvater winkte lachend ab.

»Nun mal langsam, so schnell geht das nicht. Erstens müssen wir sicher sein, dass keiner im Labor ist. Zweitens sollten wir einen Plan machen. Wir können ja nicht einfach durch das Gebäude laufen. Hast du eine Ahnung, wie groß das ist? Es wäre nicht schlecht, wenn wir wüssten, wo sich die Labore im Untergeschoss genau befinden. Und ob man da so einfach hin kann.«

»Und wie willst du das alles herausfinden?«

»Beziehungen.«

»Wie, du kennst Chemiker?«

»Klar, ich war mal Sponsor, habe ich dir doch erzählt. Und der alte Reihle, Grauers Nachfolger, war einer meiner Mitraucher. Den frag ich einfach mal.«

Das Mädchen klatschte in die Hände.

»Super, das läuft ja wie geschmiert. Aber wir dürfen auf keinen Fall Papa was sagen, der dreht sonst durch.«

»Aber erhoffe dir nicht zu viel davon. Wir schauen bloß nach, ob tatsächlich so was wie ein Platz existiert, an dem dieser Bruder sein Zeug mixt. Wenn wir das wissen, müssen wir es deinem Vater sagen. Aber nicht direkt, das machen wir anonym. Wenn er erfährt, was wir gemacht haben, entzieht er mir die Vaterschaft.«

»Super, Opa, dann ruf jetzt mal deine V-Männer an.«

»V-Männer? Mensch, hast du einen Slang drauf. Du hast wohl bei deinem Vater zu oft in den Ermittlungsakten gestöbert.«

»Nur wenn er nicht weiterkam und Hilfe brauchte.«

Also eigentlich«, stellte Gerd Stammler abschließend fest, »hatte der Tote nur einen echten Freund. Ich meine, er kannte viele Leute, aber als Freund kann man bloß Bernward Metzger bezeichnen. Genannt Bernie.«

»Wissen wir, wo er wohnt?«

»Klar wissen wir das, Bernie ist ein ehrbarer Bürger. Er wohnt seit dreißig Jahren in der Ammergasse. Altstadtadel pur, sozusagen. Wenn auch nicht dort geboren und aufgewachsen. Er hat sich vor vielen Jahren mal am Bein verletzt, schwer verletzt. Seitdem bekommt er eine Invalidenrente, arbeiten kann er nicht mehr. Jetzt macht er den Flaneur und Kneipengänger.«

»Frauen? Männer?«

Stammler schüttelte den Kopf.

»Nee, gar nichts. Er ist einer von denen, sie sich selbst genügen. Der einzige regelmäßige Besucher war Ingo Bergmeister. Warum das so war, müssen wir ihn wohl selbst fragen.«

»So ist es«, meinte der Hauptkommissar und stand auf. »Dann machen wir uns mal auf den Weg.«

»Alle?«

»Ich glaube, der Kollege Stammler weiß es zu schätzen, wenn er sich mal die Beine vertreten darf.«

»Nee, nee, ich mache keinen Trainingslauf mit Ihnen. So wie Sie einen über den Spitzberg scheuchen, endet das mit einer Krankmeldung am nächsten Tag. Da versacke ich lieber vor dem Computer und einer fetten Pizza.«

»Aber nein, Kollege, ich dachte nur daran, dass Sie mich begleiten. Wir gehen zu diesem Bernie, und anschließend nehmen wir ein paar Getränke im ‚Ammerschlag' zu uns. Der liegt ja dann quasi auf dem Weg.«

»Wenn das so aussieht, bin ich dabei. Was ist mit dir, Monika, willst du dich uns nicht anschließen? Du bist doch sonst auch keinem Drink abgeneigt.«

Sie winkte ab.

»Ich habe einen Termin, der kann dauern. Geht ihr nur in die Kneipe, ich mache mir einen gemütlichen Abend. Etwas schwimmen, dann gesund essen, ein schöner Film mit Happy End und zum Einschlafen noch Musik. Das ist besser, als in der Kneipe zu sitzen und Männergesprächen zu lauschen.«

»Wenn das so ist – wir verschwinden dann mal zum Männergespräch.«

Auf dem Weg zum Wagen begegnete ihnen der Oberstaatsanwalt. Als er Löffler entdeckte, kam er schnurstracks auf ihn zu, nahm ihn am Arm und zog ihn durch eine Tür, die offen stand. Dass es sich dabei um die Damentoilette handelte, war ihm entweder egal oder überhaupt nicht bewusst. Er zog die Türe hinter ihnen zu und ließ Stammler alleine draußen stehen.

»Christian«, begann er, und sein jammernder Ton ließ bereits darauf schließen, was nun kam, »Christian, was ist mit unserer Stadt los? Drogenkartelle aus Polen, Mexiko und Kolumbien treiben sich hier herum. Ich warte bloß noch darauf, dass sie sich Gefechte auf dem Marktplatz liefern. Dann haben wir Bedingungen wie in Breaking Bad. Kannst du dich daran erinnern, als diese Schildkröte den abgeschlagenen Kopf eines Informanten auf ihrem Panzer durch die Wüste transportierte? Sollen bei uns vielleicht die Schwäne auf dem Neckar menschliche Gliedmaßen im Schnabel tragen? Christian, wir müssen schnell etwas unternehmen. Nachher kommt das Fernsehen wegen Grauer, dann die örtliche Presse. Und meine Frau geht schon nicht mehr vor die Haustüre.«

»Bist du jetzt fertig?«

»Ja.«

»Dann hör mir jetzt mal zu. Ich weiß noch nicht, worum es sich hier genau handelt. Sicher bin ich mir aber, dass wir nicht zum Drogenumschlagplatz in Süddeutschland werden. Jetzt beruhige dich, und sag der Presse, dass wir im privaten Bereich ermitteln. Sonst machen die noch ein Tübingen-Kartell aus unserer Stadt. Und vermutlich wird, wie ich die Motzbürger hier kenne, der Oberbürgermeister für sie der Kartellchef sein. Er hat ja auch Tempo 30 erfunden, das Attentat auf Kennedy begangen und befehligt islamische Selbstmordkommandos.«

»Wenn du meinst. Dann gebe ich das so weiter.«

Die Tür ging auf, und eine Frau in Uniform kam herein. Eine Polizistin der Verkehrspolizei, die hauptsächlich in Tübingen konzentriert war. Als sie die beiden Männer vor sich sah, war sie offensichtlich irritiert, dann aber brach ein heftiges Lachen aus ihr heraus.

»Geheimtreffen auf dem Damenklo? Muss ich jetzt zu den Männern rüber?«

Stammler war der Frau gefolgt und zuckte entschuldigend mit den Schultern.

»Sie ließ sich nicht aufhalten.«

»Schon gut«, sagte Marek Bürger, »unsere Besprechung ist beendet. Lassen wir die Kollegin alleine. Und nichts für ungut, aber das hier unterliegt höchster Geheimhaltung.«

»Wenn Sie etwas weitererzählen, müssen wir Sie erschießen«, sagte Stammler mit dumpfer Stimme. Dann zwinkerte er der Frau zu, die inzwischen damit begonnen hatte, Bürger Richtung Ausgang zu schieben.

Die Männer verließen die Damentoilette, und der Oberstaatsanwalt begleitete sie zum Ausgang. Bevor sie ins Freie traten, blieb Löffler abrupt stehen.

»Sag mal, Marek, warum hat eigentlich deine Frau so viel Angst davor, das Haus zu verlassen?«

Bürger rückte mit seinem Mund ganz dicht an Löfflers Ohr.

»Du weißt wohl nicht, was sie studiert hat? Dann will ich es dir sagen: Sie ist eigentlich Chemikerin. Sie hat nur nie in dem Beruf gearbeitet, wegen der Kinder.«

»Na, das wusste ich natürlich nicht. Ach so, jetzt denkt sie wohl, von wegen der Hetzjagd auf Chemiker, ich verstehe. Sollen wir eine Leibwache abstellen?«

»Verarschen kann ich mich selbst«, sagte der Oberstaatsanwalt lachend und verschwand hinter der sich schließenden Tür.

»Aus dem werde ich nie schlau«, meinte Stammler.

»Man darf nur nie darüber nachdenken, was er sagt, dann geht das schon.«

Dieser Sebastian wird wirklich zur Gefahr. Als hätte ich es nicht geahnt. Von Anfang an. Ein Weichei. Ich hätte damit rechnen müssen. Der erste Eindruck zählt – an diese Binsenweisheit hätte ich mich halten sollen.

Aber hinterher ist man immer schlauer. Dabei hat er natürlich Ahnung vom Fach, das schon. Wie er das Problem mit der Temperatur gelöst hat – darauf zu kommen, war nicht einfach. Das hat viel Zeit gespart.

Trotzdem, er ist eine Gefahr. So wie Grauer. Na schön, das musste man schnell und endgültig lösen. Aber das Sebastian-Biegel-Problem kann ich auch nicht auf die lange Bank schieben. Die Polizei hat ihn im Visier. Das hält der nie aus. Der klappt zusammen. Nach zwei Stunden Verhör gibt der zu, ein Taliban zu sein. Oder 9/11 mitgeplant zu haben.

Nein, mit dem Biegel geht es nicht weiter. Wenn es überhaupt weitergeht. Die Sache mit Bergmeister war ein Reinfall. Und was für einer. Das darf nicht noch mal passieren. Zu blauäugig. Fremde Branche. Schlechte Menschenkenntnis. Das hat Zeit gekostet. Na ja, meine Zeit, aber sein Leben. Das gleicht sich irgendwie aus.

Aber jetzt Sebastian. Da muss man sich halt einen Ruck geben. Verfolgt man gewisse Dinge, gefährliche Dinge, hat man immer das Risiko, dass manche auf der Strecke bleiben. Oder man selbst. So genau weiß man das zu Beginn einer Reise nicht. Aber aufhalten lassen, kommt nicht infrage. Da muss man konsequent sein. Ich bin ein Typ Mensch, der konsequent sein kann. Man darf halt das Ziel vor Augen nicht verlieren, dann geht alles. Und deshalb muss ich jetzt handeln. Ehe die Polizei ihn in ihren Fängen hat. Dann ist alles zu spät. Ich muss jetzt handeln.

So wie früher. Als ich noch ein Kind war. Wenn man aus dem herauskommen wollte, was sich bei mir Familie nannte, musste man zäh sein. Und rücksichtslos. Es galt, Chancen zu ergreifen. Die wenigen, die sich überhaupt boten. Studieren? Du? Oh mein Gott, wie gut erinnere ich mich daran zurück, als ich damit zu meinen Eltern ging. Das geht über unsere Verhältnisse, blablabla. Ich hätte meinem Vater fast die Faust ins Gesicht gedonnert. Normale Menschen sind froh, wenn es ihre Kinder weit bringen. Weiter als sie selbst. Alleine schon, dass ich das Gymnasium besuchen durfte – eine Woche Hungerstreik hat mich das gekostet. Und das in meinem Alter. Eine Woche nichts zu essen, war damals lebensgefährlich. Das Jugendamt schickte mich schließlich auf die höhere Schule. Jeden Tag ein Kampf zu Hause. Kleinbürgermief. Ändert sich nie. Da gab es nur eins: raus aus dem Gestank.

Bernie, Bernward Metzger, wohnte in einem der typischen buckligen Häuser in der Tübinger Unterstadt. Hier hatten früher noch die Gôgen gewohnt. Das waren die typischen Tübinger Weinbauern, über die und deren Derbheit heute noch viele Witze im Umlauf sind, die sogenannten Gôgen-Witze. Typisch für diese Bevölkerungsgruppe, die im Grunde mit dem Ende des Weinanbaus anfangs des 20. Jahrhunderts aufhörte zu existieren, war ihre Armut und ihr fast unverständlicher Dialekt. In der Oberstadt, also um den Marktplatz herum, wohnten damals die Wohlhabenden, die Bürger, die Universitätsangestellten.

Im zweiten Stock des Hauses in der Ammergasse hatte Bernie seine Wohnung. Als die beiden Beamten klingelten, öffnete sich nach einiger Zeit ein Fenster und ein grauer Wuschelkopf war zu sehen.

»Was gibt's?«

»Sind Sie Bernward Metzger, also der Bernie?«

»Oh je, die Bullen, dann kommet schlechte Nachrichten. Wartet amol, i mach di Türe gleich uff.«

Der Summer ertönte und die Polizisten stiegen eine schräge, hölzerne Treppe hinauf. Beide mussten beim Hochsteigen den Kopf einziehen, so niedrig und eng war das Treppenhaus. Oben erwartete sie Bernie bereits im Anzug und Grateful Dead T-Shirt.

»Kommet no rein, Freunde, i bin auf alles gefasst. Ich würde euch ja was zom trenke anbiete, aber ihr müsset sowieso ablehne, also spar ich mir des anbiete. Aber ihr könnt euch setzen, Platz gibt's genug.«

Damit deutete er auf ein Sofa und zwei Sessel, die um einen tiefen Glastisch gruppiert waren. Auf dem Tisch lagen verschiedene Zeitschriften verstreut, außerdem »Minima Moralia« von Adorno und daneben »Emil und die Detektive.« Im Hintergrund lief leise Musik, alleine schon am Organ erkannte man, dass es sich um Tom Waits handelte. Die beiden Polizisten ließen sich aufs Sofa plumpsen, während Bernie sich auf die Armlehne eines Sessels setzte. In der linken Hand hatte er ein Bier, ein Pilsner alkoholfrei.

»Also, Leute, was gibt's? Schont mich nicht, i ertrag alles.«

»Sie kennen doch, haben wir gehört, den Bergmeister. Richtig?«

»Den Ingo? Und ob i den kenn. Den seh ich ja fascht jeden Tag. Was hat er ausgefressen? I mein, eine große Gosch ist ja net strafbar und zu allem andern isch er eigentlich zu blöd. Obwohl, des passt ja dann au scho wieder.«

»Wann haben Sie ihn denn zum letzten Mal gesehen?«

»Vorgestern. In der Kneipe. Drüben, im Storche sind mir drauße gsesse und haben gesüpfelt. Muass ma joa, bei dem Wetter.«

»Und seitdem?«

»Also Meister, mal ehrlich – entweder Sie saget mir jetzt, um was es goaht, oder i sag koi Wort mehr. Alles klar?«

Löffler legte eine kleine Kunstpause ein.

»Ingo Bergmeister wurde ermordet.«

Bernie riss vor Schreck die Augen auf, dann rutschte er

langsam von der Lehne in den Sessel. So blieb er eine Weile sitzen und schaute auf seinen Glastisch.

»Net dass Sie glaubet, dass i jetzt furchtbar weinen würd, das nicht. Mir hend uns oft gesehn, der Ingo und ich, aber Freund von mir war er koiner. Aber an Schlag isch des scho. Meistens stirbt jo koiner, den man kennt, sondern emmer bloss Unbekannte. Oder halt no die virtuelle Leiche im Fernseh. Ja scheiße, wer macht denn so was?«

»Da hoffen wir, dass Sie uns helfen können.«

»Wie isch das denn passiert? Verschosse? Abgstoche? Oin auf den Schädel?«

»Erst bewusstlos gemacht, dann eine Überdosis Amphetamin gespritzt.«

Berni dachte darüber nach.

»Seltsamer Tod, find i. Noch dem Motto, doppelt gnäht hält besser.«

»Und deshalb bauen wir auch darauf, dass Sie Ihr Ermittlerherz entdecken. Gestählt durch unzählige Krimis im Fernsehen, sind Sie sicher eine Stütze für uns.«

Bernie lachte.

»Hört sich gut an. Schmeichler. Und damit Sie es gleich wissen – dr Schwob kann älles, au Hochdeutsch. Das mit der Verbrecherjagd – das weiß ich jetzt noch nicht. So, und wie kann ich helfen?«

»Wenn Sie den Bergmeister so oft gesehen haben, dann wissen Sie doch auch, was er in den letzten Wochen getrieben hat, und mit wem – geschäftlich, natürlich.«

»Klar, er hat versucht, seinen Drogenkram loszuwerden. Ich meine, er wäre ihn gerne losgeworden, und er hätte sich auch ausgiebig bemüht, wenn das nicht alles so sehr mit Arbeit verbunden gewesen wäre. Und Arbeit hieß bei ihm, nüchtern bleiben und sich auf etwas konzentrieren.«

»Was passierte?«

»Ihm gelang das eine nicht und damit auch das andere nicht.«

»Was für eine Art Drogen war das denn?«

»Neumodische, würde ich sagen. Oder besser: Alte im neuen Design. Amphetaminzeug, höchst effektiv, wie man weiß. Vor allem Ingo wusste das, er hat das Zeug, das er verkaufen sollte, einfach selbst genommen.«

»Und woher stammte dieses Designerzeug dann? Ich meine, Crystal Meth bekommst du selbst heute noch nicht an jeder Straßenecke, da gibt es Vertriebswege, Kleindealer, Großdealer, was weiß ich.«

»Was er mir erzählt hat war, dass ein neuer Produzent den Einstieg in den Markt schaffen wolle. Das Produkt sei das reinste, das es je gegeben hätte und damit unschlagbar, wenn man erst mal einen Fuß im Markt habe.«

»Und Bergmeister sollte der Türöffner sein?«

Metzger gluckste vor Lachen. Erst langsam beruhigte er sich wieder.

»Ja, stellen Sie sich vor, ausgerechnet der kleine Ingo. Keine Ahnung, wie die Leute auf ihn kamen. Beziehungsweise, ich weiß es schon: Mit seiner gigantischen Klappe hat er mal wieder riesige Versprechungen gemacht. Alle heiße Luft. Wer ihn kannte, wusste das. Also waren das Leute, die von außerhalb Tübingens kommen, oder zumindest mit der Normalbevölkerung nix zu tun haben. Keine von der Szene jedenfalls.«

»Hat Bergmeister nicht gesagt, wer seine Lieferanten waren«, hakte Stammler nach.

Metzger schüttelte langsam den Kopf.

»Nicht dass ich wüsste. Er hat immer sehr geheimnisvoll getan. War so seine Art. Sich wichtig machen. Auf den Putz hauen. Ich werde das vermissen. War immer unterhaltsam, der Bursche. Es ist zwar nicht schade um ihn, aber ich hatte mich an ihn gewöhnt.«

»Hatte er gestern denn eine Verabredung, wissen Sie da was darüber? Mit seinen Lieferanten vielleicht? Er wurde neben dem Taubenhaus im alten Botanischen Garten gefunden.«

»Oh je, auch das noch, er hasste die Viecher. – Aber nein, ich weiß von keinem Treffen. Von keinem Konkreten, zumindest. Was ich weiß, ist, dass er durch Angriff aus dem Dilemma herauskommen wollte, dass er den Stoff selbst aufgebraucht hatte. Er wollte die Typen damit ruhigstellen, dass er nichts über sie erzählt. Bei den Bullen, oder so. Oder auch in der Stadt, in den Kneipen.«

»Also eine Erpressung.«

»Nötigung, würde ich sagen.«

»Haben Sie ihm nicht gesagt, dass das gefährlich sein könnte?«

Wieder lachte Bernie lauthals bei Stammlers Nachfrage.

»Mensch, Herr Kommissar, Sie kannten den Bergmeister wirklich nicht. Der war in allem extrem. Ratschläge kamen bei ihm nie an, es sei denn, dass er sich einen Spaß daraus machte, genau das Gegenteil zu tun. Er war ein Spinner. Eines Tages wollte er Sänger werden. Dazu hatte er sogar ein paar Texte geschrieben. Ich habe ihm ein wenig geholfen. Dann kam noch die Musik dazu und schnell hatte er einen gefunden, der eine CD in seinem Studio produzierte. Ingo hat gelöhnt, der Typ nahm acht Songs auf, brachte Ingo ein paar Hundert CDs und verschwand. Das Zeug verkaufte sich natürlich nicht, weil alles halb fertig war. Und scheiße war es auch. Ingo drehte wegen dem Typen völlig durch. Eines Nachts kam er mit einem Benzinkanister in eine Tübinger Kneipe, und hat den Kerl gesucht. Den fand er dort auch. Er zwang ihn dazu, mit ihm ins Freie zu gehen. Und dort öffnete er den Kanister, und versuchte, ihn mit Benzin zu übergießen. Einiges hat er auch abgekriegt. Ingo hatte schon das Feuerzeug in der Hand. Wir konnten ihn gerade noch davon abhalten, es anzuzünden. Tja, so war unser Ingo halt – langweilig war er nie.«

»Wovon hat er eigentlich gelebt?«

Bernward Metzger schaute den Kommissar treuherzig an.

»Ach, wissen Sie, das ist jetzt nicht mehr wichtig. Und richtig böse war er ja nie. Aber glauben Sie mir: Wir haben hier in Tübingen eine Szene, die sich laufend gegenseitig das Geld mit Betrügereien abnimmt. Das bleibt alles in der Familie, Polizei braucht es da wirklich keine.«

Löfflers Telefon klingelte. Er nahm den Anruf an und hörte ein paar Minuten zu. Währenddessen schauten Stammler und Bernie den tonlosen »Simpsons« zu und lachten sich einen Ast.

»Die Kollegen haben die Wohnung von Bergmeister durchsucht. Sie haben da alles Mögliche gefunden, bloß keine Drogen. Im Keller stand sogar der aufgebrochene Geldschrank aus dem Bürogebäude in der Gartenstraße.«

»Ja«, mischte sich Bernie ins Gespräch ein, »aber mit dem Bruch hatte er nichts zu tun. Er hat den Tresor bloß gegen Kohle dort aufbewahrt.«

»Und wer hat ihn da abgeliefert?«

»Das, Herr Kommissar, hätte Ihnen nur Ingo erzählen können, ich habe davon überhaupt keine Ahnung. Ich bin Privatier, da kümmere ich mich nur um mich selbst.«

Löffler grinste.

»Wovon leben Sie eigentlich genau, Herr Metzger«, fragte er dann.

»Herr Polizist, welche Frage. Ich lebe von meiner kleinen Rente. Die hat mich immerhin mein Bein gekostet, zumindest einen Teil davon. Und mehr brauche ich auch nicht. Deshalb bin ich gefeit gegen jegliche kriminelle Verführung. Es gibt keinen Menschen hier, der freier ist als ich. Ich will nicht mehr, als ich habe. Das ist heute schon wieder subversiv, verstehen Sie? Wenn man aus dem Hamsterrad des Mehrwollens aussteigt, gilt man als Verlierer. Aber einem Gewinner wie mir macht es natürlich nichts aus, so gesehen zu werden. Jedermann, oder jedefrau, der oder die was von mir will, beißt sich die Zähne aus. Denn mal ehrlich, meine Herren: Was kann man mir bieten, was ich nicht bereits habe? Und was ich nicht habe, aber gerne hätte, kann man mir nicht geben. Das ewige Leben, zum

Beispiel. Oder wenigstens ein hohes krankheitsfreies Alter. Überhaupt Gesundheit. Kann mir keiner garantieren. Das alles macht mich auch immun gegen Drogen. Habe ich früher mal probiert. Hat mir nicht gefallen. Habe ich wieder damit aufgehört.«

»Bei mir ist es genau umgekehrt«, sagte Löffler mit einem süffisanten Lächeln, »meine Familie und ich haben Geld, leben in einer Villa mit Pool, ich kann mir alles leisten, habe eine hübsche Tochter und bin wunschlos glücklich. Deshalb bin ich immun gegen alle Anfechtungen des Lebens und absolut unkorrumpierbar.«

Bernie streckte den Daumen nach oben.

»Sehr schön, mein Freund, Sie führen ein komfortables Leben. Im Grunde stellen wir beide die zwei Seiten des Glücks dar. Wenn Sie mal Lust haben, dürfen Sie mich gerne besuchen, und wir führen dieses Gespräch auf einer ganz neuen philosophischen Plattform.«

»Warten Sie es ab, sagte Löffler, und macht sich zum Aufbruch bereit. »Erst muss ich den Fall lösen, dann sehen wir weiter.«

Im Vorbeigehen deutete er auf die Minima Moralia.

»Und denken Sie daran – »was einmal den Philosophen Leben hieß, ist zur Sphäre des Privaten und dann bloß noch des Konsums geworden. Halten Sie sich also fern von diesem Leben.«

Bernie schaute erst verdutzt, dann lachte er schallend.

»Kerle, ihr kennet öfters komme, mit euch kommt richtig Stimmung in den Lade rei. Sogar den alte Adorno im petto. Respekt. Ond jetzt ganget amol die Mörder fange, damit ma in der Stadt wieder ruhig schlofe kann.«

Sie hörten sein Lachen noch, als sie bereits vorsichtig die alte Treppe hinunterstiegen.

»Er hat das Potenzial zum Tübinger Original«, meinte Stammler.

»Das wird man hier erst, wenn man tot ist.«

Es war noch etwas früh für den Ammerschlag, der schräg gegenüber von Metzgers Wohnung lag. Also entschlossen sie sich dazu, Jäcky im Bären einen Besuch abzustatten. Die Kneipe lag gerade mal zweihundert Meter entfernt. Als sie ankamen, stand der Wirt vor dem Lokal und unterhielt sich mit einem Gast.

»Sie isch scho drin«, sagte er zu den beiden, als sie an ihm vorbeikamen.

Löffler verstand zwar kein Wort, nickte aber mit dem Kopf und ging gemeinsam mit Kollege Stammler ins Lokal. Im Bären, zumindest im vorderen Teil des Lokals, durfte geraucht werden. Hinten, im hellen Raum zur Straße hin, stand die Großleinwand für die Fußballübertragungen. Hier war Rauchverbot.

Als sie am Tresen standen, zupfte Stammler seinen Chef am Ärmel. Als der ihn anschaute, nickte er in Richtung Wand. Als Löffler dem Nicken folgte, sah er die Kollegin Berger. Mit einem unbekannten Mann saß sie am ovalen Stammtisch, vor sich eine Mappe mit Blättern, in der sie offensichtlich interessiert blätterte.

»Keine Ahnung, was sie da macht«, meinte Stammler leise, »und den Mann kenne ich auch nicht. Merkwürdig.«

»Stören wir sie nicht, das wäre ihr bestimmt unangenehm, so wie ich sie kenne.«

Jäcky kam zu ihnen, und sie bestellten jeder einen Kaffee.

»Nur zur Einstimmung«, meinte Stammler, als Jäcky etwas indigniert die Augenbrauen hochzog.

»Ich muss mich noch mit jemand unterhalten, danach können wir zum gemütlichen Teil des Abends übergehen«, ergänzte der Hauptkommissar.

»Mit wem wollen Sie sich denn noch unterhalten«, fragte Stammler, als Jäcky weg war, »doch nicht mit der Kollegin da hinten?«

»Nein«, schüttelte der den Kopf, »ich muss einen alten

Kontakt erneuern. Es scheint so, als käme ich nicht darum herum, einen alten Kumpel zu treffen, der die Seiten gewechselt hat. Zweimal sogar. Inzwischen ist er wieder bei uns hier.«

»Wer soll das denn sein? Und wobei kann er Ihnen, also uns, helfen?«

»Der Name ist nicht wichtig, aber helfen kann er uns vielleicht dabei, herauszukriegen, von wem unser Taubenhaus-Toter seinen Stoff bezog. Wenn ich den Kaffee getrunken habe, besuche ich meinen Kumpel mal, dann komme ich zurück.«

»Dann wundern Sie sich aber nicht, wenn ich ein paar Getränke Vorsprung habe.«

»Solange Sie noch sitzen können, ist das akzeptabel.«

»Wenn ich dabei den Kopf auf den Tresen legen darf ...«

»Keine Angst, die Polizei ist ja in der Nähe.«

Sebastian, was ist mir dir? Hörst du schlecht. Hast du das Telefon auf tonlos? Immer vorwärts gehen, das ist der Sinn des Lebens. Über die Widerstände hinweggehen oder sie zerstampfen. Da spürt man doch, dass man atmet, dass man lebt, dass man wächst. Irgendwann gab es nur noch mich. Die anderen existierten bloß für mich, um mich größer zu machen. Nein, Erfolg bedeutet nicht nur Geld, viel Geld zu haben. Erfolg bedeutet hauptsächlich, Macht zu besitzen. Aber hier, in diesen Labors, mit diesen Menschen, da fühle ich mich hilf- und machtlos. Um alles muss man betteln. Hinten in der Reihe anstehen. Duckmäusern. Aber das habe ich hinter mir. Das wird zerstört. Ich kann das, das habe ich bewiesen. Wer hat denn dieses Labor gefunden und ausgestattet? Wer hatte denn die Idee mit dem

Meth? Wer ist in der Lage, für den Erfolg zu töten – gerade so, als hätte man das gelernt? Ich kann das. Aber das kann man nicht lernen, das ist angeboren. Da braucht der Mensch einen Willen. Und den besitze ich. Keine Ahnung, warum das so ist. Doch diese Gabe muss ich nutzen. Und ich lasse mich nicht aufhalten. Von keinem. Von niemand. Das ist mein Leben, und zwar mein einziges. Aber meine Idee lasse ich mir nicht kaputtmachen. Mein Dasein jedenfalls endet nicht in einem Labor mit einem Reagenzglas in der Hand. Ich gehe meinen Weg.

Forschung. Damit begann es. Damit habe ich die anderen geködert. Diese Gutmenschen. Den perfekten Stoff erschaffen. Das ist aber mal eine Herausforderung, habe ich gesagt. Na ja, gut waren wir ja darin. Wir als Forscherheinis. Natürlich wussten wir, dass der Stoff verboten ist, aber wir sind Wissenschaftler. Und nur ich wusste, wie es danach weitergehen soll. Da haben die blöd geguckt, als ich mit dem Zeug handeln wollte. Na ja, ein wenig konnte ich ja ihre Gier herauskitzeln. Aber dass das nicht endlos klappt mit denen, das war mir immer klar. Ich brauche sie ja jetzt auch nicht mehr. Aber niemand soll sich beklagen, wenn es übel für ihn ausgeht. Alle sind alt genug, um ihre Entscheidungen zu treffen. Sie wollten halt bloß ein bisschen mit dem Teufel tanzen. Aber das ist nicht möglich – mit dem Teufel tanzt man ganz oder gar nicht. Und der Teufel, nun ja, der bin ich in diesem Fall.

Christian Löffler war es nicht angenehm, Peter Bassler besuchen zu müssen. Er kannte ihn schon lange. Miteinander gesprochen hatten sie das letzte Mal vor fast fünf Jahren. Löffler hätte nicht einmal genau sagen können, warum es ihm inzwischen unangenehm war, sich mit ihm zu treffen.

Bassler hatte früher mit Drogen gedealt. Das hatte der Hauptkommissar schon immer gewusst. Und sich nicht darum gekümmert. Das war nicht seine Aufgabe. Er hatte im Übrigen auch nicht die geringste Ahnung, welches Ausmaß dieses Dealen angenommen hatte. Bis er eines Tages erfahren hatte, dass Bassler sich zur Ruhe setze. Er habe mit Mitte vierzig genug Geld verdient, um für den Rest seines Lebens bequem leben zu können. Nicht luxuriös, aber komfortabel. Und von da an tat er nichts anderes mehr, als Sport zu treiben.

Man sah ihn auf dem Rad durch den Schönbuch rasen, auf dem Spitzberg rennen, im Freibad Bahnen ziehen, Tennis spielend mit einem Trainer oder beim TSG Tübingen-Gelände an der Kletterwand.

Zur Schwärzlocher Straße war es vom Bären aus nicht weit. Löffler hatte vom Lokal aus angerufen. Bassler war zu Hause. Muskelfaserriss. Trainingsverbot.

Er wohnte in einem der Wohnblocks, die auf der rechten Straßenseite für Familien gebaut worden waren. Die Wohnungstüre im ersten Stock des Gebäudes stand offen. Löffler trat ein, folgte dem Klang der Musik und stand schließlich in einem Wohnzimmer, das zum Garten hinaus lag. Der Ex-Dealer saß in einem Ohrsessel und lauschte mit geschlossenen Augen der Musik. Frank Zappa. Bassler hatte früher selbst in einer Band gespielt. Schlagzeug. Und zwar sehr gut. Zu gut, meinten manche, deshalb fand er auch keine Mitspieler. Außerdem sei ihm sein Spielen zu Kopf gestiegen. Er hielt sich inzwischen für zu perfekt für alle anderen Musiker in der Stadt. Irgendwann saß er dann mit seinem Schlagzeug alleine zu Hause in der elterlichen Wohnung, und keiner wollte mehr was mit ihm zu tun haben.

Der Hauptkommissar ging zum Plattenspieler und hob den Tonarm hoch. Die plötzliche Stille ließ den Mann im

Sessel aufschrecken. Mit aufgerissenen Augen starrte er den Polizisten an. Er sortierte offensichtlich seine Gedanken, dann lächelte er Löffler an und breitete theatralisch die Arme aus.

»Mein Freund und Helfer, was für eine Ehre.«

»Hallo Peter, lange nicht gesehen. Von Zappa kommst du nicht los, was?«

»Nur wenn ich Captain Beefheart höre, der schlägt alles.«

Löffler setzte sich in den Sessel, gegenüber seines alten Kumpels.

Beide schwiegen eine Weile. Keiner wusste so recht, wie er anfangen sollte.

»Ich brauche deine Hilfe«, stieg schließlich der Polizist ein, »deine Beziehungen. Die aus den alten Tagen.«

Das Lächeln war aus Basslers Gesicht verschwunden. Geradezu versteinert sah er aus. Wie mit einer Gesichtsmaske versehen.

»Ich glaube kaum, dass ich dir da helfen kann. Ich habe auch keine Ahnung, was du meinst.«

»Ich schlage vor, wir unterhalten uns jetzt und hier. Danach verlasse ich den Raum, und ich bin niemals bei dir gewesen. Was meinst du?«

Der ehemalige Kumpel dachte eine Weile nach.

»Wenn du extra zu mir kommst«, sagte er dann, »hast du echte Probleme. Keine Ahnung, ob ich dir dabei helfen will. Und was du mit alten Tagen meinst, verstehe ich ohnehin nicht.«

»He, Peter, ich bin's, Christian. Was soll das Versteckspiel? Du sitzt hier nicht vor einem Richter und brauchst auch nichts abzustreiten. Das kostet bloß Zeit, und du machst dich dabei lächerlich.«

Ein Grinsen erschien auf dem Gesicht von Löfflers altem Freund.

»Stimmt, eigentlich hast du dich korrekt verhalten. Oberkorrekt. Wie ein Kumpel. Das vergesse ich immer wieder. Ich arbeite daran, meine Biografie zu ändern. Rückwirkend. Das heißt, ich will einfach ein paar Jahre in einer dunklen Ecke meines Gehirns verschwinden lassen.«

»Du kannst machen, was du willst. Ich brauche Informationen zu heute, nicht zu früher.«

Der Sportbesessene schien überrascht.

»Zu heute? Du weißt aber schon, dass ich mit heute nicht viel im Sinn habe. Nicht damit, was dich offensichtlich so brennend interessiert.«

»Peter, du hörst doch viel. Leute kommen zu dir und erzählen dir Dinge, die sie sonst keinem sagen. Du bist die graue Eminenz, ein Pate im Sportruhestand. Vor allem eins aber: Loyal, verschwiegen und vom Fach.«

»Das ist auch der Grund, warum man mir noch manchmal etwas berichtet. Gebe ich dir Infos, verliere ich dieses Privileg. Also ...«

Der Hauptkommissar beugte sich nach vorne, hin zu Bassler. Er streckte den Arm aus, und legte die Hand auf die von Bassler.

»Es sind Leute gestorben, ich will nicht, dass noch mehr getötet werden. Mit deiner Hilfe kann ich das sogar schaffen.«

»Wer ist tot?«

»Ein Professor von der Uni, ein Chemiker. Erstochen, mit Spuren von Crystal an der Wunde. Ein kleiner Junge fiel ins Koma – Überdosis. Ein Kleinkrimineller wurde mit einer Überdosis hingerichtet. Er wollte dealen, kam aber nicht mehr dazu.«

»Bergmeister?«

Nun war Löffler überrascht.

»Wow, du bist ja besser im Bilde, als ich dachte.«

Bassler überlegte eine Weile.

»Na schön«, sagte er dann, »ich gebe dir mal einen kleinen Überblick über deine Droge Crystal. Das Zeug kommt aus Tschechien. Manchmal auch aus Polen. Preis im Schnitt für guten Stoff etwa hundert Euro. Im Straßenverkauf. Übers grenznahe Gebiet wird es nach Westdeutschland gebracht. Die Steigerungsraten sind immens, nach wie vor. Das sind die harten Fakten. Auf Tübingen bezogen: hier läuft gar nichts, bisher. Das Bürgerpack hier liebt sanfte Drogen, gleich hinter Ökopolitik, Tempo 30 und Leserbriefschreiben. Das will heißen, dass es hier keinen Markt gibt. Keinen gab, muss ich besser sagen. Denn seit ein paar Wochen versucht jemand, das Meth hier zu etablieren. Kleine Dosen bloß, aber in einer unglaublichen Qualität. Sagt man. Da kommt Ingo ins Spiel. Dieser traurige Verlierer-Arsch – Gott hab ihn selig –, hat das Meth quasi verschleudert, weil er selbst zu viel davon nahm. Es war aber klar, dass es dort, wo Ingo es her hatte, noch viel mehr davon gab. Es wusste bloß keiner, woher. Und seitdem Ingo dieses Zeug in Umlauf brachte, riechen die Typen aus dem Osten plötzlich ebenfalls einen Markt hier. Das musst du dir vorstellen, wie bei Fußball-Scouts: Da reisen ganze Kolonnen durchs Land, sichten die Lage, und wenn sie sehen, dass man eine Drogenszene etablieren könnte, beginnen sie damit. Das Scheißzeug ist von beschissener Qualität, aber wenn du erst mal dranhängst, ist dir das egal.«

»Was soll das werden – Walter Whites Albuquerque? Breaking Bad auf Schwäbisch mit Meth, Maultaschen und Kartoffelsalat?«

Der andere schüttelte den Kopf.

»Bisher gibt es hier keinen Markt, aber es könnte einen geben. Vielleicht haben die neuen Herren hier bereits ihren Claim abgesteckt? Vielleicht ist Bergmeister deshalb tot. Möglicherweise wollte er nicht reden. Nicht sagen, woher er das Zeug hat?«

Löffler schüttelte langsam, nachdenklich den Kopf.

»Nein, das glaube ich nicht. Warum sollte jemand einen anderen in den alten Botanischen Garten bestellen, ihm einen Elektroschocker reinrammen und ihm dann auch noch mit Crystal den Rest geben? Das sieht nicht nach Bandenkrieg aus. Da steckt etwas anderes dahinter.«

»Vielleicht. Wie wäre es damit: Sein Lieferant hatte die Schnauze voll von seinen Dealerkünsten und hat ein für alle Mal Schluss damit gemacht?«

»Ja, das schon eher. – Sag, weißt du, ahnst du, woher Bergmeister den Stoff hatte?«

»Du sagst, dass ein Chemieprofessor getötet wurde? Nun, denk mal nach: Wo kann man chemische Substanzen zusammenschütten, experimentieren. Wo sind alle notwendigen Stoffe verfügbar, beziehungsweise leicht bestellbar? Wenn du mich fragst – in einem Chemielabor. Zumal in einem, das zur Uni gehört.«

»Sagst du das bloß so oder weißt du das?«

Bassler lachte. Zum ersten Mal.

»Tja, das möchtest du gerne wissen, was? Lass es mich so ausdrücken: Mit Spekulationen hätte ich mein Geschäft nicht führen können. Comprendes?«

»Ach, sprichst du jetzt auch spanisch?«

»In der Tat, das tu ich. Ich habe einen Privatlehrer, einen Studenten aus Chile. Man sagt, dort wird das schönste Spanisch gesprochen.«

»Lässt sich das mit deinem Sportwahn vereinbaren. Das kostet doch Zeit.«

»Ich bin einer, der offen ist für Süchte. Aber die mit dem Sport, die bringt mich nicht in den Knast.«

»Ich habe immer gehofft, wir kommen uns nicht in die Quere. Damals, ehe ich nach Hamburg gegangen bin. Ich wusste ja, was du machst.«

Wieder lachte Bassler.

»Du warst zu feige, um mich anzuzeigen. Darunter hätte ja dein guter Ruf gelitten. Einen alten Kumpel hängt man nicht hin, den lässt man laufen. Bei dem Konflikt hast du dich tatsächlich mal gegen deinen hohen Ehrenkodex durchgesetzt. Dein Ruf war dir wichtiger, als das Gesetz.

Im Grunde ist das doch eine wundervolle Erkenntnis für dich gewesen – dass du über deinen Schatten springen kannst, auch wenn es bloß aus Opportunismus war.«

»Wow, nicht nur spanisch, Psychologe bist auch inzwischen. Welch erfülltes Leben du führst. Oder sind das Restspuren der Erkenntnis erweiternden Drogen?«

»Ich denke«, sagte der alte Freund und erhob sich aus seinem Sessel, »wir sind fertig miteinander. Ich habe dir gesagt, was ich weiß. Fang damit was an, wenn du kannst. Wenn es nach mir geht, ist eine Droge wie Crystal in Tübingen völlig fehl am Platz. Aber wer weiß, vielleicht entscheiden die Konsumenten anders.«

Auch Löffler hatte sich erhoben und ging Richtung Türe. Ehe er sie öffnete, blieb er stehen und sah Bassler an.

»Sag mal«, sagte er dann, »was ist denn mit Barbara passiert? Wohnt sie nicht hier? Lebt sie nicht mehr bei dir?«

Gerade wollte der ehemalige Dealer den Tonarm auf die Platte setzen. Er hielt inne und sah misstrauisch zu dem Hauptkommissar hinüber.

»Was soll das jetzt?«

»Ich war nur neugierig. Habe ich versehentlich in einer offenen Wunde gestochert? Das wollte ich nicht.«

»Sie ist tot.«

»Oh, davon hatte ich keine Ahnung. Ich war viele Jahre weg, in Hamburg, das weißt du doch. Es tut mir leid. Wie ist es passiert?«

»Drogen.«

»Nein. Drogen? Ausgerechnet? Das ist ja fast zynisch, dass deine Partnerin an Drogen ...«

»Die sie von mir bekommen hat.«

Löffler blieb stumm.

»Deshalb habe ich mit dem Scheiß aufgehört, und nicht, weil ich genug Geld hatte. Und jetzt foltere ich mich täglich mit diesem gigantischen Sportprogramm. Das ist meine Art von Läuterung.«

Dann legte er den Tonarm auf die Plattenrille. Zappas »Willie the Pimp« ertönte, und begleitete Löffler nach draußen in die Schwärzlocher Straße.

Als er zum Wagen ging, drehte er sich noch mal um. Auf dem Balkon sah er Bassler stehen und ihm nachschauen. Er glaubte sogar, ein kleines Winken von ihm gesehen zu haben. Aber er konnte sich auch täuschen.

Ich weiß selbst nicht, woran es liegt, dass es mir nichts ausmacht, anderen wehzutun. Es ist ja nicht so, dass mir das Freude bereitet. Ich mache das auch nur, wenn es notwendig ist. Wenn zwischen mir und meinem Ziel ein Mensch steht – dann muss er weg. Man braucht Ziele, das schon. Aber das reicht nicht. Man muss sie auch erreichen wollen. Um jeden Preis. Mit jedem Risiko. Gegen den Rest der Welt. So rigoros habe ich schon immer gedacht. Es aber nicht immer den anderen gezeigt. Da muss man aufpassen. Seinen Instinkt muss man klug einsetzen. Mein Gott, wie sehr sehne ich mich nach einem anderen Leben. Nach einem Leben überhaupt. Alles, buchstäblich alles werde ich dafür tun, um dahin zu kommen. Ich fühle mich so, als existiere ich bloß noch, um zu atmen. Das tun Tiere auch. Ich bin aber kein Tier. Ich bin ein Mensch. Ich will nach vorne, nach oben, dahin, wo die Sonne ist. Vielleicht will ich zu viel. Ja, wahrscheinlich ist das so. Manche halten mich bestimmt für überdreht, für wahnwitzig, vielleicht für wahnsinnig. Als wenn mir die Meinung dieser anderen etwas ausmachen könnte. Habe ich es erst einmal geschafft, spucke ich auf alle. Merkwürdig, ich weiß nicht einmal genau, woher diese Gnadenlosigkeit bei mir kommt, es unbedingt nach ganz oben zu schaffen. Als wenn ich das so genau wissen wollte. Daran will ich nicht rühren. Da kommen bloß solche Familiengeschichten heraus. Ein Fall für den Psychologen. So Zeug. Das interessiert mich aber nicht. Ich will doch bloß von Punkt A nach Punkt B. Was dem im Weg steht, muss weg. Was ist daran so schwer zu verstehen? Für mich gibt es nur mich. Das geht den meisten anderen Menschen auch so. Diese Heuchler geben das bloß nicht zu, nicht einmal vor sich selbst. Denn dann müssten sie auch entsprechend handeln. Doch davor fürchten sie sich. Sie fürchten sich vor dem, was sie in sich selbst entdecken würden. Ich bin da anders. Ich bin froh, dass ich diese, na ja – böse Seite in mir gefunden habe. Ich bin halt ehrlich. Ehrlichkeit, das weiß man, fordert Opfer. Die Opfer – das sind die anderen. Nimm ab, Sebastian, nimm ab.

»Hallo, ich bin's. Können wir uns heute noch treffen? – Ja, es muss noch heute sein.«

Opa, was sollen wir Mama sagen, wohin wir gehen, wenn sie fragt?«

»Am besten wäre, sie fragt gar nicht.«

»Aber wenn, was können wir ihr sagen? Wenn sie unseren Plan kennt – tschüss, du schönes Abenteuer.«

»So wie ich deine Mutter kenne, will sie eher mitmachen, als es verbieten.«

Jessica lachte.

»Darauf würde ich nicht setzen. Sie hat doch grad ihr Beziehungsabenteuer hinter sich, da will sie wahrscheinlich erst mal durchatmen.«

»Du siehst das recht locker. Ist das auch keine Schauspielerei?«

Das Mädchen überlegte kurz.

»Nein«, meinte sie dann, »ich habe mich mit der Situation abgefunden. Zu Beginn, in Hamburg, habe ich überhaupt nicht verstanden, dass Papa plötzlich weg war. Er hat mir zwar erklärt, was passiert ist, dass er mich trotzdem liebt und dass das alles jeden Tag eine Million Mal geschieht. Aber ehrlich – so was ist für ein kleines Mädchen nicht der richtige Trost. Aber im Lauf der Zeit habe ich es kapiert. Solche Dinge passieren halt, auch wenn es eigentlich keiner wirklich will. Es ist eines der Klischees, die wahr sind, obwohl es abgenutzt und kitschig klingt. So, und jetzt stehe ich hier, quatsche mit meinem Opa über mein Innenleben und warte darauf, dass es endlich losgeht. Das Abenteuer.«

»Erst muss es dunkel sein. Bei Tageslicht würden wir zu sehr auffallen. Sollen wir vorher noch einen Abstecher ins Eiscafé machen? Oder vielleicht ins Kino, Zeit hätten wir noch.«

Die Enkelin klatschte freudig in die Hände.

»Mensch Opa, klasse Idee. Das machen wir. Etwas zu lachen, ehe es ernst wird nachher – das ist es doch.«

Klaus Löffler griff nach seinem Sakko. Dann warf er es über, sah nach, ob er Autoschlüssel, Portemonnaie und Handy dabei hatte, und ging Richtung Ausgang. Leise traten sie auf, wie zwei Verschwörer, damit keiner im Haus sie hören konnte. Schließlich gelangten sie vor die Garage, stiegen in das dort stehende Auto und Löffler Senior machte sich mit seiner Enkelin auf den Weg in die Innenstadt. Auf den Weg zu einem Abenteuer.

Sebastian Biegel hatte genug Zeit, um über den Anruf nachzudenken. Er saß im Krankenhaus, neben seiner Mutter, und sie warteten auf neue Nachrichten von Tobias.

»Wir schieben ihn in die Röhre«, hatte eine Krankenschwester lapidar gesagt, ehe sie in einem Zimmer verschwand. Melitta Biegel war nur ganz kurz zu Hause gewesen, hatte geduscht und sich umgezogen, dann war sie wieder ins Krankenhaus gefahren. Dort, auf einer Bank im langen Flur der Intensivstation, war sie dann eingeschlafen. Als Sebastian kam, weckte er sie auf, holte ihr einen Kaffee vom Kiosk im Erdgeschoss und setzte sich zu ihr. Den Anruf hatte er gar nicht annehmen wollen, aber seine Mutter hatte darauf gedrängt.

Jetzt fragte er sich, was das zu bedeuten hatte. Ein Treffen? Jetzt? Wozu? Er hatte zwar zugestimmt, aber nur, um das Gespräch rasch zu beenden.

Die Polizisten hatten sein altes Jugendzimmer zu Hause durchsucht. Das hatte seine Mutter erzählt. Aber sie hätten nichts Besonderes gefunden, berichtete sie. Zumindest soweit sie das habe beurteilen können. Ihre Augen seien traurig gewesen, wie seine Mutter sich ausgedrückt hatte.

Trotzdem, er glaubte nicht daran, dass das alles gewesen war. Dieser Polizist, dieser Löffler, hat mich auf dem Kieker, überlegte Sebastian, das merke ich ganz deutlich. Der gibt nicht auf, da war er sich sicher.

Und jetzt dieses außerplanmäßige Treffen. Im Institut. Heute noch. Was, zum Teufel, sollte das denn bringen. Die Sachen waren doch abgesprochen. Daran hielt er sich, was könnte da schon passieren?

Nur ein paar Meter entfernt von hier lag Tobias. Sein Bruder. Wer weiß, was aus ihm wurde. Was war, wenn er nicht mehr aus dem Koma erwachte? Was würde aus seiner Mutter? Bereits, nachdem ihr Vater weggegangen war, hatte sie Mühe gehabt mit dem Weiterleben. Aber sie hatte es geschafft. Aber jetzt? Mit ihrem Kind, ihrem Jüngsten?

Und wenn Tobias erwachte, was würde er erzählen über das Zeug, das er geschluckt hatte? Aber – würde er überhaupt je wieder sprechen können, denken, formulieren, sich an sein früheres Leben erinnern?

Sebastian blieb nichts anderes übrig, als zu warten.

Er würde ganz ruhig warten. Hier, neben seiner Mutter. Nachher dann seine Verabredung. Danach zurück ins Krankenhaus.

Wer weiß, vielleicht gab es dann ja gute Nachrichten?

Stammler und sein Vorgesetzter, der Hauptkommissar Christian Löffler, waren bereits beim zweiten »Gelben« angekommen. Ein Gelber – das hieß: ein Cognac und dazu genauso viel Maracujasaft, wahlweise auch Orangensaft.

»Was ist eigentlich mit Ihrem Lauftraining?«, fragte Stammler gerade, »seit Tagen sehe ich Sie nicht rennen? Und jetzt gehen wir auch noch gemeinsam in die Schnäpse. Ist was passiert?«

Der Kollege schüttelte den Kopf.

»Nix passiert, ganz normale Laufpause. Zur Regeneration. Morgen steige ich langsam wieder ein ins Geschäft. Ins Laufgeschäft.«

Manchmal sahen sie zum Tisch in der Ecke, an dem noch immer ihre Kollegin Monika Berger mit dem Mann saß und irgendwelche Unterlagen wälzte.

»Glauben Sie, die schließt mit dem windigen Typen da drüben eine Versicherung ab? Glauben Sie das?«

Löffler schaute hin zu Berger und dem Mann. Dieser sprach gerade heftig auf die Polizistin ein und klopfte dabei ein paar Mal mit dem Zeigefinger auf ein Blatt Papier, das auf dem Tisch zwischen den beiden lag. Selbst aus einiger Entfernung war zu erkennen, dass die Kollegin der beiden kurz vor dem Kochen war. Ihre Gesichtsfarbe wechselte zwischen bleich und rot, und ihr ganzer Oberkörper war angespannt wie eine Bogensehne.

Mit einem Mal sprang sie auf, nahm das Blatt an sich, zerknüllte es und warf es dem Mann ins Gesicht. Danach schnappte sie ihre Tasche und einen Schlüsselbund und marschierte schnurstracks an den beiden Kollegen vorbei aus dem Lokal. Sie drehte sich noch einmal um, ging zu Löffler und Stammler hin, wollte etwas sagen, überlegte es sich anders und verschwand dann endgültig.

Stammler sah Löffler ratlos an, der schüttelte nur den Kopf und nahm einen Schluck aus seinem Weißweinschorleglas. Inzwischen war der Mann aufgestanden, hatte seine Unterlagen zusammengepackt und sie in eine Aktentasche gesteckt. Er kam an den Tresen zu Jäcky um zu bezahlen.

»Und was ist mit den Getränken der Lady«, fragte Jäcky und zwinkerte dabei heimlich den beiden Polizisten zu. »Wollen Sie die übernehmen?«

»Ich?«

Der Mann schaute Jäcky überrascht an.

»Niemals. Ich bezahle doch so einer keine Getränke. Blöde Kuh. Hat mich bloß Zeit gekostet, die dumme Zicke. Und falls Sie sie wegen Zechprellerei verklagen wollen, ich kann Ihnen ihren Namen geben, kein Problem. Und Zeuge bin ich auch, kein Problem. – Was bin ich Ihnen schuldig?«

»Sie? Mir? Gar nichts.«

Misstrauisch sah er Jäcky an.

»Wieso das denn? Ich habe doch konsumiert. Ich habe aber noch nicht bezahlt. Was bin ich schuldig?«

Dabei zog er an seiner Brieftasche herum, einem dicken schwarzen Lederding, das prall gefüllt war mit Visitenkarten, mit Kredit- und Scheckkarten und sonstigem Plunder.

»Aber ich sage doch, Sie sind nichts schuldig. Das hat bereits alles die Dame bezahlt. Sie sind eingeladen worden von ihr.«

Der Mund des Mannes blieb offen stehen. Er war sprachlos. Die beiden Polizisten starrten ihn dabei ungeniert an, was ihm offensichtlich sehr unangenehm war. Umständlich steckte er die Brieftasche in sein Sakko, räusperte sich mehrmals, als sei ihm ein Stück trockenen Brotes im Hals stecken geblieben und klemmte sich schließlich die Aktentasche unter den Arm.

»Das mit der Zechprellerei können wir dann aber vergessen, oder«, fragte Jäcky vollkommen harmlos, und schaute den Mann dabei unschuldig an, »denn, ich meine, sie hat ja bezahlt. Fast zu viel sogar, würde ich sagen.«

»Ja, ja«, sagte der Mann, der es plötzlich sehr eilig hatte, »dann ist ja alles in Ordnung. Danke, und, nun ja, das war's, tschüss dann.«

Damit stürmte er förmlich aus dem Lokal. Als sich die Tür hinter ihm schloss, lachten alle schallend hinter ihm her.

»Jäcky«, rief Löffler enthusiastisch, »das war echte Klasse. Hast du richtig gut gemacht.«

»Ich wusste gar nicht, dass so viel Ironie in dir steckt«, fuhr Kollege Stammler fort, »und Kreativität. Warst du früher mal Comedian? Fast könnte man es meinen.«

»Mensch, ist der aus dem Lokal gestürmt. Hast du eigentlich eine Ahnung, wer das war? Warum hat er die Berger eigentlich derart zugeschwallt?«

Jäcky grinste.

»Klar kenne ich den. Ist Makler. Hier in Tübingen. Ein schwarzes Schaf. Hat Wohnungen auch schon zwei Mal vermietet. In Rottenburg ist er auch tätig, da steckt seine ganze Familie dahinter. Ohne Prozess kommst du bei denen aus keinem Mietvertrag.«

»Ach«, überlegte der Hauptkommissar laut, »dann wollte unsere Kollegin etwas mieten über den. Sie sucht eine Wohnung. Und das ging wohl in die Hose.«

»Und zwar nicht zu knapp.«

»Drei Gelbe, Jäcky.«

»Auf dich, Jäcky. Ich meine – wir bezahlen, aber wir trinken auf dich.«

»Das hört ein Wirt aber gerne, Jungs.«

Hör zu«, sagte Bassler am Telefon, »ich habe dir gesagt, lass die Finger von Bergmeister. Du hast nicht auf mich gehört. Und jetzt hast du den Scheiß. Sei froh, dass er nichts hinterlassen hat, das auf dich deutet. Zumindest haben sie nichts gefunden.«

»Du wolltest ja nicht mitmachen, was sollte ich sonst tun? Tübingen ist nicht das Mekka der Dealer, wie du weißt. Da wachsen nicht an jeder Straßenecke Meth-Gangs aus dem Boden.«

»Tübingen ist vor allem nicht das Mekka der Meth-User.«

»Bei dem Stoff? Da muss doch jeder mitmachen.«

Bassler lachte.

»Ja, die Qualität ist schon gut. Aber du musst das Zeug auch in den Menschen bringen. Deshalb solltest du außerhalb der Stadt agieren. Hier produzieren, außerhalb verdealen. So muss das laufen.«

»Gut, dass du mir das jetzt erst sagst.«

»Du hältst dich so für so schlau, dass du dir nie etwas sagen lässt. Aber jetzt hast du doch ein wenig überzogen mit den Toten.«

»Womit?«

»Du weißt schon, was ich meine. Die Bullen waren bei mir. Ein alter Bekannter von mir leitet die Untersuchung. Als sie mir erzählten, was passiert ist, war mir gleich klar, dass du dahintersteckst. Niemand sonst hat Interesse an

Leichen. Ich meine, zumindest nicht an denen der letzten Tage.«

»Was du nicht sagst. Und was soll das nun? Warum fängst du damit an?«

»Es würde mich sehr beruhigen, wenn du mich für mein Schweigen bezahlen würdest. Ehe du fragst, das ist eine glasklare Erpressung, und ich habe nicht vor, darüber nachzudenken.«

Schweigen am anderen Ende.

»Bist du noch dran, oder bereits auf einem Flieger nach Ecuador?«

»Ich hasse Südamerika. Und Mittelamerika.«

»Dann sparst du Geld, das du mir geben kannst.«

»Ich dachte«, erklang die Stimme dann wieder, »du hättest genug Geld, um bis ans Lebensende klarzukommen.«

»Ja«, lachte Bassler schallend, »das glauben alle. Leider stimmt das so nicht. Eine gelegentliche Finanzspritze täte mir ganz gut.«

»Aber ich habe kein Geld. Ich habe noch nichts von dem Stoff verkauft, Bergmeister hat ja wohl alles verbockt, wie du weißt.«

»Schon klar, ich weiß das. Ich schlage dir vor, ich vermittle dir einen neuen, einen seriösen Kontakt, und dafür bekomme ich von jedem Verkauf fünfundzwanzig Prozent. Was hältst du von dem Angebot?«

Wieder schwieg die Stimme am anderen Ende eine ganze Weile.

»Na schön«, sagte sie dann, »mir bleibt ja nichts anderes übrig. Wann erfahre ich, wie ich mit den Leuten in Kontakt trete? Ich will jetzt endlich mal zu Potte kommen.«

»Und was ist mit deinen Mitstreitern?«

Die Stimme lachte.

»Das lass mal meine Sorge sein. Noch ahnt ja keiner, dass wir verschiedene Interessen haben. Und wenn sie es ahnen, nun, dann ist es bereits zu spät. Für sie zumindest.«

»Wie kann man bloß derart in die Kriminalität abdriften wie du«, sagte Bassler, »du hättest das doch gar nicht nötig.«

»Woher willst du das denn wissen? Ich habe kein Geld, ich bin arm, und ich will reich werden. Geld scheffeln. Ich will wer sein. Ist das so schwer zu verstehen?«

»Interessante Prioritäten in deinem Leben.«

»Nun pass mal auf«, kam es mit zorniger Stimme an Basslers Ohr, »ich will dir nicht erklären, warum ich was mache, ist das klar? Du kassierst deine Prozente, ich liefere, ansonsten will ich mit dir nichts zu tun haben. Ist das angekommen?«

»Nur nicht so aggressiv«, wehrte Bassler ab, »immer cool bleiben. Und ich kümmere mich jetzt um unseren neuen Abnehmer.«

Aber die andere Seite hatte das Gespräch bereits beendet. Bassler hörte nur noch ein leises Summen an seinem Ohr.

Mensch Opa, ich sehe ja gar nichts. Können wir nicht irgendwo ein Licht einschalten?«

Jessica war hinter Klaus Löffler hergestapft, war aber am rutschigen Hang direkt neben dem Gebäude des Chemischen Instituts, zu Fall gekommen. Beim Abstützen hatte sie sich an der Hand verletzt.

»Nein, flüsterte der Senior, »hier gibt es kein Licht. Außerdem soll uns doch keiner sehen, habe ich gedacht.«

»Und du bist sicher, dass die Türe hinten nicht abgeschlossen ist?«

»Nein, sicher bin ich nicht. Aber ein Versuch ist es wert. Wenn sich hier bloß Raucher rumtreiben, dann werden die den Teufel tun und nachts abschließen.«

»Und wenn trotzdem abgeschlossen ist?«

»Daran denke ich nicht mal.«

»Opa!«

»Na schön«, antwortete der und hielt an, »wenn wir hier nicht reinkommen, dann versuchen wir es am Vordereingang. Irgendwie kommen wir da rein, vertraue mir.«

Jessica blieb ohnehin nichts anderes übrig, als ihrem Opa zu vertrauen. Also sagte sie nichts. Ein leichtes Misstrauen blieb dennoch zurück.

»Halt, wir sind da«, kam es plötzlich leise von vorne.

Jessica stolperte weiter, konnte zwar nichts erkennen, hielt sich aber wacker auf den Beinen. Dann war das Buschwerk plötzlich zu Ende und sie fand sich auf einem kleinen, freien Fleck mit asphaltiertem Boden. Mondlicht fiel auf die Stelle. Löffler stand da, und deutete auf eine Glastüre.

»Das ist sie, die Tür. Jetzt wollen wir doch mal sehen, ob ich recht habe. Ladies and Gentlemen ...«

Er stieß bei diesen Worten mit der rechten Hand gegen die Tür. Sie öffnete sich, und Opa Löffler schaute triumphierend zu seiner Enkelin zurück. Seinem Gesichtsausdruck war die Erleichterung deutlich anzumerken.

Beide traten durch die Türe wie durch einen Zugang in eine finstere Höhle. Löffler tastete sich an der Wand entlang. Er drückte einen Schalter, den er fand, als er die Wand abtastete. Die Lampen an der Decke eines langen Flurs gingen an. Es wurde so hell, dass beide sich im ersten Moment die Unterarme vor die Augen hielten, um nicht geblendet zu werden. Dann bewegten sie sich leise durch den langen Gang weiter ins Innere des Gebäudes.

Jessica zupfte ihren Großvater am Sakko.

»Weißt du eigentlich, wo wir hin müssen?«

Der alte Löffler schwang seine Hand vage nach vorne.

»Dort irgendwo sind die Büros, gleich dahinter die Labors. Und wenn mein Freund richtig liegt, dann müssen gleich darunter die Räume liegen, die wir suchen. Der Teil hier ist neu, früher gab es nur die Stockwerke darunter. Deshalb ist das schon möglich, was er erzählt hat. Wir werden es gleich sehen.«

Langsam gingen sie weiter den Gang entlang. Von Zeit zu Zeit blieben sie stehen und lauschten, ob es etwas zu hören gab. Aber das Institut schien um diese Zeit – es war bereits lange nach zwanzig Uhr – wie ausgestorben zu sein. Zumindest in diesem Trakt des Hauses. Das Licht schaltete sich aus, und beide standen wieder im Dunkeln.

»Opa«, flüsterte Jessica, »wo bist du? Ich kann nichts sehen.«

»Ich auch nicht«, hörte sie seine Stimme, »aber gleich haben wir den Schalter, dann wird das wieder. Augenblick noch.«

Und tatsächlich, nur wenige Augenblicke später ging das Licht wieder an. Löffler hatte den Lichtschalter gefunden. Er ging voran, Jessica folgte ihm. Am Ende des Ganges öffnete er eine Durchgangstüre. Sie führte in einen großen Raum, von dem aus mehrere Türen abzweigten.

»Und jetzt«, fragte Jessica, »weißt du, wo wir lang müssen?«

Löffler sah sich einen Augenblick um, schloss die Augen, um nachzudenken und ging anschließend schnurstracks auf eine der Türen zu.

»Hier lang«, sagte er und stieß die Türe auf.

»Hast du das geraten?«, fragte seine Enkelin misstrauisch.

»Schon«, gab er zu, »aber ich habe zum Glück richtig geraten. Du wirst schon sehen.«

Sie standen in einem Treppenhaus. Fragend sah Jessica ihren Opa an. Der deutete entschlossen nach unten. Er drückte den Lichtschalter, dann stiegen beide die Treppen hinab, einen Stock tiefer. Eine weitere Tür, und sie standen wieder im Dunkeln. Als das Licht anging, sahen sie, dass ein Gang direkt geradeaus vom Treppenhaus wegging, der andere rechterhand entlang führte.

»Wir müssen uns entscheiden, wo wir lang gehen«, meinte Löffler.

»Nein, nicht nötig, ich gehe rechts, du geradeaus, so sparen wir Zeit. Hier irgendwo könnte das Labor doch sein, nach dem wir suchen.«

»Ich weiß nicht«, grübelte der Senior, »ich hätte es mir etwas versteckter vorgestellt. Wenn dort das passiert, was wir denken, dann liegt das doch nicht einfach vor aller Augen da.«

»Aber Opa«, begehrte da die Enkelin auf, »nun sei doch nicht so fantasielos. Es heißt doch immer, man solle etwas nicht verstecken, um es perfekt zu verstecken. Oder so ähnlich. Diamanten solle man unter Diamanten verstecken. Vielleicht ist es hier ja auch so. Jeder hat Zugang, deshalb interessiert sich auch niemand für einzelne Räume.«

»Glaubst du wirklich, dass Chemiker mit derartigen philosophischen Konstrukten arbeiten? Würde mich wundern. Aber schön, trennen wir uns und treffen uns nachher wieder hier. Wir schauen hinter jede Tür. Falls was ist, dann schrei, so laut du kannst.«

»Klar, Opa, du aber auch.«

Sebastian Biegel sah auf seine Armbanduhr. Er musste sich beeilen.

Im Laufschritt eilte er über den Campus des Chemischen Instituts. Er kam direkt aus dem Krankenhaus. Es gab keine neuen, das hieß: vor allem keine guten Nachrichten zu seinem kleinen Bruder. Das Wissen, dass er für den Zustand des Jungen verantwortlich war, zumindest indirekt, kroch eiskalt in ihm hoch. Er hatte es bisher verdrängt, hatte anderes zu tun gehabt. Jetzt hatte er Zeit, um nachzudenken. Um die Gedanken an das Unglück zuzulassen. Ohne ihn, das war klar, wäre Tobias das nicht passiert. Natürlich hatte er die Drogen aus seinem, aus Sebastians Zimmer gestohlen. Aber welcher Depp ließ schon Drogen in seinem Zimmer herumliegen? Und welcher Depp erzählte dem kleinen Bruder auch noch etwas darüber?

Sebastian erinnerte sich, dass er völlig zugedröhnt war, als er Tobias von den Versuchen im Institut erzählt hatte. Sie waren darauf gekommen, weil ein Mann im Französischen Viertel wegen des Besitzes zweier Marihuana-Stauden vierzig Tage in den Knast sollte. Tobias hatte das nicht verstanden. Sebastian übrigens auch nicht. »Wenn einer seine Frau verprügelt, dann kommt er so davon. Oder Eltern, die ihre Kinder grün und blau hauen, die kriegen höchstens mal eine Geldstrafe. Und wegen so was soll einer ins Gefängnis. Die spinnen doch.« Sebastian hatte ihm recht gegeben. So kamen sie ins Reden. Und irgendwie war ihm der Gaul durchgegangen. So, und das hatte er jetzt davon. Beziehungsweise Tobias.

Zu allem Ärger kam jetzt auch noch diese Verabredung dazu. Etwas Gutes verhieß sie jedenfalls nicht. Dazu war die Aufforderung zu förmlich gewesen. Da steckte etwas dahinter, das kaum zu seinem Wohle war. Andererseits, ihm war jetzt eh alles egal. Er musste sein Leben in Ordnung bringen. Und hoffen, dass das seines Bruders keinen Schaden genommen hatte. Mit dem Aufzug fuhr er in den Keller des Gebäudes. Hier befand sich so etwas wie die Kommandozentrale und das Arbeitszimmer. Wenn man so dazu sagen wollte.

Das Labor hatte jahrelang leer gestanden. Jetzt konnte man es wenigstens wieder seiner Bestimmung zuführen und darin arbeiten. Er hatte den Schlüssel für die Tür zum alten Konferenzraum dabei. Über den führte eine weitere Tür in das alte Labor. So musste er nicht den üblichen Weg durch die Gänge benutzen. Keiner konnte ihn sehen, denn auch der alte Konferenzraum war seit Jahren unbenutzt. Er stieß die Tür zum Gang auf.

»Da bist du ja endlich.«

»Erschreck mich nicht so. Hast du hier vor dem Labor auf mich gewartet? Warum das denn?«

»Ich habe ein wenig darin gearbeitet. Das riecht man noch. Ich will nicht, dass alle Klamotten danach stinken. Du ja wohl auch nicht, oder?«

Biegel winkte ab.

»Ist schon recht. Mich interessiert viel mehr, warum wir uns hier treffen. Und ausgerechnet wir zwei. Was gibt es denn so Besonderes?«

»Was es Besonderes gibt? Ich muss gleich lachen. Die Polizei zum Beispiel. Einen toten Professor nicht zu vergessen. Und was ist mit deinem Bruder, wie geht es dem inzwischen im Krankenhaus?«

»Das geht dich gar nichts an. Damit hast du nichts zu tun, das ist ganz alleine meine Sache und die meiner Familie.«

»Sagtest du nicht mal zu mir, ich gehörte irgendwie auch zu deiner Familie. Oder täusche ich mich da?«

Sebastian schwieg.

»Aber egal. Was mich viel mehr interessiert: Was wissen die Bullen? Was hast du erzählt? Haben sie etwas bei dir gefunden von dem – du weißt schon?«

Energisch schüttelte der Chemiker den Kopf. Beide schwiegen eine Weile.

»Warum sind wir eigentlich hier«, fragte dann Sebastian Biegel, »soll das ein Verhör werden? Oder ein Freundschaftstreffen? Oder was?«

»Was glaubst du, wie es mit der Polizei und dir weitergeht?«

»Welche Frage. Wie soll ich das wissen? Die suchen halt nach irgendwas und stochern überall herum. Auch bei mir.«

»Nicht überall. Bei mir zum Beispiel nicht. Also ist bei dir was nicht in Ordnung. Dieser Löffler riecht das, das ist mir gleich an ihm aufgefallen. Der ist gefährlich hinter seiner smarten Fassade.«

»Mir doch egal. Mir ist überhaupt alles egal. Wenn mein Bruder diese Sache gesund übersteht, bin ich eh raus aus der Sache. Ich wechsle wieder die Seite. Das war doch sowieso alles Wahnsinn. Alles, was du uns erzählt hast. Du bist doch daran schuld, dass alles aus dem Ruder gelaufen ist.«

»So siehst du das also?«

»Ja, genau so sehe ich das. Und wenn ich untergehe, gehst du eh mit, das kannst du mir glauben. Dass ich damals so blöd war, auf dich reinzufallen – ich kapiere es nicht.«

»Das hatte ich befürchtet.«

»Was?«

»Dass du das sagen würdest.«

Sebastian schüttelte bloß den Kopf, dann drehte er sich um.

»Ich verschwinde jetzt, das alles ist sinnlos. Wir vergeuden hier nur unsere Zeit. Ich gehe lieber zurück ins Krankenhaus zu meinem Bruder ...«

Er spürte den harten Schmerz an Hals. Er fragte sich, was das wohl war, dann wurde ihm schwarz vor Augen. Dass er zu Boden fiel, merkte er bereits nicht mehr.

Klaus Löffler öffnete die erste Tür, die vom Gang abzweigte. Es war zappenduster in dem Raum. Er tastete nach dem Lichtschalter. Als er ihn gefunden und gedrückt hatte, ging eine flackernde Neonröhre an der Decke an. Sie warf das Innere des Raumes in ein unwirkliches, künstliches, hartes Licht. Der Raum war leer bis auf einen Glasschrank, der die Wand gegenüber der Türe vollständig bedeckte. Nur ein paar silberglänzende Schälchen standen auf den Regalen herum. Überbleibsel wohl, nachdem man hier den Stecker gezogen hatte.

Er machte das Licht aus, zog die Tür zu und bewegte sich zur nächsten.

Keine Ahnung, was ich hier eigentlich mache, dachte der alte Mann, und musste dann über sich selbst lachen. Noch ein letztes Abenteuer, und er war nur allzu gerne bereit gewesen, mit Jessica mitzugehen. Mein Leben langweilt mich. Als er dies dachte, blieb er abrupt stehen. Mein Leben langweilt mich. Ist das so? Aber wie hatte das passieren können? Ausgerechnet ihm? Er war so ziemlich in jedem Verein der Stadt, in Unternehmervertretungen, engagierte sich in sozialen Institutionen und hatte im Verlaufe seines langen Lebens vermutlich Tausende von Menschen kennengelernt – und jetzt langweilte er sich? Turnte mit seiner Enkelin durch das Gewölbe eines wissenschaftlichen Instituts und hatte sich womöglich sogar wegen Einbruchs schuldig gemacht?

Diese Erkenntnisse schien ihn zu lähmen. Er lehnte sich gegen die Wand. Atem holen. Die Krise überwinden. Die Gedanken daran loswerden. Auf später verschieben. Jetzt musste er eine Aufgabe erfüllen.

Er kam wieder zu sich. Wunderte sich, dass er derart heftig reagiert hatte. Noch einmal: Das hatte jetzt keinen Platz in seinem Kopf. Später, ja, da würde er sich darum kümmern.

Er stieß die nächste Tür auf. Aber das war bloß eine Besenkammer, ein Abstellplatz für allerhand Putzzeug, eine Leiter und Werkzeugkästen.

Weiter also, zur nächsten Tür. Und zur nächsten. Und so weiter. Vier, fünf dieser völlig identischen weißen Holzverschläge weiter, immer dasselbe im Zimmer dahinter. Eine weitere Tür dann, mit silbrig glänzenden Streifen, die die Oberfläche in Quadrate aufteilten.

Er machte sie auf, sah, dass ein Lichtschimmer herausfiel. Er stieß sie ganz auf. Es war hell, das Licht, die Neonröhren an der Decke brannte. Einen Augenblick lang war er geblendet. Er war nicht auf die Helligkeit gefasst gewesen. Deshalb nahm er das, was sich auf ihn zubewegte, nur als schwarzen Punkt wahr. Der Punkt wurde größer, kam näher. Löffler kniff die Augen zusammen.

Es wurde endgültig alles schwarz vor ihm. Durch die Dunkelheit spürte er einen heftigen Schmerz an der Brust. Er erlebte, wie er in Sekundenbruchteilen die Macht über seinen Körper verlor, wie er zitterte, und wie er dieses Zittern hinter dem Schmerz nicht verhindern konnte. Er hörte einen lauten Schrei. Das bin bestimmt ich, dachte er, die Stimme kenne ich doch. Dann brach er zusammen.

Kaum war Opa Löffler um die Ecke verschwunden, verpuffte der großmäulige Mut Jessicas rapide. Sie hörte noch die Schritte ihres Opas, dann auch die nicht mehr. Stille.

Langsam ging sie den Gang entlang. Die Lampe an der Decke warf Jessicas Schatten, der immer länger wurde, auf den Boden. Unsicher bewegte sie sich nach vorne. Links im Gang war eine Stahltür mit einem Drehverschluss wie ein Tresor. Sie nahm den Drehbügel in die Hand und versuchte ihn zu bewegen. Aber nichts geschah. Mit der ganzen Kraft ihrer beiden Arme probierte sie es noch ein paar Mal, aber immer mit dem gleichen Ergebnis.

Sie machte eine kleine Pause. Das alles war ihr mit einem mal nicht mehr ganz geheuer. Sie griff in ihre Tasche und holt das Messer heraus, das sie vorsorglich eingesteckt hatte. Ihre Mutter hatte ihr das Ding zum Wandertag in der Schule geschenkt. Damit sie Holz schnitzen und die Grillwurst einschneiden konnte. Seitdem nahm sie es zu jedem Ausflug mit. Das war schon reine Gewohnheit bei ihr. Ein Messer, so ihre Meinung, kann man immer brauchen. Sie versuchte, mit der Messerspitze an das Schloss der Türe zu kommen. Aber das schwere Eisen blieb davon unbeeindruckt.

Na schön, überlegte sie, das probiere ich nachher noch Mal mit Großvater. Bis dahin muss die Tür halt warten. Die nächste Türe war auf der rechten Seite des Ganges. Es handelte sich um eine weiß gestrichene Holztüre. Außen, an der Wand neben dem Rahmen, hing ein Schild. »Raum 11-31« stand da. Sonst nichts. Vorsichtig drückte das Mädchen die Klinke nieder. Gerade als sie die Türe aufstoßen wollte, ging das Licht aus. Sie stand in vollkommener Dunkelheit auf dem Flur. Plötzlich strich etwas ganz leicht über ihre Hand. Sie schreckte zusammen. Zog die Hand weg. Mit der anderen griff sie ins Dunkle, um das wegzuwischen, was die Hand berührt hatte. Sie hatte ihren Schal in den Fingern. Ein Luftzug, der aus dem Zimmer vor ihr herauskam, hatte ihn über ihr Gelenk geweht.

Jessica spürte, wie ihr Herz klopfte. Sie griff nach innen, in den dunklen Raum hinein, fuhr mit den Fingern die Wand links entlang und suchte nach dem Lichtschalter. Sie fand ihn und knipste ihn an.

Kein Licht. Wahrscheinlich waren Schalter oder Birne in der Lampe defekt. Sie fluchte. Ein Mädchenfluch, den sie aus einem Buch heraus hatte. Das tat ihr gut. Sie zog die Türe wieder zu und lief den nachtschwarzen Flur entlang. Sie orientierte sich an der Wand, die sie mit der Schulter entlangstreifte. Das gab ihr Sicherheit. Und Balance.

Der Schrei, der die Dunkelheit durchschnitt, kam urplötzlich. Erschreckend, wirklich erschreckend war, dass er sie aus einer undurchdringlichen Schwärze anfiel. Das Furchtbarste indes war, dass sie die Stimme zu kennen glaubte. Sie begriff unmittelbar, dass bloß ihr Großvater der Verursacher dieses Schreis sein konnte. Sofort ergriff sie Panik.

Was sollte sie tun? Mist, sie stand hier herum, im tiefschwarzen Gang eines unbekannten Gebäudes, in dem sie sich nicht den Deut auskannte. Und da drüben, irgendwo dort, erlebte ihr Opa gerade etwas Furchtbares. Aber sie konnte nicht helfen, weil sie einfach nichts sah und nicht einmal ihre eigenen Füße auf dem Boden erkennen konnte. Da stieß sie mit der Hüfte gegen eine Erhebung an der Wand, an der sie sich noch immer, automatisch fast, entlangschob. Es war der Lichtschalter. Sie drückte ihn nieder, die Lichter im endlosen Flur des Instituts gingen an.

Sie drehte sich um, wollte dahin, wo der Schrei vermutlich hergekommen war. Sie blieb stehen und lauschte. Sie hielt den Atem an und konzentrierte sich auf die Geräusche, die sie umgaben. Aber nur das leise Summen der Neonröhre oben an der Decke lieferte einen Ton. Von Opa Löffler war nichts mehr zu hören.

Das ängstigte sie mehr, als ein mögliches Rufen oder Stöhnen. So hätte sie wenigstens gewusst, dass er noch am Leben war. Dass sie, wenn sie ihn rechtzeitig finden würde, ihm noch helfen könnte. Aber so? Sie hatte noch immer das Messer in der Hand. Ihre Knöchel wurden ganz weiß, so fest drückte sie dessen Griff.

Egal, was auch immer geschehen war, sie musste jetzt auf jeden Fall ihren Großvater suchen. Also bewegte sie die Beine schneller, rannte schließlich zum Ende des Ganges, dahin, wo sie sich getrennt hatten.

Sie blinzelte um die Ecke. Schaute angestrengt bis zum Ende des langen Ganges, der vor ihr lag. Aber sie konnte niemanden sehen. Keinen Opa, der dort auf dem Boden lag oder sich gegen eine Wand lehnte. Er war einfach verschwunden. Sie rief seinen Namen. Sie rief Opa, Großvater, Klaus oder einfach Hallo. Es kam keine Antwort.

Jessica wünschte sich, Löffler möge noch einmal schreien. Und sei es vor Schmerz. Dann hätte sie wenigstens einen Anhaltspunkt gehabt, wo sie suchen musste. So aber eilte sie einfach den langen Gang hinab, drückte die Klinken nieder, die ihr begegneten, und öffnete dann die Türen.

Dunkel waren die Räume. Jedes Mal musste sie erst die Beleuchtung anmachen. Und wieder aus. Und weiter ging es zum nächsten Raum. Die Zimmer waren meist leer, oder es standen gerade mal ein Tisch und ein paar Stühle darin. Einfach abgestellt. Einfach stehen gelassen, mitten im Raum. Oder an die Wand gelehnt, auf den Tisch gestellt, umgekippt. Hier kam keiner mehr hin, das war eine Region, die aufgegeben und dann vergessen worden war. Niemandsland.

Dann stand sie vor einer weiteren Türe. Silbrig glänzende Quadrate teilten ihre Oberfläche fast symmetrisch auf. Fasziniert blieb Jessica eine Weile davor stehen. Fast ein Kunstwerk, dachte sie, dann drückte sie die Klinke nieder.

Sie stand in einem Labor. Zumindest war es vermutlich mal eines gewesen. Das Licht brannte. Es war taghell, bloß die hinterste Ecke lag im Dunkeln. Die Neonröhren darüber waren offensichtlich defekt. In den Regalen, die längs der rechten Wand standen, fanden sich noch Batterien mit verstaubten Reagenzgläsern und anderen Glasbehältern.

Aber das war es nicht, was Jessicas Aufmerksamkeit fesselte. Etwas bewegte sich in jener Ecke, die nicht beleuchtet war. Sie lag ihr genau gegenüber. Jessica hörte Schleifgeräusche. Sie kniff die Augen zusammen, um herauszufinden, woher diese stammten. Was sie erkannte, war eine dunkle

Figur, die über einer anderen dunklen Figur gebeugt dastand. Offensichtlich versuchte sie, diese wegzuschleifen, raus aus dem Labor, durch die bereits geöffnete Tür ins nächste Zimmer.

»Hallo«, rief Jessica, »was machen Sie da? Wer sind Sie?«

Die schwarze Gestalt reagierte nicht, zerrte noch immer an dem Bündel zu ihren Füßen. Langsam zog sie es immer näher Richtung Türe.

»He, hallo, Sie da, was ist das, was Sie da haben? Ist das ein Mensch? Ist das ...«

Dem Mädchen kam ein furchtbarer Verdacht.

»Opa, Opa, bist du das?«, schrie sie, und rannte los.

Die Gestalt ließ das Bündel sofort los und rannte zur Tür am Ende des Labors. Instinktiv reagierte das Mädchen und warf ihr Messer auf den Menschen, der vor ihr flüchtete. Die Klinge traf den Oberarm der Person. Ein Schmerzensschrei war zu hören. Die Gestalt schüttelte das Messer ab, das klirrend zu Boden fiel. Sie rannte durch die Tür und zog sie hinter sich zu. Jessica blieb vor dem stehen, was da am Boden lag.

Tatsächlich, es war Klaus Löffler. Er lag vor ihr auf dem Boden, ausgestreckt, mit geschlossenen Augen und bewegungslos. Er lag auf dem Rücken. Es war keine Wunde zu sehen, kein Blut, bloß der schlapp daliegende Körper mit den ausgestreckten Armen. Die Enkelin kniete neben ihm.

Sie rüttelte erst an seinen Schultern, dann an seinem Kopf. Aber nichts passierte. Löffler lag einfach da, wie auf den Boden genäht, und rührte sich nicht. Jessica fühlte seinen Puls. Dann griff sie in Löfflers Innentasche. Sie holte das Smartphone heraus. Seinen Code wusste sie nicht. Sie drückte das Icon mit dem Notruf.

»Schnell, kommen Sie«, rief sie ins Handy, »mein Opa liegt da, er lebt noch, aber ich weiß nicht, was ihm fehlt, er ist ohnmächtig, er wacht einfach nicht auf, aber er hat noch Puls, aber das heißt ja nichts ... ja, ja, ich beruhige mich. Also gut ... im Chemischen Institut auf der Morgenstelle ... unten, im Untergeschoss, den Raum weiß ich nicht, aber ich warte im Gang davor, sie brauchen nur mit dem Aufzug nach unten zu fahren ... das erzähle ich nachher, jetzt beeilen Sie sich ... Jessica, Jessica Löffler heiß ich, mein Opa heißt Klaus ... nein, das ist mein Vater. Wenn Sie seine Nummer haben, dann rufen Sie ihn bitte an, über die Kripo geht das doch ... ja, er soll mitkommen.«

Sie beendete das Gespräch. Langsam näherte sie sich der Türe, durch die die Gestalt verschwunden war. Vorsichtig betätigte Jessica die Klinke nieder und drückte gegen die Tür. Nichts geschah, sie bewegte sich nicht. Mit aller Kraft warf sich Jessica dagegen, aber sie konnte sie keinen Millimeter bewegen. Die Gestalt musste sie wohl von der anderen Seite aus abgeschlossen haben.

Jessica gab auf. Sie sah sich in dem ehemaligen Laborraum um. In einer Ecke standen Kartons und leer geräumte Schubladen herum. Sie ging näher an sie heran. Erst als sie direkt davor stand, sah sie den Fuß. Er ragte unter einem der Kartons hervor. Schwarze Schuhe, schwarze Socken. Dunkel auf jeden Fall, das Licht konnte täuschen. Ratlos stand sie vor dem Fuß. Dann bückte sie sich und schob den Karton zur Seite. Erst legte sie so einen Unterschenkel, dann einen Oberschenkel und schließlich einen Männerkörper frei. Als sie den letzten Karton zur Seite schob, erkannte sie das Gesicht Sebastian Biegels. Seine Augen waren weit geöffnet und starrten tot gegen die Decke.

Jessica sprang zurück, hielt die Hand vor den Mund und versuchte, nicht zu schreien. Sie schluckte heftig. Das war gut, um den Kloß wegzudrücken. Sie kannte Biegel, den Bruder ihres Freundes Tobias. Nicht besonders gut, eher vom Sehen. Er war viel zu selten zu Hause, wenn sie gerade Tobi besuchte. Sie hatte ihn vielleicht drei oder vier Mal gesehen. Und jetzt lag er da, und zwar ganz offensichtlich mausetot.

Langsam bewegte das Mädchen sich rückwärts, weg von der Leiche. Kaum konnte sie den Blick von ihm, von den toten Augen wegreißen. Erst als sie bei ihrem Großvater stand, gelang es ihr. Sie setzte sich auf den Boden neben Klaus Löffler, nahm dessen Hand, und umschloss sie mit ihren beiden Händen. Seine Finger waren kalt. Aber vielleicht waren es auch ihre Hände, die kalt waren.

Als Monika Berger in der Villa in Lustnau ankam, lief sie geradewegs Beatrice Löffler in die Arme. Die beiden hatten sich bisher noch nicht unterhalten, und Berger wusste nicht so recht, was sie sagen sollte.

»Hallo«, sagte sie deshalb einfach, und ging vorbei, in Richtung ihres Zimmers.

»Wo wollen Sie hin?«, hörte sie hinter sich die Stimme der Löffler-Ehefrau. Die Kommissarin blieb stehen und drehte sich um. Beatrice stand da, die Hände in den Hüften, und schaute sie lächelnd an.

»Auf mein Zimmer, ich bin müde.«

»Jetzt schon? Es ist doch noch mitten am Tag, und Sie können von dem bisschen Arbeit bis jetzt doch gar nicht müde sein.«

Die Polizistin sah die Frau ratlos an. Meinte sie das ernst, schien der Blick zu sagen, oder macht sie bloß einen Scherz. Aber Berger entschied, dass sie das gar nicht wissen wollte, und ging einfach weiter zur Treppe, die in den ersten Stock zu ihrem Zimmer führte.

»Wissen Sie wenigstens, wo meine Tochter ist?«, hörte sie die Frau ihr nachrufen.

Monika Berger blieb abermals stehen. Im Grunde wollte sie sich einfach nur ein wenig ausruhen. Der Makler vorhin hatte ihr den letzten Nerv geraubt. Erst bot er ihr komplett überteuerte Bruchbuden mit Klo überm Gang und Dusche im Erdgeschoss an, dann machte er sie auch noch blöd an. Sexistisch würden manche dazu sagen. Aber sie war keine, die mit dem Begriff als Schild, vor sich herlief. Das war ihr zu primitiv und roch zu sehr nach Opfer und Unselbstständigkeit und danach, als akzeptiere man, dass der Mann der Stärkere im Geschlechter-Nebeneinander sei.

Sexistisch, war ihre Meinung, könne nur einer sein, dessen Überlegenheit man anerkannte. Das tat sie aber nicht. Also war der Makler nur ein Vollidiot, der sich zu wichtig nahm, und dem man auf die Finger hauen musste. Das hatte sie getan. Seine Reaktion hatte genau das bestätigt, was zu vermuten war: ein großkotziges Weichei mit mächtiger Klappe und nix dahinter. Sexistisch, dachte Berger, dass ich nicht lache. Und musste bei dem Gedanken tatsächlich lachen.

Jedenfalls hatte sie ihn sitzen lassen und war aus dem »Bären« raus, vorbei an den beiden Kollegen an der Bar und schnurstracks nach Hause. Und jetzt kam diese blöde Tussi ihres Chefs und machte sie doof an. Das hatte ihr gerade noch gefehlt. Überhaupt, was wollte die in Tübingen? Sie konnte doch wieder zurück nach Hamburg, diese hanseatische Gans. Ein Grund mehr, aus der Löffler-Villa zu verschwinden. Solange diese Noch-Ehefrau oder Ex-Ehefau hier im Hause war, würde sie sich ohnehin nicht mehr wohlfühlen.

»Ich weiß nicht, wo sie ist, denn sie ist nicht meine, sondern Ihre Tochter. Also, wer sollte wohl wissen, wo sie sich gerade aufhält?«

Im Grunde wollte Berger gar nicht so schnippisch sein. Aber die Frau machte es einem ja auch nicht gerade leicht.

»Ach«, fuhr diese ungerührt fort, »Sie sind doch bloß neidisch, weil ich Mann und Kind und sonst auch alles habe. Sie zahlen hier Miete, und ich komme auf Besuch.«

»Ich zahle keine Miete«, sagte Berger gegen ihren Willen, »und ich hatte bisher nicht den Eindruck, als seien Sie hier herzlich willkommen. Oder was ist Ihr Eindruck?«

Hochrot wurde der Kopf der Frau. Dann drehte sie sich um, in einem herrlichen Schwung, der aussah, wie ein Tanzschritt und schwebte ins Wohnzimmer hinaus. Berger seufzte leise. Sie wollte keinen Unfrieden im Haus, solange sie noch hier lebte. Aber das war wohl gründlich danebengegangen. Einen Augenblick zögerte sie. Dann folgte sie Beatrice ins Wohnzimmer.

»Suchen Sie Ihre Tochter denn«, fragte sie, als sie hereinkam und die Mutter am Fenster zum Garten stehen sah.

Beatrice drehte sich um.

»Nein, suchen nicht gerade, aber ich habe sie den ganzen Tag nicht gesehen. Und ihren Großvater auch nicht. Ich frage mich inzwischen bloß, ob die zwei zusammen was ausgeheckt haben.«

»Ausgeheckt?«

»Na, weggefahren sind, irgendeinen Blödsinn zusammen unternommen haben. Opa Klaus ist manchmal wie ein Kind und wenn dann ein Zweites dazukommt, dann gute Nacht.«

Berger schüttelte den Kopf.

»Klaus Berger ist alles andere als ein Kind«, sagte sie zu dessen Schwiegertochter, »ganz im Gegenteil. Und wenn er etwas ausgeheckt hat, dann sicher keinen Blödsinn. Wenn es also weiter nichts ist ...«

Die Polizistin hatte sich bereits wieder weggedreht und ging gerade zurück, um jetzt endlich in ihr Zimmer zu kommen. Da tauchte plötzlich Beatrice neben ihr auf.

»Warten Sie«, sagte sie, und hielt Berger an der Schulter, »wollen wir nicht zusammen irgendwo hingehen? Was trinken vielleicht. Oder was essen. Oder meinetwegen Kaffee und Kuchen oder eine Wurst an einer Pommesbude. Ich will bloß mal weg von hier. Raus aus dem Haus. Aber ich kenne in Tübingen doch keinen, und die, die ich kenne, wollen mich nicht kennen.«

Berger blieb stehen und sah die Frau an. Sie war in der Tat attraktiv. Trotzdem war etwas Unangenehmes an ihr. Vielleicht war es auch das Fremde, das sie ausströmte, das die Distanz schaffte, die sich ihr gegenüber unmittelbar einstellte.

Die Kommissarin dachte einen Moment nach. Sie war hin- und hergerissen. Im Grunde taugte sie nicht zum edlen Samariter, und ein besonders ausgeprägtes Helfer-Gen hatte sie bisher auch noch nicht bei sich entdeckt. Sie erteilte ungern Ratschläge zur Lebensgestaltung, und sie war auf dem Ohr für Lebensbeichten taub. Aber gut, sie hatte Hunger, sie wäre alleine im Haus gewesen, die Köchin kam heute nicht, und mit ihrem Groll gegen den Makler wollte sie auch nicht alleine sein. Das war zu zermürbend.

»Okay, gehen wir was trinken. Vielleicht auch was essen. Mal sehen, wie es klappt mit uns beiden. Ich war schon ewig mit keiner Frau mehr aus, immer nur mit Typen und Kollegen. Das bringt der Job so mit sich.«

Beatrice strahlte.

»Schön, dass Sie mitkommen. Damit hätte ich, ehrlich gesagt, gar nicht gerechnet. Aber dann sollten wir uns auch duzen, was meinst du?«

»Ja, ja, können wir schon machen, wir wissen ja beide, wie die andere mit Vornamen heißt.«

»Nein, deinen kenne ich nicht.«

»Upps, das kommt davon, dass ich mit deinem Mann noch beim Sie bin. Der lässt sich da nicht erweichen. Monika.«

Förmlich reichte Beatrice ihr die Hand, die sie dann schüttelte.

»So, und wohin gehen wir jetzt?«

»Wir bleiben hier in Lustnau. Wir fahren runter in die Rose, das ist nicht weit, und notfalls gibt's da was Rustikales zu essen. Labskaus haben sie zwar nicht, aber was deftig

Schwäbisches wird dein Hamburger Gaumen ja wohl vertragen.«

»Wenn du wüsstest«, sagte die Hanseatin jetzt laut lachend, »was mein Magen alles verträgt, dann würdest du staunen. Aber vielleicht haben wir zwei heute Abend ja noch Gelegenheit dazu, das zu testen.«

Hauptkommissar Christian Löffler genoss es von Zeit zu Zeit, auch mal alle Fünfe gerade sein zu lassen. Oder hieß das alle Neune, überlegte er. Aber egal, heute kein Lauftraining, keine lange Büronacht im Kommissariat und kein Fall im Kopf, der einen im Bett nicht zur Ruhe kommen ließ. Stopp, dachte er, klar gibt es einen Fall. Aber er hatte seit sicher einer halben Stunde nicht mehr daran gedacht. Das war ein gutes Zeichen, dass er doch noch loslassen konnte. Sein Vater behauptete immer das Gegenteil.

Kollege Gerd Stammler trank gerade einen weiteren Gelben mit seinem Tresennachbarn. Mit dem war er über das Thema Fußball ins Gespräch gekommen. Zwar traf da ein glühender Bayern- auf einen Dortmund-Fan, aber in guter alter Tradition früherer Verbundenheit von Anhängern unterschiedlicher Clubs, nahmen beide die Gelegenheit wahr, schiedlich-friedlich zu frotzeln. Dann stieß noch Werder-Fan Jäcky dazu, und flugs hatte sich ein Tresenstammtisch etabliert.

Löffler verfolgte die Diskussion um Ergebnisse, Leistungsstärken, Schiedsrichterfehlurteile, Traum- und Gurkenpässe oder Hirngespinste über zukünftig zu erwartende Meistertitel höchst amüsiert. Unter normalen Umständen machte er da locker mit, aber heute wollte er einfach nur zuhören und genießen.

Eine Gruppe von etwa einem halben Dutzend Gästen kam herein. Sie setzten sich gleich links vom Eingang an den langen Tisch. Der bot ihnen reichlich Platz, um sich zusammenzusetzen. Gewohnheitsmäßig schaute Löffler zu den Leuten hinunter. Es war so was wie eine Mehrgenerationen-Gruppe. Ein paar ganz Junge, aber auch ein zottelbärtiger Alt-Achtundsechziger befand sich darunter.

Der lauten Unterhaltung musste man zwangsläufig zuhören. Sie kamen von einer Demo gegen Tierversuche. Ein Institut der Tübinger Uni unternahm Versuche an Affen. Das hatten Tierschützer gefilmt und verbreitet. Grausame Aufnahmen von gequälten Affen. Der Filmer hatte nicht damit gegeizt, die wirklich furchtbarsten und absolut grausamsten Szenen eines dieser Versuche auch tatsächlich zu zeigen. Das Resultat war wie zu erwarten: Die Türschützerseele kochte, Wut machte sich breit, der Tübinger liebstes Kind, die Leserbriefseite der Tageszeitung, quoll über vor Briefen zum Thema. Dann beging der Tübinger Oberbürgermeister den taktischen Fehler, den Urteilen der Max-Planck-Gesellschaft, also den Verursachern der Versuche, einen gewissen Glaubwürdigkeitsgrad einzuräumen. Er wolle sich, so seine Aussage, erst mal bei der Gesellschaft selbst schlaumachen. Bumm – das wars mal wieder für den OB.

Und jetzt hatte er wohl, wie man den aufgeregten Erzählungen der Gruppe am Tisch entnehmen konnte, die Demo besucht, um mit den Leuten dort zu diskutieren. Dabei hatte ihm jemand sogar einen Stein an den Kopf geworfen. Man wollte ihn wohl nicht dabei haben, und diskutiert wurde mit ihm auch nicht. Die Gruppe am Tisch fand's gut, die Sache mit dem Stein.

Auch Stammler hatte seine Aufmerksamkeit inzwischen den Männern am Tisch zugewandt. Leider war Stammler mittlerweile etwas betrunken, und so kam ihm jede Diplomatie abhanden.

»Man wirft dem Bürgermeister keinen Stein an den Kopf«, rief er zum Tisch hinunter, »das machen bloß Prolls und hemmungslose Schläger.«

»Jemand, der es gut findet, dass man kleine, niedliche Äffchen quält, hat es nicht anders verdient!«, schallte es Stammler entgegen.

»Und wir wollten ihn ja auch gar nicht dabei haben.«

»Was heißt das denn«, machte Stammler weiter, »meint ihr, dass ihr andere Meinungen nicht duldet? Eins auf die Mütze, wer anders denkt?«

»Genau, in dem Fall trifft das zu.«

Da war selbst Stammler in seinem hohen Zustand zu platt. Ihm fiel dazu nichts mehr ein. Löffler Handy läutete. Er zog es aus der Tasche und hielt es sich ans Ohr. Aber es war zu laut im Lokal, sodass er nach draußen auf die Straße ging. Als er wieder hereinkam, war er bleich.

»Stammler«, rief er, »es ist was passiert. Wir müssen sofort los.«

»Ich komme«, lallte Stammler, und versuchte, sich auf den Beinen zu halten, nachdem er vom Barstuhl geglitten war. Er hielt sich am Tresen fest und sah entschuldigend zu Löffler hinüber.

»Irgendeins der Biere war schlecht, Chef«, sagte er, »ich glaube, ich kann nicht mehr fahren.«

»Ich auch nicht. Jedenfalls wäre das fahrlässig.«

»Ich auch nicht«, tönte es von hinten. Jäcky hob entschuldigend die Schultern.

»Hätte ich gewusst, dass ihr noch Einsatz habt, hätte ich mich zurückgehalten. Aber so, keine Chance. Wie wäre es mit einem Taxi?«

»Nein, das dauert zu lang. Mein Dienstfahrzeug steht genau vor dem Bären. Ich brauche einen Chauffeur.«

Löffler schaute sich um. Dann trat er zum Tisch der Demo-Truppe. Die sahen ihn ganz komisch an.

»Hört her, Leute, ich bin bei der Kripo. Ich habe einen

Einsatz und sollte mit dem Wagen dahin kommen. Aber ich habe ein Bier zu viel intus. Also, wer von euch fährt mich?«

Ungläubig starrten sechs Augenpaare nach oben. Vermutlich wollten die Besitzer der Augen herausfinden, ob sie hier gerade veräppelt wurden, oder ob sich eine versteckte Kamera hinterm Tresen befand. Löffler legte seinen Polizeiausweis auf den Tisch.

»Also, ich habe keine Zeit, wer kann mich fahren?«

Der Zottelbärtige erhob sich hinter dem Tisch, schaute in die Runde und quetschte sich dann nach vorne zu Löffler.

»Ich fahre, ich habe seit einunddreißig Jahren keinen Alkohol mehr getrunken. Ich bin nüchtern und fahrtüchtig. Also, wohin soll es gehen?«

Löffler packte seinen Ausweis ein, schob den Mann vor sich her nach draußen und ließ ihn dann auf der Fahrerseite einsteigen. Er selbst setzte sich auf den Beifahrersitz und gab dem Mann den Zündschlüssel.

»Wir fahren auf die Morgenstelle, zum Chemischen Institut. Schnell. Und versprochen, es geht dort nicht um Tierversuche.«

»Na dann«, sagte der Mann, und gab Gas, »ich wollte schon immer mal mit Hundertzwanzig durch die Innenstadt rasen. Aber nicht weitererzählen, manche meiner Freunde hätten für meine perversen Träume nichts übrig. Die haben ein Erhebungsgefühl, wenn sie bald mit Tempo 10 durch Wurmlingen fahren dürfen.«

Löffler wählte die Nummer Monika Bergers. Nach einer gefühlten Ewigkeit – sein Chauffeur fuhr gerade mit Hundertfünfzig den Schnarrenberg hoch –, meldete sie sich.

»Hören Sie, Berger, es ist was passiert. Mein Vater, meine Tochter, dieser Chemiker, Sebastian. Ach, kommen Sie einfach sofort hoch ins Chemische Institut, dort können Sie das Elend selbst sehen.«

»Beatrice, ich meine, Ihre Frau, sitzt gerade bei mir in der Rose in Lustnau. Was soll ich mit ihr machen? Was ist denn mit Ihrer Tochter, was ist mit Jessica?«

»Das weiß ich selbst nicht genau. Bringen Sie Bea doch einfach mit, es geht sie ja auch was an, solange unsere Tochter da mit drinhängt.«

»Drinhängt? In was drinhängt?«

»Keine Ahnung, ich weiß es doch selbst nicht. Jetzt kommt einfach, verdammt, ich bin gleich da.«

Er beendete das Gespräch. Sein Chauffeur bog gerade mit quietschenden Reifen in den Parkplatz am Chemischen Institut ein. Direkt vor dem Eingang hielt er den Wagen elegant mit langer Bremsspur an. Dann ließ er sich im Fahrersitz zurückfallen und atmete durch.

»Schön war's«, sagte er, »soll ich Sie auch wieder zurückfahren?«

»Ich denke, wir sollten den Rest des Abends gemeinsam verbringen. Als Team, sozusagen.«

»Soll ich auch bei dem Fall, worum immer es sich handelt, mithelfen? Ich habe echt Ahnung, alleine schon wegen meiner Krimilektüre über die Jahre hinweg.«

»Ich komme auf Sie zu, wenn ich Rat brauche, okay?«

Der Mann nickte und strich sich über seinen Zottelbart. Löffler stieg aus, als gerade die Feuerwehr den Schnarrenberg hochbrauste und mit Hochgeschwindigkeit ebenfalls ins Chemische Institut einbog. An ihm vorbei raste der Löschzug, gleich dahinter noch weitere Feuerwehrwagen mit der durchdringenden Sirene und dem Blaulicht.

»Mist, was ist hier denn los, das sieht ja nach einer größeren Sache aus«, sagte der Zottelbart beeindruckt.

»Keine Ahnung, aber wir werden es gleich wissen. Sieht aber nicht gut aus.«

Dann rannte der Hauptkommissar auf die hell erleuchtete Eingangstür des Instituts zu.

Jessica setzte sich mit dem Rücken zu dem toten Sebastian Biegel neben ihren Großvater. Immer wieder prüfte sie den Puls des alten Mannes. Jedes Mal war sie erleichtert, wenn sie ihn noch spürte. Einmal stand sie auf und prüfte, ob sich die Tür öffnen ließ, durch die die Person geschlüpft war, die für all das verantwortlich war. Aber so sehr sie auch daran rüttelte und zog, sie ging nicht auf. Auf dem Boden entdeckte sie ihr Messer. Sie hob es auf. An der Spitze der Klinge sah sie eine Spur Blut. Zumindest sah es aus wie Blut, dieser dunkle Fleck auf dem silbrig glänzenden Stahl. Jessica klappte das Messer zusammen und schob es wieder zurück in ihre Hosentasche. Sie setzte sich wieder neben Klaus Löffler. Dann schnüffelte sie. Es roch seltsam. Beißend. Ein Geruch, der ganz und gar nicht in diese sterilen Räume passte. Es roch nach Rauch. Tatsächlich, der Gestank, der in ihre Nase zog, rührte eindeutig von einem Feuer her. Sie sah sich um. Nichts zu sehen. Dann ein Blick zur Tür. Feine Rauchfädchen zogen vom Boden her in das Labor. Auf der anderen Seite, auf der Seite, zu der Jessica keinen Zugang hatte, musste es brennen. Die Rauchfäden wurden dicker und dichter.

Das Mädchen stand auf, ging zur Durchgangstüre und legte die Ohren an das Holz. Sie lauschte atemlos. Ja, dachte sie, das hört sich wie ein Knistern an. Als wenn Reisig verbrennt. Oder trockenes Holz. Sie hörte einen lauten Knall, dann das Splittern von Glas. Sie zuckte zurück, als wenn sie getroffen worden wäre. Okay, überlegte sie, und versuchte ruhig zu bleiben, da drüben brennt es. Irgendwann wird es auch hier brennen, nämlich dann, wenn die Türe zwischen den beiden Räumen niedergebrannt ist. Oder die Wände einstürzen. Aber das hat noch Zeit.

Sie ging zu ihrem Großvater, zog an seinen Armen und wollte ihn so Richtung Ausgang zum langen Flur ziehen. Aber sie kam kaum vorwärts, Löffler war zu schwer. Oder sie zu schwach.

Sie schwitzte stark. Nicht wegen der Hitze, davon bemerkte man noch nichts. Es war, als treibe die Erkenntnis, dass es ihr möglicherweise nicht gelingen könnte, ihren Großvater aus der Gefahrenzone zu bringen, dicke Schweißtropfen über ihr Gesicht. Dazu die Anstrengung, den Körper über den Boden zu schleifen. Aber sie schaffte es nicht. Klaus Löffler war zu schwer, er ließ sich kaum bewegen. Der Rauch war inzwischen dichter geworden. Ganze Schwaden zogen durch das Labor. Jessica rannte zum anderen Ende des Raumes, öffnete die dortige Türe, damit der Rauch abziehen konnte. Sie wusste, dass nicht dieses wallende weiße Zeug die Bedrohung war, sondern das, was im Raum nebenan sich entwickelte. Wann, so überlegte sie, würden die Wände in Flammen stehen? Und was dann? Was passierte mit ihrem Großvater?

In der Ecke lag noch immer der Bruder von Tobias. Schön, er war tot, aber konnte man ihn trotzdem den Flammen überlassen? Jedenfalls eher als ihren Großvater, dachte sie ganz pragmatisch, der lebte nämlich noch. Also: Keine Gedanken über diesen Sebastian, was konnte sie für ihren Opa tun? Sie sah sich im Raum um. An der Wand, zwischen zwei weiß leuchtenden Regalen mit Glasfront sah sie den Sackkarren.

Warum nicht, war ihr erster Gedanke, das könnte klappen, auf jeden Fall eher als das Ziehen an den Handgelenken des schweren Mannes. Also eilte sie zu dem Karren, kutschierte ihn zu Löffler und stellte ihn ab. Dann nahm sie ihre ganze Kraft zusammen, und rollte den Mann auf den Karren.

Das klappte. Mit dem Fuß trat sie auf seinen Bauch, um ihn am Zurückrollen zu hindern, ehe sie ihn gegen sich kippte. Dann legte sie den Karren um und nahm beide Griffe fest in die Hand. Sie bewegte das Gefährt mühselig vorwärts. Der Reifen quietschte bei jeder Umdrehung.

Vermutlich war das Ding jahrelang nicht mehr benutzt worden. Aber Stück um Stück kam sie vorwärts.

Löffler blieb liegen. Unterarme und Schenkel streiften auf dem Boden, aber der Körpermittelpunkt lag auf dem Wagen. Langsam, um den Mann nicht zu verlieren, schob Jessica ihn zur Ausgangstüre. Seine nackten Handknöchel rieben auf dem Boden, aber darauf konnte sie jetzt keine Rücksicht nehmen. Es geht um Leben und Tod, dachte Jessica, da kann man schon mal bluten. Sie bekam Übung beim Schieben. Das Rad des Sackkarrens hatte sich ebenfalls vom Rost gelöst, und plötzlich stand sie mit dem Karren und Löffler im langen Flur vor dem Labor.

Wann kommen die denn endlich mit dem Krankenwagen, fragte sich das Mädchen besorgt, ich habe doch schon vor ewigen Zeiten angerufen. Und was ist mit der Feuerwehr, ist die überhaupt verständigt? Sie kniete neben ihrem Großvater. Er atmete regelmäßig, aber er wollte einfach nicht aufwachen, nicht zu sich kommen. Was war da bloß passiert, dass er in einen derartigen Tiefschlaf gefallen war? Was hatte man ihm angetan?

Da hörte sie den Ton lauter Sirenen. Polizei, Krankenwagen, Feuerwehr, egal, Hauptsache irgendjemand kam ihr zu Hilfe. Sie hörte die Schritte vieler Menschen. Von allen Seiten schienen sie zu ihr zu strömen, genau zu dem Punkt, an dem sie mit Großvater und der Sackkarren stand. Na, dann kann ja nichts mehr passieren, dachte sie.

Und sie merkte, wie bei dem Gedanken etwas in ihr verschwand, etwas Schweres, Bedrängendes, etwas, das sie in den letzten Minuten fast am Atmen gehindert hätte. Sie fühlte sich frei, ja, glücklich.

Als die Leute in ihren blauen Uniformen und den gelben Helmen, in den Atemmasken und dem Beil in der Hand, und dann noch die drei Männer in den roten Anzügen und dem Koffer mit dem Kreuz darauf zu ihr kamen, da hatte sie sogar noch Zeit, ihnen von Sebastian Biegel zu erzählen.

Als schließlich ihr Vater, der Hauptkommissar Löffler um die Ecke kam und auf sie zurannte, da machte sie einfach die Augen zu und ließ sich fallen.

Dass ihr Vater sie auffing und dann sanft auf den Boden legte, bekam sie nicht mehr mit. Nicht einmal, dass er ihr ganz zart übers Gesicht strich und ihren Kopf dann an seine Schulter zog.

Christian Löffler wartete vor dem Eingang des Instituts, nachdem man seinen Vater im Krankenwagen abtransportiert hatte. Jessica saß in eine Decke gehüllt neben ihm auf einer Liege, die das Rote Kreuz dort aufgestellt hatte. Löfflers Tochter wollte bei ihrem Vater bleiben, und der hatte zugestimmt.

»Wir gehen nachher gemeinsam ins Krankenhaus zu Opa«, sagte der Hauptkommissar zu ihr, »jetzt gerade können wir nichts für ihn tun. Die Ärzte sollen erst mal eine genaue Untersuchung machen.«

»Aber was fehlt ihm denn?«

Er schüttelte den Kopf.

»Das weiß wohl keiner so genau. Er ist auf jedenfalls noch bewusstlos. Das kann ein gutes, aber auch ein schlechtes Zeichen sein. Jedenfalls ist er jetzt in den besten Händen.«

Er wandte sich seiner Tochter zu.

»Was sollen wir zuerst besprechen? Deine Rettungsaktion für Opa oder deinen Einbruch in ein fremdes Gebäude? Andererseits hättest du keinen zu retten brauchen, wenn ihr nicht eingebrochen wärt. Und ich weiß noch nicht einmal, was ihr da überhaupt gemacht habt? Leichen gesucht, und die von Sebastian Biegel gefunden? Oder habt ihr den selbst um die Ecke gebracht?«

Jessica schwieg eine Weile. Sie überlegte, wie sie überhaupt auf die Idee gekommen waren, auf eigene Faust in den Fall ihres Vaters einzugreifen. Vor zwei Stunden war alles noch so klar gewesen. Aber jetzt kam ihr ihre Aktion wie der allergrößte Irrsinn vor. Was hatten sie sich bloß dabei gedacht?

»Wir wollten dir helfen, und hatten da so eine Idee, weißt du.«

»Mir helfen? Wobei denn, um Gottes willen? Doch wohl nicht bei einem Mordfall, das kann ja nicht euer Ernst sein. Vor allem nicht der meines Vaters.«

»Ich habe ihn überredet.«

»Eine Dreizehnjährige überredet einen Mann, der bald siebzig wird? Na, das ist doch was. Wer hat da wohl sein Gehirn nicht eingeschaltet?«

Jessica schwieg. Sie hatte jetzt einfach keine Lust zu reden. Aber das ging nicht so einfach, denn sie hatte Dinge gesehen, die ihr Vater wissen musste.

»Hör zu, Papa«, begann sie zu erzählen, »wir wollten herausfinden, wo der Bruder von Tobias, also dieser Sebastian, das Zeug herstellt, das Tobi eingeworfen, also geschluckt hat. Irgendwann hat er mal von einem Labor erzählt. Und das haben wir gesucht. Dort muss es ja Spuren geben, dass Sebastian da was Illegales treibt, oder nicht? Jedenfalls sind wir durch den Hintereingang rein, dann haben wir uns getrennt. Als ich Opas Schrei hörte, bin ich zu ihm gerannt. Und da stand die Gestalt über ihm und hat an ihm rumgemacht. Als er oder sie mich sah, ist er abgehauen. Oder sie. Aber Opa lag schon da, und hat sich nicht mehr geregt. Und da habe ich den Typ, also diesen Sebastian, da liegen sehen. Tot. Ganz sicher tot, wie der ausgesehen hat. Dann kam der Rauch, und ich habe Opa aus dem Zimmer rausgeschleppt. Den Sebastian habe ich nicht mehr geschafft.«

Löffler drückte seine Tochter wieder an sich.

»Da hast du großartig gemacht, mein Liebling, ganz großartig.«

»Und was ist jetzt mit dem Toten und dem Brand?«

»Tja«, sagte der Polizist und setzte sich neben seine Tochter auf die Liege, »Biegel ist wirklich tot. Er ist bereits auf dem Weg in die Patho. Also in die Gerichtsmedizin, zu Onkel Kürner. Und die Räume neben dem Labor, in dem ihr euch befunden habt, sind in der Tat ausgebrannt. Jemand wollte Spuren vernichten, würde ich sagen. Nicht, dass es schon Beweise gibt, die sind ja noch beim Löschen. Aber mit dem, was wir wissen, können wir keine anderen Schlussfolgerungen ziehen. Jetzt warten wir mal ab, was uns die Spezialisten sagen, aber eigentlich brauche ich das gar nicht mehr zu wissen.«

»Du meinst also«, fragte Jessica aufgeregt, »da war tatsächlich ein Labor für Rauschgift? Und das hat Biegel gehört?«

Löffler zuckte mit den Schultern.

»Keine Ahnung, wem was gehört hat, aber allem Anschein nach, könntet ihr richtig gelegen haben. Was ich nicht verstehe: Warum hast du mir nicht Bescheid gesagt, dann hätten wir die Sache ganz anders aufziehen können. Jedenfalls würde dann nicht das halbe Gebäude in Flammen stehen. Und alle Spuren sind jetzt ebenfalls weg.«

»Abenteuer.«

»Abenteuer?«

»Ja, ich wollte was erleben. Und Opa offensichtlich auch.«

Plötzlich ertönte ein Schrei vom Parkplatz her. Die beiden schauten erschrocken in die Richtung. Aus dem Dunkel heraus rannte Beatrice auf Vater und Tochter zu. Sie stieß Löffler zur Seite und zog Jessica an sich.

»Was ist mit dir? Geht es dir gut? Bist du okay? Was ist denn bloß passiert? Nun sag doch endlich was.«

Sanft schob Jessica ihre Mutter von sich.

»Mami, alles ist in Ordnung mit mir. Es ist bloß – Großvater ist im Krankenhaus. Er ist ohnmächtig, und wir wissen nicht, was ihm fehlt. Wir besuchen ihn gleich, du kannst ja mitkommen.«

»Ja, ja, klar. Und mit dir ist wirklich alles okay? Was ist überhaupt passiert? Man sagt mir ja nichts.«

Löffler legte seiner Frau beruhigend die Hand auf den Unterarm. Er spürte, wie sie heftig zitterte.

»Mit Jessi ist nichts, keine Angst. Sie hat meinem Vater geholfen, sie war sehr mutig und besonnen.«

»Was ist passiert?«, fragte Monika Berger, die auf einmal vor Löffler auftauchte.

In dem Augenblick kam Bernd Gugel von der Tübinger Feuerwehr zu ihrer Versammlung. Er hatte den Helm abgenommen. Er schwitzte, und wischte sich mit einem Tuch das Gesicht ab. Er wirkte erschöpft.

»Na, was kannst du uns denn sagen«, fragte der Hauptkommissar.

Gugel schüttelte nur den Kopf.

»Unglaublich, wie das gebrannt hat. Zum Glück haben wir gleich den Anruf gekriegt, denn sonst wäre das ganze Ding hier abgebrannt. Im schlimmsten Fall.«

»Wer hat denn angerufen?«

»Du wirst es nicht glauben. Es war ein Freund von uns. Der ist nämlich gerade hier auf seinem Heimweg vorbeigejoggt. Er hat den Rauch aus dem Abzugsschacht kommen sehen. Das fand er nicht normal. Also hat er einen Mann angesprochen, der an der Bushaltestelle da drüben gewartet hat. Der rief dann die Feuerwehr. Also uns.«

»Und wer war das nun, der Anrufer?«

»Na, wer rennt hier oben schon um diese Zeit noch rum? Gerold war es, Gerold Knisel. Der Mann vom Nikolauslauf. Bist du nicht letztes Mal auch mitgerannt?«

Löffler winkte ab.

»Ja, und habe tagelang noch Nachwirkungen gespürt.«

»Na, du warst aber auch unter den Top Ten. Dafür darf man auch mal leiden.«

Kommissarin Monika Berger gesellte sich zu ihnen.

»Habt ihr nun genug gefachsimpelt? Kann man mal erfahren, was genau passiert ist, Bernd? Oder muss ich warten, bis ich es morgen in der Zeitung lesen kann?«

Gugel wischte sich noch mal übers Gesicht.

»So, wie wir es sehen«, begann er, »liegt hier Brandstiftung vor. Für mich ist das eigentlich klar. Ich meine, Brandbeschleuniger und ein Brand? Was soll man da schon denken? Ohne jetzt vorgreifen zu wollen.«

»Was genau ist denn ausgebrannt?«

»Das ist ja das Seltsame. Uns hat man gesagt, dass es im Untergeschoss nur verlassene Labore, Abstellkammern, Archive und ansonsten leer geräumte Zimmer gibt. Aber der Raum, also eher das Labor, in dem das Feuer ausbrach, schien komplett eingerichtet gewesen zu sein. Das sieht man alleine schon an den Glasscherben auf dem Boden, die das Feuer zerplatzen ließ. Na ja, und von da aus hat das Feuer sich dann auf die benachbarten Räume ausgedehnt. Aber zum Glück gab es da nicht viel Nahrung für die Flammen. Und dann kamen auch bereits wir. Nicht auszudenken, wenn das Feuer auf die oberen Stockwerke übergegriffen hätte. Aber so ist das alles kein Problem. Die können morgen normal weiterarbeiten. Allerdings wird es ordentlich nach Qualm und Verbranntem stinken. Aber tut es das nicht ohnehin in einem Chemischen Institut?«

»Du hast dir zu oft ‚Die Feuerzangenbowle' auf dem Haagtorparkplatz angeschaut, mein Lieber, da bekommt man einen falschen Eindruck von der Chemie.«

Der Feuerwehrmann lachte.

»Ich geh dann mal zurück. Wir sichern jetzt das gesamte Stockwerk ab. Bis Samstag dann, beim Lauftreff.«

Gugel war Triathlet beim Post SV Tübingen, und häufig nahm er am samstäglichen Lauftreff auf dem Sand teil.

Dort gab es eine knackige Elf-Kilometer-Runde, die regelmäßig in der Gruppe absolviert wurde.

»Ich denke, wir gehen jetzt mal zu Opa ins Krankenhaus«, sagte Beatrice zu Löffler und ihrer Tochter. »Vielleicht hilft es ihm ja, wenn einer da ist, wenn er aufwacht. Falls wir überhaupt zu ihm dürfen.«

»Er ist auf der Intensivstation«, berichtete der Hauptkommissar, »dort wird er auf jeden Fall die ganze Nacht bleiben. Haben die Notärzte mir vorhin gesagt.«

»Kommst du nicht mit? Es ist dein Vater.«

»Ich kann jetzt nichts für ihn tun. Wenn ich tatenlos im Krankenhaus herumsitze, werde ich verrückt. Ich will den kriegen, der das getan hat. Der Arzt ruft mich an, sobald sich etwas bei Papa tut. Dann kann ich gleich zur Stelle sein.«

Beatrice hakte sich bei ihrer Tochter unter.

»Na schön, dann gehen wir mal. Ist ja nicht weit in die CRONA, da können wir zu Fuß gehen. Das wird dir guttun, mein Schatz.«

»Ich rufe einen Kollegen«, sagte der Hauptkommissar, »der wird zu Jessica ins Krankenhaus kommen und ein Protokoll aufnehmen. Und dem, Jessica, erzählst du alles, was heute passiert ist. Alles, hörst du. Das ist wichtig, denn wir wollen doch herausfinden, wer diesen Sebastian getötet und deinen Opa angegriffen hat.«

Jessica nickte. Man sah ihr das schlechte Gewissen förmlich an.

Löffler schaute den beiden nach, während sie Richtung Schnarrenberg davongingen. Nicht weit bergabwärts lag das Uniklinikum, die CRONA, in dem sein Vater jetzt möglicherweise operiert wurde. Oder was immer man tun musste, um ihn wieder aufzuwecken.

»Was ist mit Stammler?«, fragte Monika Berger in die Stille.

Der Hauptkommissar drehte sich zu ihr hin.

»Stammler? Mit dem können wir heute nicht mehr rechnen. Wir beide sollten uns überlegen, wie wir weiter vorgehen.«

»Was ist mit Gerd? Ist er krank?«

»Nein, im Bären.«

Sie winkte ab.

»Na dann.«

Sie gingen zusammen ins Innere des Instituts. Dort wimmelte es von Feuerwehrleuten und Wasserschläuchen, über die die beiden drübersteigen mussten. Die Leute von der Presse waren da und suchten nach Gesprächspartnern. Als sie auf Löffler und Berger zukamen, winkte der nur ab.

»Tut mir leid, Leute, aber ich weiß nicht mehr als ihr bis jetzt. Morgen früh gibt es eine Pressekonferenz. Denke ich zumindest. Aber bis dahin kann ich absolut nichts sagen.«

Dieter Becker, der Mann von der Lokalzeitung, ließ nicht locker. Als die anderen Presseleute sich bereits abgewandt hatten, folgte er den beiden Polizisten dennoch. Dieter gehörte zum Inventar der Zeitung und zum Stadtbild Tübingens. Ein alter Haudegen, dem man so leicht nichts vormachen konnte. Der aber, um eine gute Geschichte noch besser zu machen, auch mal ein paar Tage warten konnte, ehe er an die Öffentlichkeit ging. Gerade mit Christian Löffler hatte das schon einige Male geklappt. Erst vor Kurzem wollte Becker mit einer Serienmördergeschichte punkten. Löffler aber signalisierte, da könne er zu vorschnell sein und sich am Ende blamieren. Becker wartete und erhielt das erschütternde Drama der damaligen Morde als Erster.

»Nun wartet doch mal«, sagte er zu dem eilenden Polizistenpaar, »ich will doch bloß wissen, ob da noch was Größeres zu erwarten ist. Ich kann doch nicht einfach so ins Blaue schreiben. Das hätte schließlich für uns alle Nachteile.«

»Besonders für dich, meinst du«, sagte Berger.

»Besonders für mich, klar. Aber vielleicht kann ich euch auch mal helfen.«

»Im vorliegenden Fall, vielleicht?«

»Wenn ich weiß, worum es geht, habe ich immer Infos parat. Das wisst ihr doch.«

Löffler und Berger blieben stehen.

»Was denkst du denn, was hier heute passiert ist?«

Becker lächelte bedeutungsvoll.

»Der Brand ist ja nicht nur so ausgebrochen, das ist schon klar. Denn man hat eineinhalb Leichen im Keller gefunden. Und die sind nicht im Feuer umgekommen, die waren schon vorher tot. Einer zumindest. So, und jetzt muss man einen Bogen machen, unter dem Professor Grauer, der gemeuchelte Bergmeister, die synthetischen Drogen und das Chemische Institut versammelt sind. Und dann brennt da auch noch ein Labor aus. Mensch, Leute, das ist eine klare Sache. Hier ist der ganz große Drogendeal im Gange, und Tübingen mittendrin. Wir sind plötzlich Drogenweltstadt, ein veritables Drogenimperium geworden. Hier ist der Nabel des Crystal Meth, hier ist ...«

Löffler packte ihn am Arm.

»Nun komm mal wieder runter, Dieter, das ist doch Quatsch, was du dir da zusammenreimst. Auf dem Markt hier gibt es kaum Drogen, und von hier aus gehen auch keine Kuriere hinaus in die weite Welt. Tübingen könnte höchstens Leserbriefschreiber exportieren. Aber die will ja keiner.«

Der Journalist sah ihn erstaunt an. Dann lächelte er versonnen, so, als käme er gerade von einer fernen Reise zurück.

»Schade«, sagte er dann, »wäre zu schön gewesen. Man wird sich doch auch mal seine Geschichten erträumen dürfen.«

»Ja, ja, aber nun zur Sache. Was kannst du uns sagen, was wir nicht wissen?«

Becker legte seinen Zeigefinger an die Unterlippe.

»Ich weiß, dass man hier in der Stadt ein paar Leuten reinstes Meth angeboten hat. Nicht verkauft, sondern zum Vertickern, als Probe sozusagen. Die Leute behaupten, dass die wenigen Meth-Köpfe hier in Tübingen bisher das Zeug aus tschechischen Quellen bezogen haben. Billiger, schlechter Stoff. War aber egal, weil die Droge hier eh keine große Rolle spielte. Hier wird gekifft. Oder vielleicht auch mal gekokst. Dieses Meth-Zeugs wird doch erst seit »Breaking Bad« geraucht oder geschnupft. Wahrscheinlich hauen sich das die Studenten rein, damit sie ein paar Tage fit bleiben, um zu lernen. Keine Ahnung.«

»Wer hat das tolle Meth denn angeboten?«

»Das ist ja das Merkwürdige – keiner kann was über die Person sagen. Das alles sind vor allem bloße Gerüchte. Getroffen habe ich keinen, der tatsächlich das Crystal gesehen geschweige denn probiert hat. Eines aber gilt als sicher: Man wollte hier groß produzieren, aber erst mal die Qualität testen.«

»Wissen unsere Kollegen vom Drogendezernat darüber Bescheid?«

Er zuckte gleichgültig mit den Schultern.

»Das weiß ich nicht, mit denen kann man nicht reden, die sind total verschlossen. Machen gleich dicht. Aber die scheinen ja ohnehin eher einen harmlosen Marihuana-Anbauer wegen zweier Pflanzen zu jagen als einen Meth-Dealer.«

»Ich sehe schon, mein lieber Becker, du kannst mir auch nicht weiterhelfen.«

»Aber du vielleicht mir?«

Löffler lachte.

»Noch nicht, das dauert. Wir müssen erst mal die Fakten sondieren, dann einordnen und dann zuschlagen. Polizeiarbeit eben.«

»Und wann habt ihr was für mich?«

»Wenn weißer Rauch aus dem Polizeipräsidium nach oben steigt, dann kannst du kommen.«

»Witz komm raus, du bist umzingelt. – Aber gut, ich melde mich.«

Damit trollte sich der Journalist nach draußen, während Berger und Löffler ins Untergeschoss stiegen. Je tiefer und je näher sie zum Brandherd, dem Labor, kamen, desto beißender wurde der Geruch.

Die Augen begannen den beiden zu tränen. Dann standen sie vor der Türe, hinter der Sebastian Biegel und Klaus Löffler gelegen hatten. Drinnen war die Spurensicherung unterwegs. Die Türe genau gegenüber war verkohlt, es hätte nicht mehr lange gedauert, und das Feuer wäre in das Zimmer übergesprungen. Hinter der Öffnung tat sich, von ferne gesehen, ein schwarzer Schlund auf.

»Haben Sie die auch gerufen«, fragte Löffler leise seine Mitarbeiterin, und deutete auf die Leute von der Spurensicherung. Sie nickte stumm.

»Dann bin ich Ihnen ja einiges schuldig.«

»Warum das, wir sind doch Kollegen.«

»Das schon, aber ich habe das Gefühl, zurzeit bin ich kein guter Kollege. Aber ich werde mich bessern, das verspreche ich.«

Markus Kürner kam auf ihn zu. Wie ein weißer Fels schob sich der Zweimetermann in seinem Arztkittel durch den Raum. Er winkte schon von Weitem seinem Freund Christian Löffler zu.

»Christian, was gibst du mir für Fälle«, dröhnte der Kürner'sche Bass, »bald liegt das gesamte Chemische Institut bei mir in der Gerichtsmedizin. Am besten, ich richte eine Dependance gleich hier im Institut ein, dann sind die Anfahrtswege kürzer.«

Zur Begrüßung schlug er dem Hauptkommissar kräftig auf die Schulter. Gleich hinter ihm tauchte ihr gemeinsamer Freund Kreitlein auf. Er strahlte über beide Ohren, sogar seine Glatze hatte einen rötlichen Schimmer der Begeisterung.

»Was macht der denn hier?«, fragte Monika Berger überrascht, und deutete auf Kreitlein.

»So unfreundlich, Frau Berger«, fragte Kreitlein galant, »dabei haben wir doch unlängst sogar ein kaltes Getränk im Bären gemeinsam zu uns genommen.«

»Die ist immer so«, nahm Kürner gleich die Gelegenheit wahr, seiner Lieblingsfeindin zu nahe zu treten, »wenn man das ernst nimmt, ist einem der Tag versaut. Also würde ich vorschlagen, wir halten uns an ihren Chef und ignorieren die Angriffe.«

Monika Berger wollte gerade den Mund öffnen, um etwas zu erwidern, aber als ihr nichts einfiel, was sie sagen könnte, verzichtete sie darauf. So stand sie einfach stumm neben Löffler und ballte die Fäuste.

»He, Kreitlein, aber mal im Ernst«, nahm Löffler nun den Faden Bergers auf, »mich würde ebenfalls interessieren, was du hier machst. Das sind Polizeiuntersuchungen, da hast du nichts zu suchen.«

»Er ist mit mir da«, trompetete Kürner laut, und schaute dabei Berger an, »er hospitiert bei mir.«

»Hospitiert? Ich wüsste nicht, dass Kreitlein jemals Medizin studiert hätte. Ein Dutzend anderer Fächer schon, aber Medizin war meines Wissens nach nicht darunter.«

»Nein, das nicht«, mischte der Glatzköpfige sich wieder ein, »ich hospitiere ja nicht im medizinischen Sinne. Ich recherchiere für ein Drehbuch.«

»Drehbuch?«

»Ja«, krähte Kreitlein stolz, »ich stelle die Arbeit eines Gerichtsmediziners ...«

»Meine also«, sprang Kürner dazwischen.

»... eines Gerichtsmediziners vor. Meistens werden die ja sehr stiefmütterlich behandelt in der Öffentlichkeit. Und das wollen wir ändern. Wir stellen ein paar Fälle dar, und bringen sie in einer Dokusoap im Fernsehen unter. Das Justizministerium«, ergänzte er in Richtung Berger, »hat dem zugestimmt. Ich darf also bei den Fällen unseres Professors hier Mäuschen spielen und darüber berichten. Super, oder?«

»Na ja, auf einen mehr oder weniger kommt es jetzt auch nicht mehr an. Also, Markus, was hast du denn zu dem Sebastian Biegel herausgefunden?«

Der Gerichtsmediziner gab dem Polizisten ein Zeichen, ihm zu folgen. Gemeinsam gingen sie zum Leichnam Biegels. Der lag noch immer in der Ecke, in der Jessica ihn gefunden und dann zurückgelassen hatte. Allerdings war der Körper inzwischen mit einem Tuch bedeckt. Kürner schlug es zurück, und man sah den Oberkörper des Toten, dessen Hemd vermutlich Kürner nach oben geschoben hatte.

»Sieh mal hier«, sagte der, und deutete auf einen blauen Fleck an Biegels Brust, »das hier ist identisch zu der Verletzung bei unserem Toten im Botanischen Garten. Wie hieß der Mann noch mal? Bergmeister, genau, Ingo Bergmeister. Der hatte auch diesen Fleck am Körper. Und in beiden Fällen stammt der von einem Elektroschocker. Und zwar von einem ziemlich kräftigen. Aber verantwortlich für den Tod ist das nicht.«

Löffler beugte sich nieder und nahm Biegels Unterarm und hob ihn an.

»Das hier«, zeigte er auf einen kleinen Einstich in der Armbeuge, »das wird es wohl gewesen sein. Wie du sagst, bei Bergmeister war es dasselbe.«

»Ich weiß natürlich noch nicht, ob es wieder dieses Amphetaminzeug war, das man dem Kerl hier gespritzt hat, aber davon ausgehen können wir schon. Warum sollte der Täter auch seine Vorgehensweise ändern?«

»Wow«, sagte Kreitlein anerkennend, »eine spannende Todesart. Damit kannst du in der Serie echt punkten. Jetzt sollte nur noch unser Polizeiheld hier den Täter schnell fassen, dann können wir dessen Kommentar noch einfügen. Das macht das Ganze authentischer.«

»Authentisch wäre«, sagte Löffler mit einem Anflug von Zorn, »wenn der Polizist dich vom Tatort vertreibt. Das hier ist keine Spaßnummer für Penner, die sich nach dem späten Aufstehen noch eine kleine Soap vor dem ersten Bier reinziehen. Der Bruder des Mannes hier ist ein Junge, der gerade im Koma liegt. Und zwar wegen desselben Dreckzeugs, wegen dem der hier tot ist. Geh du doch mal zur Mutter und erkläre ihr das, du Maulheld.«

Kreitlein kannte seinen Freund wohl noch nicht so gut. Denn er stand mit offenem Mund da und schaute erst Löffler an, dann Kürner und schließlich sogar Berger, die ihm tatsächlich die Zunge herausstreckte.

»Tut mir leid«, sagte er zerknirscht, »aber die ganze Fernsehguckerei dieser Formate hat mich echt versaut. Da nimmt man doch nichts mehr ernst, da denkst du, das ganze Leben sei inszeniert, und die Toten stehen nach Drehende wieder auf und trinken Wodka Feige miteinander.«

Löffler tätschelte ihm über die Glatze.

»Ist schon recht, mein Lieber, uns reicht es bereits, wenn du einfach mal eine Weile nicht redest. Wenn wir Fachleute fertig sind, darfst du wieder.«

Kreitlein machte das Zeichen für zugenähten Mund und grinste dazu.

»Also, Markus, nun berichte mal, was für unsere Ermittlungen wichtig ist. Wir kommen nicht weiter, und pausenlos stirbt hier einer.«

»Der Fundort des Toten ist jedenfalls nicht der Tatort. Wir haben an seinen Fersen Spuren gefunden, dass man ihn gezogen hat. Vom Tatort zum Fundort geschleppt. Er wurde also im Raum nebenan oder hier im Flur getötet. Erst mit dem Elektroschocker bewusstlos gemacht, dann mit einer Spritze ermordet. Es muss eine große Dosis gewesen sein, denn sonst stirbt man nicht so schnell. Der Täter muss sich auf jeden Fall gut damit ausgekannt haben, ähnlich wie bei Bergmeister.«

»Gibt es keine Spuren, die auf den Täter hinweisen?«

Der Mediziner schüttelte den Kopf, als sei er selbst am traurigsten darüber, dass er keine besseren Nachrichten hatte.

»Leider nein, jedenfalls nicht bis jetzt. Ich muss den Mann erst mal ins Labor zu uns schaffen. Dort kann man dann präzise arbeiten. Vorher kann ich nichts Definitives sagen, und auf meine Intuition kann ich mich bei dem Job nicht verlassen. Spekulieren ist was für unsere Freunde von der Kripo. Wenn die mal einen Fehler machen – halb so wild. So, und jetzt mache ich mal weiter.«

»Und ich?«, fragte Kreitlein.

»Du auch, Adlatus, folge mir.«

Damit machten sie sich auf den Weg zum Notarzt, um ihm vermutlich den Auftrag zum Abtransport des toten Biegel zu erteilen. Löffler und seine Kollegin gingen in den Raum nebenan, in das Labor, das ausgebrannt und der ursprüngliche Brandherd war. Die Wände waren rußgeschwärzt, Bodenplatten waren angekokelt oder hatten sich nach oben gebogen. Überall auf dem Boden lag zerborstenes Glas, zersprungene Reagenzgläser, zerschmolzenes Plastik und verbogene Aluminiumkanister.

»Seid ihr mit der Sichtung durch?«, fragte der Hauptkommissar einen Kollegen der Spurensicherung. Der sah ihn allerdings erstaunt an und schüttelte dann ungläubig den Kopf.

»Fertig? Wir haben gerade erst damit begonnen. Und die Kollegen von der Brandursachenermittlung wollen auch noch einen Blick draufwerfen. Alleine versicherungstechnisch muss das schon sein. Das Einzige, was wir Ihnen bisher definitiv sagen können für Ihre Mördersuche: Ja, es hat hier gebrannt.«

»Sehr witzig«, sagte Berger. »Was mich interessiert: Kann uns jemand sagen, woran in dem Labor gearbeitet wurde? Gibt es da Spezialisten bei euch?«

Der Mann schüttelte bedauernd den Kopf.

»Nee, leider nicht, bloß die von der Versicherung, vermutlich. Aber warum fragen Sie nicht den Leiter von dem Dingens hier? Der wird ja wohl über seinen eigenen Saustall Bescheid wissen.«

»Gute Idee, das machen wir.«

Berger trat näher an den Feuerwehrmann heran, der noch immer seinen Helm aufhatte und dem der Schweiß über die Stirn lief.

»Wie sehen Sie die Chance, dass wir verwertbare Spuren finden? Ich meine Fingerabdrücke und ähnliche Sachen, die einen Schluss auf den Menschen dahinter zulassen.«

Der Mann begutachtete den Raum, und drehte sich dabei einmal um seine eigene Achse.

»Sehen Sie selbst«, meinte er anschließend, »hier ist nichts übrig oder ganz geblieben. Das Feuer dürfte so ungefähr alles vernichtet haben, was Ihnen da weiterhelfen könnte. Im Raum daneben, einem Lagerraum, sieht es ähnlich aus. Wenn da allerdings noch Sachen gelagert ... Ach, lassen wir das. Alle haben einen Riesendusel gehabt.«

Er schwieg einen Moment. Dann schien ihm etwas Wichtiges eingefallen zu sein.

»Außer dem da draußen natürlich. Aber das hat mit dem Brand nichts zu tun, der war schon lange vorher tot. Habe ich gehört. – So, jetzt muss ich aber weitermachen.«

Damit drehte er sich um und ging zu seinen Kollegen zurück, die mit gebeugten Rücken über Resten knieten, die das Feuer noch nicht völlig zerstört hatte.

»Und wir, was tun wir jetzt«, fragte Monika Berger.

»Wir sollten mal das Umfeld des guten Biegel genauer anschauen. Bisher waren wir ja auf ihn fixiert, wegen dieser

Geschichte mit seinem Bruder. Aber darüber hinaus haben wir noch nichts unternommen.«

»Wir haben uns zu sehr auf den Toten eingeschossen. Dabei haben wir vergessen, dass er ja nicht im luftleeren Raum eine Drogenküche einrichten kann. Da gehört schon mehr dazu. Vor allem mehrere.«

Die beiden schauten sich an. Dann nickten sie sich zu. Dabei lächelten sie. Es sah so aus, als sei ihnen etwas eingefallen.

Vera Steffen saß im zweiten Stock des Chemischen Instituts auf dem Schnarrenberg. Wenn sie aus dem Fenster ihres Labors schaute, blickte sie über die Tübinger Altstadt. Zumindest ab Herbst bis zum Frühjahr, wenn die Bäume im Park keine Blätter mehr trugen.

Wenn sie jetzt hinaus sah, konnte sie das Blaulicht der Feuerwehr, der Rettungswagen und der Polizei sehen. Sie standen rings um die Einfahrt zum Institut verteilt. Die Chemikerin kam gerade von einem Gespräch mit Professor Franz Reihle zurück. Der Nachfolger Grauers hatte erschüttert in seinem Stuhl im Büro des Institutsleiters gesessen. Vor zwei Tagen hatten Steffen und andere Mitarbeiter oder Studenten dort noch Professor Grauer angetroffen.

»Alles gerät aus dem Ruder«, hatte Reihle geklagt, »und das genau zu dem Zeitpunkt, wenn ich Verantwortung trage. Aber die wollte ich doch gar nicht. Doch am Ende heißt es, zu Reihles Zeiten ist das Institut ausgebrannt. Ich muss dann für alles, was passiert, als Schuldiger herhalten. Das ist ja schon fast so wie bei unserem Oberbürgermeister Palmer.«

»Sie können doch nichts dafür.«

»Wir wissen das, Sie und ich – aber all die anderen?«

Steffen hatte geschwiegen. Draußen hörte man laute Männerstimmen. Wahrscheinlich die der Feuerwehrleute, die sich gegenseitig Anweisungen zuriefen.

»Und das Schlimmste ist natürlich, dass unser geschätzter Kollege Biegel tot ist. Ermordet, wie man sagt. Wie Grauer. Was ist hier los, Frau Steffen, was passiert in unserem Institut?«

Dabei hatte Reihle mit der Faust auf den Schreibtisch geschlagen, dass fast das Notebook auf den Boden gehüpft wäre. Das war nicht Reihles Art, aber nun verstand die Mitarbeiterin, warum er nie ein Kandidat für die offizielle Institutsleitung gewesen war. Die Nerven hatte er einfach nicht.

»Es ist ein großer Verlust für uns«, sagte die Chemikerin, »wir waren Freunde. Wir haben zusammen gewohnt, wir drei. Wir arbeiten seit Jahren am gleichen Projekt. Wir waren gemeinsam im Urlaub und was weiß ich noch alles. Und jetzt soll das alles auf ein mal vorbei sein.«

Reihle stand auf und reichte Steffen die Hand über den Schreibtisch hinweg.

»Es tut mir sehr leid, dass Sie diesen Verlust erleiden mussten.«

Förmlich schüttelten sich die beiden die Hände.

»Wo ist eigentlich der Kollege Weigand? Ist er nicht im Hause?«

Die Chemikerin setzte sich wieder und lächelte.

»Ach«, sagte sie dann süffisant, »wenn Wichtiges passiert, ist Bert nie dabei. Er hat die besondere Gabe, immer dann abzutauchen, wenn es interessant ist.«

Reihle beugte sich nach vorne. Fast konspirativ sah das aus, als wolle er seinem Gegenüber die Geheimnisse der Welt verraten.

»Aber«, flüsterte er, »Sie sind nicht zufällig der Meinung, dass er etwas mit dieser ganzen Sache zu tun hat?«

»Ganzen Sache? Was genau meinen Sie?«, flüsterte auch die Chemikerin.

»Na, all die Morde und Brände und Drogen und das, worüber wir bisher noch gar nichts wissen, was aber sicher noch aufgedeckt wird.«

»Herr Professor?«

»Ja«, flüsterte Reihle und beugte Reihle sich noch weiter in Richtung Steffen.

»Wieso genau flüstern wir beide? Werden wir abgehört?«

»Nein, nicht dass ich wüsste«, flüsterte er.

»Dann«, fuhr Vetter in Normallautstärke fort, »reden wir doch wieder ganz normal, was meinen Sie?«

»Ach, wissen Sie, das alles bringt mich völlig durcheinander. Die Polizei im Haus – da wird man doch gleich vorsichtiger.«

Steffen nickt zustimmend mit dem Kopf.

»Sagen Sie«, begann Reihle von Neuem, »wissen Sie ganz sicher, dass Kollege Weigand mit all dem nichts zu tun hat?«

»Weigand? Was sollte der mit dem Brand zu tun haben?«

»Nicht nur mit dem Brand. Ich rede von den Morden. Weigand macht auf mich einen eher, wie soll ich sagen, unberechenbaren Eindruck. Wenn Sie verstehen, was ich meine.«

Die Chemikerin schwieg. Währenddessen beobachtete Reihle sie genau. Aber die Frau machte keine Anstalten, etwas zu sagen.

»Ich habe die Vermutung«, ergriff der neue Institutsleiter wieder das Wort, »dass Weigand etwas mit diesen illegalen Drogensachen zu tun hat, von denen die Polizei annimmt, dass sie hier bei uns stattfanden. Er machte auf mich noch nie einen vertrauenserweckenden Eindruck.«

»Nun ja«, entschied Steffen sich schließlich dazu, auch etwas beizutragen, »er ist schon eine etwas merkwürdige

Type – wenn man das so sagen kann. Aber mit Drogen habe ich ihn nie hantieren sehen. Und unsere wissenschaftliche Arbeit, unser Projekt, hat ja nun mit Drogen, also mit synthetischen Drogen, gar nichts zu tun. Aber klar – was er spätnachts im Labor anstellte, wenn er alleine war, das weiß ich natürlich auch nicht.«

»Sehen Sie.«

Reihle war aufgesprungen und lief nun erregt hin und her. Er murmelte Unverständliches vor sich hin. Leicht kopfschüttelnd beobachtete die Chemikerin ihren Chef.

»Stellen Sie sich nur mal vor«, redete sich Reihle in Rage, »der Mann, also Weigand, stellt nebenher Drogen her. Und als sein Kollege, also Ihr Kollege, also euer Kollege Biegel dahinter kommt – wumms, beseitigt er ihn. Und um seine Spuren zu verwischen, legt er einen Brand im Drogenlabor.«

»Und Professor Grauer?«

»Nun, möglicherweise wusste Grauer über alles Bescheid, er war ein Mitwisser, ein Dulder, und, wer weiß, ein Mitmacher. Aber Weigand konnte keine Mitwisser brauchen, also legt er ihn auch um.«

Die Frau nickte anerkennend.

»Genau. Grauer hat mitgemacht. Der Dealer, den man im Botanischen Garten gefunden hat, war wahrscheinlich ein Betrüger, einer, der das Dealergeld nicht abgeliefert hat. Und um ein Exempel zu statuieren, musste er weg. Öffentlich, auf einem frei zugänglichen Platz, damit das Zeichen verstanden wird.«

»Genau.«

Reihle blieb stehen und deutete mit dem ausgestreckten Zeigefinger auf Steffen.

»Sie haben es genau erfasst, so wird es gewesen sein.«

Dann fiel der Mann in sich zusammen. Er bewegte sich müde zu seinem Stuhl und ließ sich hineinplumpsen.

»Das ist das Ende für uns. Für das Institut. Unsere Sponsoren werden allesamt abspringen, soweit es keine mexikanischen Drogenkartelle sind. Und jeder wird sich daran erinnern: Professor Reihle war gerade der Leiter des Instituts, als die Zeit der Drogenküchen und Massenmorde stattfand. Man wird es die Reihle-Ära nennen, die Reihle-Morde, und ich werde als Drogen-Reihle in die Geschichte eingehen.«

Fast sah es aus, als kämen gleich dicke Tränen aus den rot geränderten Augen des neu ernannten Institutsvorstandes. Aber er verzog nur den Mund und stützte sich schwer auf seinem Schreibtisch ab.

»Es kann natürlich auch ganz anders gewesen sein«, sagte die Chemikerin in die Stille hinein.

Hoffnungsfroh schaute der Professor auf.

»Ja? Und wie?«

»Ich weiß es auch nicht. Aber das sollten wir der Polizei überlassen. Ich schaue mal nach Weigand, vielleicht kann man das alles ja mit ihm klären.«

»Ja«, nickte der Professor eifrig, »tun Sie das. Vielleicht klärt sich alles auf, und die Verbrecher sind russische Mafiosi. Warum sollten sie gerade Tübingen verschonen, als Rückzugsgebiet taugt unsere schöne Stadt doch allemal.«

»Ich schlage vor, Sie teilen Ihre Gedanken bezüglich Weigands mit der Polizei. Die wird dann schon wissen, was zu tun ist. Falls er tatsächlich etwas damit zu tun hat, werden die das schon herausfinden.«

Reihle strahlte.

»So machen wir das. Wir überlassen alles der Polizei. Warum sollten wir uns den Kopf darüber zerbrechen, wofür unsere Staatsdiener bezahlt werden. Ich rufe gleich mal diesen geschniegelten Hauptkommissar Löffler an.«

Und jetzt stand Steffen in ihrem Büro und schaute nach draußen. Sie hatte versucht, Weigand zu erreichen. Aber nur die Mailbox war angegangen. Sie hatte ihren Namen draufgesprochen und die Bitte um Rückruf. So, dachte sie, das hat geklappt.

Professor Reihle dachte noch darüber nach, was genau er der Polizei über seinen Verdacht erzählen wollte, als es an seiner Tür klopfte. Er blieb zwar stumm, aber die Türe öffnete sich trotzdem und herein kamen Hauptkommissar Löffler mit Kollegin Berger.

»Das trifft sich aber gut«, sagte Reihle erfreut, »mit Ihnen wollte ich gerade sprechen.«

»Da sehen Sie mal, wie hervorragend die Polizei Gedanken lesen kann«, sagte Berger.

Der Professor sah sie irritiert an.

»Meine Kollegin meinte, dass es ein wunderbares Zusammentreffen ist, weil wir ohnehin zu Ihnen wollten. Aber zunächst – worüber wollten Sie denn mit uns reden? Hat das was mit dieser ganzen Geschichte zu tun?«

»Ja, was denn sonst? Worüber sollte ich mit Ihnen sprechen, wenn nicht über Mord und Totschlag? Über chemische Reaktionen vielleicht?«

»Langsam, langsam, Professor. Sie wollten mit uns reden, und jetzt sind wir da. Wenn Sie wollen, können wir auch wieder gehen – auch ohne dass wir über chemische Reaktionen geredet hätten.«

Der Chemiker wischte sich übers Gesicht, wohl um sich zu beruhigen. Dann ging er auf die zwei Polizisten zu, schüttelte ihnen die Hand und setzte sich anschließend in seinen Schreibtischstuhl.

»Sie müssen verzeihen«, sagte er dann, »aber das ist für mich alles neu. So habe ich mir die Leitung des Instituts nicht vorgestellt. Unter dem Kollegen Grauer ist jahrzehntelang nie etwas passiert. Und jetzt? Die Hölle ist ausgebrochen, und ich mittendrin. Ausgerechnet ich. Ich bin in meiner Freizeit Bergwanderer. Ich mag Naturfilme. Vor vierzig Jahren habe ich mit Rauchen und Trinken aufgehört und ich schlage nicht Frau oder Kinder. Aber in meinem Institut haben sich Serienmörder eingenistet.«

»Nun warten Sie mal«, unterbrach Löffler die Suada des zutiefst verwirrten Professors, »wir sollten die Dinge etwas einordnen, dann kommen wir möglicherweise zu einem anderen Ergebnis.«

»Meinen Sie?«, sagte der Professor zweifelnd, »vielleicht könnten wir es dem Oberbürgermeister in die Schuhe schieben. Der wird ohnehin für alles verantwortlich gemacht, da kommt's auf ein wenig Brandstiftung nicht mehr an. Und einen Serienmord trauen sie ihm in dieser Stadt auch zu.«

Die beiden Polizisten sahen den Professor stumm und zweifelnd an.

»War doch bloß ein Scherz«, sagte dieser lächelnd, »ich wollte Ihnen zeigen, dass auch unsereins Humor hat. – Aber nun zu meinem Anliegen. Ich habe mir vorhin Folgendes zu dem Fall überlegt ...«

Er erzählte den beiden noch einmal, was er zuvor mit Steffen besprochen hatte: von seinem Verdacht gegen Weigand, von Grauer und dem toten Bergmeister.

Als er fertig war, schwiegen alle für eine Weile.

»Nicht schlecht, Herr Professor«, sagte dann der Hauptkommissar, »in eine zumindest ähnliche Richtung denken wir auch. Wir sind gleichfalls der Meinung, dass hier im Institut Drogen hergestellt wurden. Aber so ein Labor, wie es zur Herstellung von fast reinem Crystal Meth in großen Mengen benötigt wird, kann nicht alleine betrieben werden. Da gehört mehr dazu.«

»Sie meinen, Weigand hatte Helfer«, fragte der Professor mit großen Augen.

»Falls es sich überhaupt um Weigand handelt«, warf Berger ein.

»Na, um wen denn sonst?«

»Sie haben jede Menge Chemiker hier im Institut, dazu kommen die Studenten, die Auswahl ist also groß.«

»Aber das würde ja bedeuten, dass es sich um ein Komplott handelt. Ich meine, nicht Komplott, sondern um eine riesige kriminelle Bande. Unter Chemikern. Das kann ich nicht glauben. Wir dienen doch den Menschen, Drogen verachten wir.«

»Nicht, wenn sie Geld einbringen. Viel Geld.«

»Sagen Sie mal«, griff Löffler ein, »Ist es denn möglich, dass dieser Weigand und Biegel gemeinsam eine Drogenküche betrieben haben?«

»Und was ist mit deren Kollegin, dieser Frau Steffen?«, ergänzte die Kommissarin, »die hängen doch immer zusammen, die drei. Da kann leicht mal ein Drogenlabor dabei herauskommen.«

Der Institutsleiter schüttelte den Kopf.

»Nein, nicht Frau Steffen. Die war gerade eben noch hier. Von ihr stammt ja die Idee, dass hier was nicht stimmt. Dass die alle zusammenhängen. Sie versucht, diesen Wiegand aufzuspüren. Aber die anderen – ja, warum nicht, schwarze Schafe gibt es überall.«

Löffler dachte nach.

»Ist es denn möglich«, fragte er dann, »hier ein Labor für Methamphetamin-Herstellung aufzubauen, ohne dass einer etwas bemerkt? Und vor allem – kann man hier die Basis, die Grundstoffe für das perfekte Meth besorgen, ohne dass es groß auffällt?«

»Das kann ich Ihnen genau sagen. Darüber habe ich nachgedacht. Und ja, das ist möglich. Es gibt hier so viele Räume, die nicht mehr genutzt werden, aber dennoch technisch bestens ausgerüstet sind. Sie können hier völlig geruchsneutral arbeiten, weil die Filteranlagen einen hohen Standard haben. Das wird alles nach draußen geblasen. Und was die Grundstoffe betrifft: kein Problem. Man bestellt auf das Institut und kontrolliert dann persönlich den Eingang der Stoffe. Da fragt absolut niemand danach, solange ein Forschungsprojekt dahintersteht.«

»Tja, dann wird es Zeit, dass wir diesen Wiegand finden. Ich hoffe nur, er ist noch nicht abgetaucht.«

»Rufen Sie die Steffen an. Hier, ihre Nummer, vielleicht weiß sie bereits mehr über diesen Verbrecher.«

Er reichte dem Hauptkommissar ein Stück Papier, auf das er die Mobilnummer gekritzelt hatte. Der gab die Nummer in sein Handy ein. Nach kurzem Warten meldete sich Vera Steffen.

»Frau Steffen, Hauptkommissar Löffler hier. Ich hörte von Professor Reihle, dass Sie nach Bert Weigand suchen. Hatten Sie inzwischen Erfolg?«

»Ach, Sie sind das, Herr Löffler. Nein, ich habe keine Ahnung, wo er sein könnte. Dabei wohnen wir zusammen in dieser WG. Aber ich habe in seinem Zimmer nachgesehen, dort fehlen ein paar Dinge. Zum Beispiel seine ganzen persönlichen Unterlagen. Auch Pass und Geld und Kreditkarten und so Zeug. Das hatte er nämlich immer fein säuberlich in einer Schatulle liegen. Und die ist jetzt leer.«

»Sie meinen, er könnte eine größere Reise angetreten haben?«

Die Frau lachte.

»Ja, so könnte man es vielleicht nennen.«

Nach kurzem Schweigen fiel ihm noch etwas ein.

»Sagen Sie, Frau Steffen, habe Sie denn ein Foto von Herrn Weigand? Das könnten wir den Kollegen geben, für die Suche.«

»Ja, klar, so viele Sie wollen. Sie brauchen sie bloß abzuholen.«

»Na schön«, entschied Löffler nach kurzem Nachdenken, »dann lassen wir mal die Kollegen nach dem Herrn suchen. Wo sind Sie denn inzwischen? Zu Hause?«

»Nein, ich bin hier im Institut. Ich hatte gehofft, Bert käme im Labor vorbei. Ich wollte wissen, was das alles zu bedeuten hat. Aber, na ja, war wohl nichts. Wenn Sie schräg nach oben sehen, Herr Hauptkommissar, in das beleuchtete Fenster hinein – da können Sie mich sehen. Ich winke, schauen Sie mal.«

Löffler ging zum Fenster hinter dem Schreibtisch Reihles. Er sah nach oben, und tatsächlich – er sah in dem noch einzigen beleuchteten Fenster eine menschliche Gestalt, die ihm zuwinkte. Er winkte ebenfalls, dann ging er zurück zu seiner Kollegin.

»Wir geben mal eine Suchmeldung heraus für diesen Weigand. Sie kennen den doch. Das gibt dann eine schöne Beschreibung für die Fahndung. Und von der Steffen besorgen Sie ein Bild, sie ist oben in ihrem Labor. Dann rufen Sie doch gleich bei der Zentrale an, je früher, desto besser.«

Er schüttelte Professor Reihle zum Abschied die Hand.

»Keine Angst, Herr Professor, wir kriegen das schon alles hin, und Sie haben noch eine schöne Zeit auf dem Stuhl des Leiters des Instituts.«

Zusammen mit Monika Berger verließ er den Raum.

»Was meinen Sie, bringt das alles etwas?«

»Ich glaube schon«, sagte die Kommissarin, »so langsam nimmt der Fall doch Gestalt an. Motiv, Personen, Verdächtige – alles da, was wir brauchen.«

Löffler schüttelte zweifelnd den Kopf.

»Ich weiß nicht, ich weiß nicht, ich habe ständig das Gefühl, irgendwas vergessen zu haben. Etwas liegt da, aber ich nehme es nicht auf. Kennen Sie das Gefühl?«

»Nein, eigentlich nicht.«

Bert Weigand erwachte von einem undefinierbaren Geräusch. Er war früh zu Bett gegangen. Die Ereignisse der letzten Tage hatten ihn verändert. Er hatte seinen festen Halt in der Welt verloren. Das machte ihn müde. Er war der Meinung, wenn er nur genügend schlafe, dann habe sich alles geklärt. Und wenn nicht, so wäre er zumindest dazu bereit, selbst für die Lösung zu sorgen.

Als er aus dem tiefen Schlaf erwachte, spürte er, dass etwas auf seinen Hals drückte. Er schüttelte den Kopf, um den Druck loszuwerden. Aber das war wohl die falsche Reaktion, denn der Druck nahm zu und schnürte ihm die Luft ab. Mit beiden Händen griff er sich an den Hals, und stieß auf etwas Glattes, Dünnes. Er spürte mit einem Mal einen heftigen Schmerz, der ihm schier den Kopf vom Hals zu reißen schien. Er wollte schreien, jemanden rufen. Die Luft ging nicht mehr durch den Hals in die Lungen. Bert öffnete weit den Mund, aber es kam keine Luft mehr in seinen Rachen. Und der Schmerz, der Schmerz, der nicht verschwinden wollte. Als ihm schwarz vor Augen wurde, spürte er den Schmerz nicht mehr so stark. Er war dankbar dafür.

Zottelbart stand brav vor Christian Löfflers Auto, als dieser zusammen mit Monika Berger das Institut verließ. Berger sah ihren Chef fragend an, als dessen neuer *Chauffeur* ihm die Wagentüre öffnete.

»Das ist ein netter Mitbürger«, erklärte Löffler ihr, »der mich dankenswerterweise hergefahren hat. Ich wünschte, alle wären der Polizei gegenüber derart hilfsbereit.«

Der Mann grinste verlegen.

»Ich habe das aber nicht für die Polizei an sich gemacht«, meinte er dann, »sondern wegen des Notfalls. Da muss man zusammenhalten, auch wenn man sonst nicht auf einer Wellenlänge ist.«

»Ist es Ihnen peinlich, der Polizei geholfen zu haben?«

»Nicht gerade peinlich, aber meine Freunde müssen es ja nicht gerade wissen.«

»Aber die haben doch gesehen, dass Sie mit mir aus dem Bären gegangen sind.«

»Ach, das waren bloß die Tierversuchsgegner. Die sind mir egal. Als ich deren Fanatismus mitgekriegt habe, habe ich mich gleich wie unter den Taliban gefühlt. Ich war froh, die zurücklassen zu können.«

Der Hauptkommissar schwang sich auf den Beifahrersitz. Zottelbart stieg hinters Steuer und ließ den Motor an.

»Und was ist mit mir?«, rief Berger.

Löffler ließ das Seitenfenster herunter.

»Ich fahre ins Krankenhaus, nach meinem Vater sehen. Kümmern Sie sich doch um die Fahndung nach diesem Weigand. Wir können heute Nacht doch nichts mehr groß bewegen. Ach ja, eins noch: Hat eigentlich jemand die Mutter von Biegel verständigt? Ich meine, ein Sohn im Koma, der andere tot. So viel Tragödie kann kein Mensch alleine ertragen. Schauen Sie doch, dass der psychologische Hilfsdienst zu der Frau geht, und ihr zur Seite steht, wenn sie die schlimme Nachricht erhält.«

Berger nickte, und während der Hauptkommissar die Scheibe wieder hoch ließ, ging sie zu ihrem eigenen Wagen.

»Wohin jetzt?«, fragte Zottel.

»In die Uniklinik rüber, da liegt mein Vater. Und dann besorgen wir Ihnen ein Taxi, und Sie fahren damit nach Hause. Wenn der Fall gelöst ist, erhalten Sie die Ehrenmedaille der Polizei für vorbildliche Unterstützung.«

Der Mann schwieg eine Weile, während er den Schnarrenberg hinunterfuhr und ins Uniklinikum einbog.

»Das mit der Medaille – das kann doch unter uns bleiben, oder«, fragte er dann leise.

Es war fast neun Uhr, als in der Villa Löffler gefrühstückt wurde. Die Stimmung war gedrückt, Hausherr Klaus Löffler lag noch immer im Krankenhaus. Die Haushälterin hatte das Frühstück zubereitet und war dann gleich verschwunden. Es war, als wolle sie die häusliche Melancholie nicht stören.

Stammler hatte leicht gerötete Augen. »Bären-Blick« nannten sie unter anderen Umständen so einen Auftritt. Aber heute war niemand nach Sprüchen zumute. Nachdem Christian Löffler ins Krankenhaus gekommen war, hatte der Arzt ihm und seiner Familie erklärt, dass der Schlag gegen den Kopf zwar keine wichtigen Nervenzentren seines Vaters beschädigt hatte, aber ein weiteres Belassen in komatösem Zustand der Heilung diene. Im Augenblick jedenfalls könne man nur warten, bis die Schwellung im Gehirn zurückgehe.

Er schickte sie nach Hause, sie könnten jetzt ohnehin nicht helfen.

Während Jessica und ihre Mutter im Krankenhaus gesessen hatten, war ein Kollege Löfflers aufgetaucht. Ihm hatte die Tochter alles erzählt, was passiert war. Zwar hatte der Mann die Augenbrauen gehoben, als sie ihm beichtete, dass sie beide einfach so in das Institut eingedrungen seien. Aber er hatte es nicht weiter kommentiert. Als Beatrice ihn im Anschluss an die Vernehmung fragte, ob das schlimm sei, das mit dem Eindringen, zuckte der Polizist mit den Schultern.

»Anzeige hat niemand erhoben, also machen wir jetzt auch erst mal nichts.«

Zu Hause waren sie alle stumm in ihren Zimmern verschwunden. Christian hatte noch leise an Bergers Zimmertür geklopft. Er wollte wissen, ob sich bei der Fahndung etwas ergeben hatte. Aber er erhielt keine Antwort. Vermutlich schlief die Kollegin schon.

Eine ganze Weile herrschte Schweigen um den runden Tisch. Jeder aß vor sich hin und starrte in Kaffee oder Orangensaft. Stammler hatte sich eine Aspirin aufgelöst, Beatrice bestrich endlos lange ihren Marmeladentoast – eine Marotte, die Löffler schon immer genervt hatte.

»Wenn ich dir ein Bild zeige«, sagte schließlich Monika Berger zu der Tochter des Hauses, »würdest du dann die Person darauf erkennen, die du bei deinem Opa gesehen hast?«

Jessica überlegte einen Moment, dann schüttelte sie den Kopf.

»Nee, ich konnte bei der Dunkelheit und bei der Entfernung keine Einzelheiten sehen. Außerdem habe ich mich auf Opa konzentriert.«

»Was ergab die Fahndung?«, fragte der Hauptkommissar.

»Nichts bisher. Sonst hätten die Kollegen sich gemeldet. Heute früh machen sie eine Hausdurchsuchung bei Weigand. Vielleicht ergeben sich da Hinweise auf ihn.«

Christian Löffler stellte seine Kaffeetasse zur Seite und setzte sich in seinem Stuhl auf.

»Es wird Zeit, dass wir endlich all das zusammenfassen, was wir wissen. Nur dann können wir sicher sein, ob wir bei Weigand richtig liegen. Ich habe da nämlich nach wie vor ein merkwürdiges Gefühl. Der ist uns doch bisher noch nie aufgefallen.«

»Aber das spricht ja gegen ihn«, meinte Stammler, »er hält sich zurück, damit er seine Geschäfte weiterführen kann.«

»Es gab doch noch kein Riesengeschäft, soweit wir wissen. Er wollte das Meth-Geschäft doch erst groß aufziehen.«

»Egal, gehen wir mal chronologisch vor«, mischte sich Berger ein. »Es beginnt mit Grauer. Warum hat man den alten Mann getötet?«

»Wenn ich mal davon ausgehe, dass er nicht an der Drogensache beteiligt war, kann er nur als Mitwisser getötet worden sein. Ich vermute, er kam Weigand und Biegel auf die Schliche. Einer der beiden schnappte ihn sich – aus die Maus. Dann kam Biegel selbst dran. Weigand stritt sich mit ihm, sieht, dass er ein unsicherer Kantonist ist, und erledigt ihn ebenfalls.«

»Und was ist mit dem guten Ingo Bergmeister? Wie passt er denn da rein? War er ihr Dealer? Kannten die sich von anderen Gelegenheiten? Hat er sie beschissen?«

»Ich vermute«, meldete sich Stammler, »dass sein Todesurteil war, dass er Weigand kannte. Vielleicht hat er ihn sogar erpresst. Vielleicht drohte er, seine Identität preiszugeben. Er muss geahnt, vielleicht sogar sicher gewusst haben, dass er Grauer getötet hat. Das war sein eigenes Todesurteil.«

»So viele Tote wegen der paar Drogen«, fragte Beatrice plötzlich.

»Ja«, sagte ihr Ehemann, »es waren noch junge Leute. Wenn eine Drogenküche auffliegt, und wenn dann noch herauskommt, dass man das Zeug verdealt hat, kommen einige Jahre Knast zusammen. Und danach ist Schluss mit Karriere. In einem Wort: Kommt so was raus, ist das Leben versaut. Dafür nimmt man dann schon mal den anderen das Leben.«

»Das Fazit ist also«, fasste Berger alles zusammen, »dass Weigand und Biegel den großen Deal machen wollten, aber Grauer kam drauf. Nach dessen Tod musste Weigand seinen Kompagnon loswerden und den Dealer gleich dazu. Der kleine Tobias und Klaus Löffler waren, sorry, das klingt jetzt nicht gut, ich weiß, dennoch – das waren Kollateralschäden, die nicht geplant waren. Mit dem Brand wollte Weigand alle Spuren verwischen, aber inzwischen wird er eingesehen haben, dass er sich ausweglos verfranzt hat. Und weg war er.«

»Aber wir erwischen ihn doch noch, oder?«, fragte Beatrice, und biss heftig in ihr Marmeladenbrot.

»Gibst du jetzt die Polizistenbraut?«, fragte Löffler grinsend.

»So kannst du mich doch noch in guter Erinnerung behalten.«

Berger hüstelte.

»Vielleicht sollten wir uns überlegen, wie es weitergeht«, sagte sie in die Runde, »wir könnten ja mal Beweise für unsere Theorie suchen. Das macht sich später ganz gut vor Gericht.«

Wie auf Kommando erhoben sich alle und stellten ihr Frühstücksgeschirr zusammen.

»Papa.«

Jessica zupfte ihren Vater am Ärmel.

»Ja, was ist denn«, fragte der, und ging mit ihr ins große Wohnzimmer nebenan mit dem Blick auf Stadt und Österberg.

»Mir ist noch was eingefallen.«

Sie griff in ihre Hosentasche und wühlte eine Weile darin herum. Dann zog sie ihr Messer heraus, das sie bei ihrem »Besuch« im Institut dabei gehabt hatte. Sie klappte es auseinander und reichte es ihrem Vater.

»Das Messer hatte ich gestern dabei. Ich habe gar nicht mehr drangedacht. Als Weigand, oder wer immer das war, abgehauen ist, habe ich das Messer geschmissen. Und ich habe getroffen. Es ist ihm sogar im Oberarm steckengeblieben. Dann ist es runtergefallen und ich hab's aufgehoben. Da ist bestimmt noch Blut dran, ich habe es natürlich nicht abgewischt. Könnte man nicht herausfinden, von wem das Blut stammt und das dann als Beweis nehmen?«

Mit offenem Mund nahm Christian Löffler das Messer entgegen.

»Das, das ist ja großartig, Jessi. Damit können wir wirklich alles beweisen. Sogar das Gegenteil.«

»Das Gegenteil?«

»Ja, falls Weigand es nicht gewesen ist, können wir das ja auch belegen.«

»Stimmt. Puuh, bin ich froh, dass ich das Messer nicht liegen gelassen habe. Ich glaube, dass der Mann auch ziemlich verletzt ist. Auf jeden Fall ist da ein Stich im Oberarm.«

Löffler drückte seine Tochter an sich, und gab ihr einen Kuss auf die Wange.

»So«, sagte er dann, »aber jetzt geht es in die Schule. Du hast die erste Stunde eh schon verpasst.«

»Aber Papa«, meckerte Jessica, »ich stecke mitten in einem Fall. Da kann ich mich doch nicht mit dem Satz des Euklid oder des Pythagoras befassen. Hier geht es um das echte Leben, nicht um tote Quadrate oder Dreiecke.«

Löffler lachte.

»Mitten in einem Fall, ja ja, das schon. Aber du hast deinen Beitrag geleistet, jetzt übernehmen wir den Rest.«

Löfflers Handy läutete. Immer noch »Atemlos durch die Nacht.« Jessica grinste, doch dann machte sie sich lieber aus dem Staub Richtung Schule.

»Christian, bist du das?«

Löffler erkannte die Stimme des Oberstaatsanwalts.

»Marek, du hast mich angerufen. Wer also sollte sonst dran sein?«

»Christian, sei nicht so naiv. Digital gesehen ist keiner wirklich da, wo er sein soll. Das ist alles Fiktion. Die NSA ...«

»Marek, ich habe keine Zeit. Sag mir, worum es geht, ich kümmere mich dann darum.«

Eine kleine Pause trat ein.

»Christian«, fuhr Bürger dann fort, »uns gehen die Särge aus. Tote, überall Tote. Und du kannst mir nicht sagen, wer dafür verantwortlich ist. Ich habe dir immer vertraut, aber musst du dich wirklich anstrengen. Du weißt schon, meine Frau, sie macht mir die Hölle heiß. Sie geht nicht mehr aus dem Haus.«

»Rufst du mich deshalb an?«

»Aber nein, das ist nur die persönliche Seite meines Anrufs. In meiner Funktion als Oberstaatsanwalt rufe ich wegen des nächsten Todesfalls an. Erst habe ich mich bei unserem Freund Markus gemeldet, dann bei dir. Damit

Markus noch etwas Zeit hat, sich um die Leiche zu kümmern, ehe du eintriffst. Ich habe ja gehört ...«

»Marek.«

»Mensch, Christian, so wichtig sind die Toten auch nicht gerade, als dass man andere nicht ausreden lässt. Das ist eine Frage des Stils, und den hast du doch eigentlich. Aber ...«

»Wenn du mir nicht sofort sagst, wer tot ist, lege ich auf. Und ich werde den Fall nicht länger verfolgen, du kannst dir einen anderen suchen, der die Mörder fängt, die deine Frau so furchtbar ängstigen.«

»Nun beruhige dich, ich sage es dir ja. Die Kollegen haben bei der Hausdurchsuchung des gesuchten Bert Weigand diesen tot aufgefunden. Stranguliert. Also, er hat sich erhängt. Suizid, würde ich sagen. Das ist dein Verdienst, lieber Christian, er hat deinen Atem in seinem Nacken gespürt, und das hat er nicht mehr ausgehalten. Lieber der Tod, als in die Hände des Fahnders Christian Löffler zu fallen.«

»Suizid? Wer sagt das?«

»Ich sage das. Auf die Distanz. So habe ich das jedenfalls von den Kollegen gehört.«

»Danke, Marek, aber jetzt kümmere ich mich mal um den Selbstmord. Kürner ist bereits da, sagst du?«

Aber Bürger hatte bereits aufgelegt. Eine Weile blieb der Hauptkommissar bewegungslos stehen. Er musste seine Gedanken neu ordnen. Wenn Weigand tot war – wer war dann der Mörder? Löffler glaubte keine Sekunde an Selbstmord. Das passte ihm zu perfekt. Er musste leise lachen. Das war der Satz, das die meisten Kommissare in den Fernsehkrimis sagten, wenn der Fall bereits nach zehn Minuten gelöst war – bei einer Sendezeit von fünfundvierzig Minuten.

Aber schön, er musste sich Gewissheit verschaffen und sich den Tatort und die Leiche mit eigenen Augen betrachten. Er stellte sich mitten in den Frühstücksraum und klopfte mit dem Löffel gegen seinen Eierbecher. Es sah so aus, als wollte er eine Rede halten. Die anderen schwiegen und sahen ihn neugierig an.

»Die Wirklichkeit scheint uns überholt zu haben«, sagte er in die Runde, »denn eben wurde Weigand in seiner Wohnung tot aufgefunden. Die Kollegen gehen von Suizid aus. Ich will mir das mal ansehen.«

Es herrschte Schweigen im Zimmer. Alle sahen sich gegenseitig an. Die Haushälterin kam herein, um das Frühstück abzuräumen. Als sie die stumme Runde sah, verschwand sie umgehend wieder.

»Also los«, sagte Berger, »machen wir uns auf den Weg.

Sie bewegte sich nach draußen, die anderen folgten ihr. Dort sah sie sich suchend nach Löfflers Wagen um.

»Wo ist denn Ihr Auto«, fragte sie schließlich.

»Ich habe es unserem Zottelbart mitgegeben. Er bringt es heute im Lauf des Tages wieder. Hat er mir versprochen.«

»Zottelbart? Diesem bewegten Vorzeigetübinger mit dem reinen Herzen und einer Peace-Fahne im Hintern? Sie wissen doch nicht mal, wie der heißt, habe ich recht?«

In dem Augenblick kam Beatrice im dicken Daimler Klaus Löfflers aus der Garage gefahren. Sie hielt vor den Polizisten an und öffnete ihre Beifahrertür.

»Rein mit euch, ich fahre. Der Wagen steht doch sonst ohnehin nur in der Garage. Ihr müsst mir halt sagen, wo es lang geht. Eure Stadt ist verkehrsmäßig ziemlich kompliziert für eine Hamburgerin.«

Berger hüpfte schnell auf den Platz neben Beatrice. Den beiden Männern blieb nichts anderes übrig, als sich auf die Rücksitze zu verziehen. Die Polizisten-Ehefrau gab Gas und durchquerte einmal Lustnau Richtung Innenstadt Tübingen.

Die WG mit den drei Chemikern befand sich in der Ammergasse, die ein wenig wie eine schwäbische Schwester einer kleinen Seitenstraße in Venedig ansah. Zu den einzelnen

Hauseingängen auf der linken Seite der Straße führten schmale Brücken. Auch zu den Kneipen »Storchen« oder »Ammerschlag« gelangte man nur über einen Steg.

Die Wohnung lag schräg gegenüber vom »Ammerschlag« im ersten Stock eines alten Gôgenhauses. Entsprechend war auch die Behausung. Allerdings hatten inzwischen viele Bauherren die alten Gemäuer renoviert und schmucke Wohnungen daraus gemacht. In so einer wohnten die drei. In einer Einfahrt neben dem »Ammerschlag« stellte Beatrice den Wagen ab.

»Du kannst nicht mit zum Tatort kommen«, sagte Löffler zu ihr, als sie ausstieg.

»Wieso das denn, ich bin doch Teil des Teams. Oder ist der Fahrer ein Mensch zweiter Klasse bei der Polizei?«

Löffler rollte mit den Augen.

»Dann lassen wir sie halt mitgehen«, meldete sich Kommissarin Berger, »wenn sie den Anblick eines Toten aushält, ist das doch egal. Sie ist ja nicht von der Presse. Oder? Du bist doch nicht von der Presse? Ich weiß ja noch nicht mal, was du arbeitest.«

»Nein«, schüttelte Beatrice den Kopf, »nix Presse, da kannst du beruhigt sein.«

Löffler seufzte laut, aber der geballten Frauenpower gab er nach. Sie kletterten durch ein enges Treppenhaus in den ersten Stock. Dort warteten bereits die Kollegen in einem hellen Wohnzimmer, das zur Straße hin lag.

»Wo ist denn der Bert Weigand«, fragte der Hauptkommissar einen der Polizisten.

Er folgte ihm in den angrenzenden Raum. Der war offensichtlich Weigands Domizil in der großräumigen Wohnung. Es hingen Bilder von ihm an den Wänden. Er mit Biegel und Steffen. Er auf einem Surfbrett. Er mit einem Fußballtrikot des FC Bayern mit Thomas Müller daneben.

Der reale Bert Weigand indes lag auf dem Boden auf einer Decke und über ihm kniete Professor Markus Kürner.

»Da bist du ja endlich«, begrüßte der Hüne seinen Freund Christian. »Ich bück mir hier den Rücken krumm, und der Herr Hauptkommissar macht einen Familienausflug. Hallo Bea, schön dich zu sehen.«

»Hättest du was Rechtes gelernt, müsstest du nicht auf dem Boden rumkriechen.«

Kürner lachte sein brummiges Lachen und erhob sich dann. Er deutete zur Decke des Raumes. Dort, an einem braunen Balken, der Zeichen dafür war, dass es sich hier um ein altes Fachwerkhaus handelte, hing eine Schlinge aus grobem Seil herab.

»Der Mann baumelte da oben. Ich habe ihn persönlich runtergeholt mithilfe deiner Kollegen in Grün. Die Untersuchung ergab Überraschendes.«

Kürner schwieg und schaute Löffler an. Der schaute zurück, sagte aber nichts.

»Willst du nicht wissen, was ich entdeckt habe?«

»Doch.«

»Warum fragst du mich dann nicht?«

»Du wirst es mir so und so sagen. Du kannst nichts für dich behalten, und schon gar nicht, wenn es etwas ist, das dich in positives Licht rückt. Also warte ich einfach, bis dein Geltungsdrang mit dir durchgeht.«

Wieder lachte Kürner und schlug dabei Löffler auf die Schulter.

»Gut gemacht, Herr Psychologe.«

Dann wurde der Gerichtsmediziner ernst.

»Pass auf, der Mann, dieser Weigand, wurde doppelt getötet. Sozusagen. Sieh dir mal diese Verletzungen am Hals an.«

Beide knieten vor dem toten Weigand. An seinem Hals fanden sich verschiedene Strangulationsspuren. Ein breites Band der Haut knapp unter dem Kiefer war aufgescheuert. Sah man aber genauer hin, entdeckte man, gleich daneben liegend, eine dünnere Spur, die in den Hals eingekerbt war.«

»Siehst du: dickes Seil, dünne Schnur. An den Verfärbungen kann man erkennen, dass erst die dünne Schnur um den Hals gelegt wurde, und deutlich später erst das Seil. Das Seil also, das an dem Balken hing.«

»Und was bedeutet das?«

»Na entschuldige mal, das kannst du dir doch denken. Der Mann wurde erst stranguliert, danach hängte er sich auf. Erst Mord, dann Selbstmord.«

Hinter Löffler gluckste es. Er schaute sich um. Beatrice und Berger kicherten gemeinsam, und als sie sein konsterniertes Gesicht sahen, lachten sie ungeniert.

»Hauptsache, ihr amüsiert euch.«

Beide nickten ihm, unter ihrem Lachen, heftig zu.

»Okay«, wandte er sich wieder Kürner zu, »das heißt also, man hat ihn getötet und dann aufgehängt, um es wie Selbstmord aussehen zu lassen. Richtig?«

»Genau. Und nur weil ich so ein Fuchs bin, kommt der Mörder damit nicht durch. Habe ich nicht recht?«

Nun lächelte auch Löffler.

»Herr Hauptkommissar?«

Klaus Mann von der Spurensicherung stand vor Löffler.

»Wir haben ein paar Dinge gefunden, die wahrscheinlich für Ihren Fall wichtig sind. Erstens lag ein blutverschmiertes Messer in der Schreibtischablage des Toten. Dann fanden wir etwa fünfzig Gramm einer Substanz, die, so meinte einer unserer Experten, Crystal Meth sein könnte. Und außerdem einen funktionsfähigen Elektroschocker. Wir suchen weiter, aber das sind Beweise, die doch in Ihrem Fall eine Rolle spielen.«

Der Hauptkommissar drückte Klaus Mann die Hand.

»Ich danke Ihnen, Sie haben einen tollen Job gemacht.«

Er ging zurück zu Kürner und dem toten Weigand. Kürner war gerade dabei, ein paar Bemerkungen in eine Kladde einzutragen. Der Hauptkommissar kniete sich nieder und schob den Hemdärmel des rechten Arms Weigands nach oben. Danach tat er dasselbe mit dem linken Arm. Schließlich richtete er sich wieder auf.

»Keine Wunde«, sagte er zu Kürner.

»Warum sollte er, er hat sich erhängt beziehungsweise er wurde erdrosselt. Er hat keine Merkmale eines Kampfes oder weitere Verletzungen am Körper. Zumindest soweit ich das bisher untersuchen konnte. Mal sehen, was ich bei uns in der Gerichtsmedizinischen noch finde.«

Löffler hörte einen unterdrückten Schrei hinter seinem Rücken. Als er sich umdrehte, stand da Vera Steffen, hielt sich die Hand vor den Mund und starrte den toten Bert Weigand an. Ihr zur Seite stand Kollege Stammler und hielt sie an der Schulter, wie um sie vor dem Fallen zu schützen.

»Frau Steffen«, sagte Löffler, und ging auf die Frau zu. »Wo kommen Sie denn her? Waren Sie vergangene Nacht nicht zu Hause?«

Die Frau schüttelte den Kopf, ohne Bert Weigands Körper aus dem Blick zu verlieren.

»Wo waren Sie denn?«

Steffen sah Löffler an, als käme sie gerade zurück aus einer fremden Welt und jemand böte ihr einen Apfelkuchen an. Sie zwinkerte mit dem rechten Auge, dann endlich schien sie sich wieder so weit zurechtzufinden, dass sie die Frage registrierte.

»Im Büro. Im Labor. Im Institut. Ich dachte, Bert käme dort noch vorbei. Also habe ich gearbeitet und nebenbei gewartet. Wir haben früher oft im Labor geschlafen. Wir drei. Das war wie Camping. Aber das ist jetzt alles so lange her. Und alle sind weg, bloß ich bin noch da. Ist das nicht merkwürdig?«

Löffler ging hin zu ihr und drückte ihren linken Oberarm um sie zu beruhigen. Sie sah ihn dankbar an. Dann zog er sie langsam zu sich her und drückte ihren rechten Oberarm.

Sie zuckte zusammen.

Löffler drückte stärker.

»Aua, das tut weh«, sagte sie. Der Schmerz trieb ihr Tränen in die Augen.

Der Hauptkommissar schob den Ärmel ihrer Bluse nach oben. Dann, in Höhe des Bizeps, an der Außenseite des Oberarms, klebte ein großes Pflaster. Rücksichtslos riss der Polizist es weg. Die Frau schrie vor Schmerz. Die anderen – Beatrice, Berger und Stammler – standen daneben und guckten mit großen Augen zu, was Löffler da Unverständliches tat.

Unter dem Pflaster befand sich eine Wunde, die durch die heftige Attacke Löfflers zu bluten begonnen hatte. Löffler griff in seine Tasche und holte das Messer seiner Tochter heraus.

»Ich wette«, sagte er, »dass diese Klinge perfekt in die Wunde passt. Was meinen Sie, Frau Steffen?«

Diese atmete langsam durch, bis der Schmerz offensichtlich wieder erträglich wurde. Dann starrte sie Löffler mit blitzenden Augen an. Aber der lächelte zurück, während die anderen um sie herum noch immer nicht begriffen hatten, was gerade passierte.

»Ich glaube«, sagte der Hauptkommissar, und deutete mit dem Daumen hinter sich, »Bert Weigand da hinten war ihr letztes Opfer. Wie haben Sie es bloß geschafft, diesen schweren Mann auch noch an die Decke zu hängen. Alle Achtung, das sieht man Ihnen gar nicht gleich an.«

»Wie bitte«, fragte Kommissarin Berger, »die Steffen war das? Wie kommen Sie denn darauf?«

»Wir waren zu eingeschossen auf andere Verdächtige, weil wir einer Frau so etwas Böses nicht zugetraut hätten. Mit einer Feministin im Team wäre das nicht passiert.«

»Sie ist für all die Morde verantwortlich? Und die Drogen hat sie auch hergestellt?«

Einigermaßen fassungslos stand Stammler da und stierte die Frau an.

»Habt ihr euch jetzt alle wieder gefangen«, meldete sich die Täterin, »oder muss ich noch eine Autogrammstunde abhalten? Nur zu, wir haben Zeit.«

In dem Augenblick kam Jessica durch die Tür. Sie blieb stehen und sah sich um. Als sie ihren Vater sah, kam sie strahlend auf ihn zu.

»Papa«, begann sie, »Opa ist wieder ...«

Blitzschnell hatte Steffen in ihre Tasche gegriffen und zog ein glitzerndes, langes Gerät heraus. Gleichzeitig machte sie einen Satz auf Jessica zu, legte ihr einen Arm um den Hals und setzte mit dem anderen das glitzernde Gerät an deren Kehlkopf.

Das Gerät war eine aufgezogene Spritze.

Die Chemikerin sah sich um. Orientierte sich, wohin sie gehen könnte. Währenddessen versuchten Löffler und die anderen im Raum zu begreifen, was gerade vor ihren Augen passierte. Schließlich ging der Hauptkommissar einen Schritt auf seine Tochter und die Frau zu. Doch sofort bohrte sich die Spitze der Spritze ein wenig tiefer in den Hals des Mädchens. Ein kleiner Blutstropfen trat an der Stichstelle aus.

»Herr Hauptkommissar«, sagte Vera Steffen leise, »ich will jetzt unbedingt dieses Haus verlassen. Dieses Mädchen hier wird mir dabei behilflich sein. Es liegt an Ihnen, ob sie stirbt oder nicht.«

»Sie werden doch wohl kein Kind töten, das glaube ich nicht«, schrie Beatrice die Frau an, »das ist ja unmenschlich.«

»Oh, die Frau Mama. Wenn Sie Ihre Tochter lebend wiederhaben wollen, dann kämpfen Sie mal dafür. Ich will hier raus, und zwar sofort. Es macht mir übrigens nichts aus, einen Teenager zu töten, das versichere ich Ihnen.«

Alle schauten auf Christian Löffler.

»Na gut«, sagte der schließlich, »gehen Sie, verlassen Sie den Raum und das Haus. Gehen Sie raus. Aber tun Sie dem Kind nichts.«

Langsam rückwärtsgehend tastete die Frau sich gemeinsam mit Jessica, die sie einfach mitzog, zur Treppe ins Erdgeschoss vor. Unten angekommen, wartete sie einen Augenblick. Sie schien nachzudenken, wie es jetzt weitergehen sollte, während Löffler und die anderen ihr in kurzem Abstand gefolgt waren.

»Herr Kommissar«, schallte es da von draußen. Der Zottelbart von den Tierfreunden, der Löfflers Wagen mitgenommen hatte, tauchte plötzlich in der Tür auf, die nach draußen in die Ammergasse führt. Er war gerade mal drei Meter von Steffen entfernt, und schien gar nicht wahrzunehmen, was hier gerade vor sich ging.

»Herr Kommissar«, wedelte er mit dem Autoschlüssel, und blieb gleich hinter Jessica und der Mörderin stehen. »So ein Zufall, dass ich Sie hier treffe. Aber ich wohne um die Ecke und wollte eben Ihren Wagen holen und ihn bei Ihnen abliefern. Sehen Sie«, deutete er vage hinter sich, »hier vorne steht er schon.«

»Gut gemacht, mein Freund, gut gemacht«, sagte Steffen zu dem Mann. »Und jetzt gehen wir gemeinsam zu dem Wagen, Sie, das Mädchen und ich, und ich sage Ihnen dann, wohin wir fahren.«

»Wie bitte?«

Zottelbart schaute die Frau überrascht an. Dann sah er Jessica, dann die Spritze an deren Hals. Sein Mund blieb offen stehen. Schließlich blickte er zu Löffler hoch, der mitten auf der Treppe stand. Es sah aus, als erwarte er Hilfe von dem Hauptkommissar. Der nickte dem Mann kaum merklich zu.

»Muss das sein?«, fragte Zottel die Frau, mit leicht brechender Stimme, »ich bin friedensbewegt, Blut kann ich nicht sehen, da wird mir übel. Kein richtiger Tübinger kann Menschenblut sehen, ohne dass er protestiert. Und das tue ich jetzt. Ich fahre also nur unter Protest mit Ihnen irgendwo hin.«

»Los, Schwätzer, zum Wagen.«

Der Chauffeur drehte sich um und marschierte Richtung Haagtor. Steffen und Jessica folgten ihm, hinter ihnen kamen dann die Polizisten. Für Unbeteiligte sah das vermutlich wie eine absurde Aufführung aus, ein Theaterexperiment, bei dem eine der Schauspielerinnen mit einer Spritze am Hals in ihrer Rolle aufgeht. Denn tatsächlich wimmerte Jessica vor sich hin. Ganz leise bloß. Vermutlich fürchtete sie sich davor, eine falsche Bewegung zu machen, bei der die Spritze ihr in den Hals fahren könnte.

Auf dem Haagtorparkplatz, gleich gegenüber vom »Kino Atelier«, stand tatsächlich Löfflers Wagen. Zottel und die beiden gingen auf ihn zu. Der Mann schloss das Auto auf, öffnete die Fahrertüre und stieg ein. Steffen ging mit Jessica um den Wagen herum und stieg von der anderen Seite mit dem Mädchen zusammen auf den Rücksitz. Der Mann startete den Motor und ließ den Wagen langsam nach hinten aus der Parklücke rollen. Er schlug das Lenkrad ein, bewegte das Gefährt zur oberen Ausfahrt, zur Schwärzlocher Straße hin, und fuhr dann los. Löffler und die anderen standen auf dem Parkplatz und sahen dem Wagen nach. Neben ihnen hielt Beatrice mit ihrem Auto.

»Los, rein mit euch, wir können diese Frau mit unserem Kind doch nicht einfach entkommen lassen.«

Die Polizisten warfen sich in die Autositze und Löfflers Ehefrau nahm die Verfolgung des Fahrzeugs mit Steffen und Jessica durch die Weststadt auf. In der Sindelfinger Straße, bei den ehemaligen Zankergebäuden sahen sie den Wagen vor sich. Vorbei an der Schlosserei Theurer raste er Richtung Wurmlingen. Vor dem Rechtsknick der Straße fuhr er einfach weiter über den Fußgängerweg, bog dann in den Radweg ein und wandte sich Richtung Unterjesingen. Entgegenkommende Radler und Fußgänger wichen in die angrenzenden Wiesen aus, als sie den Wagen und seine

Verfolger kommen sahen. Kurz vor Unterjesingen ging der Weg nach links, Richtung Wurmlinger Kapelle.

»Wo soll das bloß enden?«, jammerte Monika Berger, »ich hoffe nur, der Tierschützer ist ein guter Fahrer. Sonst hängen die nämlich gleich auf einem Baum.«

»Keine negativen Gedanken«, rief Beatrice vom Fahrersitz aus. Dann konzentrierte sie sich wieder auf die Verfolgung. Der Wagen mit Steffen brauste über den Radweg, am Sportplatz des SV Wurmlingen vorbei, dann gab es eine scharfe Linkskurve und weiter ging es zur Kapelle. Am Grillplatz, dem sogenannten »Sattel«, raste der Wagen vorbei, den leichten Anstieg hoch zum Friedhof, und gleich danach steil hinab. Halsbrecherisch bog der Fahrer in einer Haarnadelwendung in eine Weinbergtrasse ein. Die raste er entlang. Beatrice konnte dem Tempo nicht folgen. Auf den staubtrockenen Weinbergpfaden konnte sie nur noch den Staubfontänen nachfahren, die der Fluchtwagen hinterließ.

Der Weg war gefährlich. Links stiegen die Weinberge hoch, rechts fielen sie tief hinab. Beatrice stürzte sich in die letzte Kurve, ehe es danach Richtung Hirschau ging. Da sahen sie den Wagen.

Tief unten kreisten die vier Räder. Das Auto lag auf dem Dach. Es war nur von einem Baum aufgehalten worden, sonst wäre das Fahrzeug noch vierzig, fünfzig Meter weiter den Steilhang hinuntergefallen.

Beatrice legte eine Blitzbremsung hin. Alle vier Insassen sprangen aus dem Auto und stürzten den Abhang hinab. Als sie ankamen, sahen sie, dass Zottelbart gerade versuchte, Jessica aus der Tür, die beim Aufprall aufgesprungen war, zu zerren. Ihr Bein war hinter einem Sitz eingeklemmt. Löffler kroch ins Wageninnere, drückte den Sitz von Jessicas Bein weg, und gemeinsam zogen sie das Mädchen ins Freie. Das Bein war komisch verbogen. Als Beatrice es berührte, schrie das Mädchen vor Schmerz auf.

»Gebrochen«, konstatierte Stammler.

Zottelbart blutete aus einer Kopfwunde. Ansonsten schien er den Absturz heil überstanden zu haben. Im Gegensatz zu Steffen. Als Löffler nach ihr schaute, sah er, dass sie genau an der Stelle im Wagen gesessen hatte, die auf den Baum aufgeprallt war. Ihr Oberkörper lag verkrümmt zwischen Baum und Rücksitz. Die Spritze hatte sie noch immer in der Hand. Ihre Spitze steckte in der Kopflehne des Beifahrersitzes. Als Löffler an die Chemikerin heranhkroch, öffnete sie die Augen. Sie brauchte einen Moment, dann schien sie den Hauptkommissar zu erkennen. Sie lächelte.

»Hallo, Sieger«, flüsterte sie kraftlos, »jetzt haben Sie mich doch noch. Aber nicht lange, würde ich sagen.«

Löffler griff nach ihrem Oberarm, zog dran, wollte die Frau befreien. Aber sie schrie vor Schmerz, sodass er sofort losließ.

Beide saßen sich eine Zeit lang stumm gegenüber.

»Warum das alles? Wegen des Geldes?«

Vera Steffen schüttelte verzagt den Kopf.

»Weil wir es konnten.«

»Scheiß-Argument, sorry.«

»Nicht nur deshalb«, flüsterte die Frau, »nicht nur deshalb. Es war auch die Herausforderung. Die wissenschaftliche. Zumindest am Anfang. Und für die beiden anderen auch noch danach. Methamphetamin mit bis an die hundert Prozent Reinheit zu schaffen, das ist eine Herausforderung. Als wir immer besser wurden, habe ich mir überlegt, dass man damit auch ein Geschäft machen könnte.«

Sie legte eine Pause ein. Das Reden strengte sie an. Ihre Augen flackerten.

»Den anderen gefiel das nicht so sehr, aber sie hatten zumindest nichts dagegen. Sie waren halt Wissenschaftler. Ich habe es lieber mit der Realität. Und da zählt halt Geld und Prestige. Aber ich habe das alles unterschätzt. Ohne Kontakte hatte ich einen schweren Stand. Und mit Verlierern wie Bergmeister kann man keinen Erfolg haben.«

Sie hustete. Blut floss aus ihren Mundwinkeln. Sie wischte es achtlos mit ihrem Ärmel weg.

»Um Grauer tut es mir leid, ihn mochte ich. Aber er hatte das Labor entdeckt. Und wir mitten in der Arbeit, beim Meth kochen. Da musste ich doch was unternehmen.«

»Und Weigand?«

»Er wäre das Opfer gewesen, ihm hätte ich alles in die Schuhe schieben können. Wenn ihre blöde Tochter nicht gewesen wäre, die mit dem bescheuerten Messer nach mir geworfen hat – wer weiß, Herr Polizist, ob Sie mich jemals gekriegt hätten.«

Löffler nickte.

»Sie haben recht, vielleicht wären Sie entkommen. Sie sind es aber nicht. Es sind meist die Kleinigkeiten und Unberechenbarkeiten, die solche Leute wie Sie zur Strecke bringen. Aber wie haben Sie es bloß geschafft, Weigand zu erdrosseln, so einen schweren Mann?«

Die Frau antwortete nicht.

Der Hauptkommissar berührte sie am Arm. Sie rührte sich nicht mehr. Löffler legte einen Finger auf ihre Halsschlagader. Nichts.

Vera Steffen war tot.

Jessica Löffler lag auf ihrer Liege auf dem Balkon, der den gesamten ersten Stock des Löfflerschen Hauses in Lustnau umgab. Sie schaute auf die Stadt, die in einiger Entfernung mit ihren Häusern zu sehen war. Rechts davon der Schönbuch Richtung Bebenhausen. Sie hörte Musik durch ihre Kopfhörer. Manchmal bewegte sie ihr Gipsbein ein wenig, um die Blutzirkulation in Gang zu bringen.

Das hatte der Arzt ihr geraten.

Neben ihr lag, ebenfalls mit Blick Richtung Tübingen Klaus Löffler. Er trug noch eine Binde um den Kopf, aber ansonsten wirkte er wieder vollständig regeneriert. Von dem Schlag bleibe nichts zurück, hatte man ihm im Krankenhaus versichert. Er las in einem Regionalkrimi, der in Tübingen spielte und bei dem ein Mann mit einem Speer umgebracht wurde.

»Wenn man das so liest«, sagte er zu Jessica, die gerade die Kopfhörer abnahm, »könnte man glauben, Tübingen sei ein Verbrechernest.«

»Ist es ja auch, denk nur mal daran, was gerade hinter uns liegt.«

»Wie geht es denn deinem Freund Tobias inzwischen?«

»Liegt immer noch im Koma. Keiner weiß, wie es weitergeht«, antwortete sie traurig.

In dem Augenblick kam Beatrice auf den Balkon. Sie hatte eine Sporttasche in der Hand. Jessica rückte ein wenig zur Seite, so dass ihre Mutter sich neben sie auf die Liege setzen konnte.

»Was hast du mit der Tasche vor, Mama«, fragte Jessica.

»Da sind noch ein paar Kleinigkeiten drin, die ich brauche. Nachher holt mich Monika ab, und wir fahren zur neuen Wohnung.«

»Ist es jetzt so weit«, fragte Löffler Senior.

Beatrice nickte.

»Das ist für mich ein Neuanfang. Und den kann ich genauso gut in Tübingen machen wie sonst wo auf der Welt. Bloß dass hier meine Tochter ist, die ich jetzt jeden Tag besuchen kann oder sie mich.«

»Du bist mir aber nicht böse«, sagte die Tochter, »dass ich hier wohnen bleiben will, oder? Aber hier ist so viel Platz und alles – da wäre es doch blöde, wenn ich dir und Monika in eurer WG ein Zimmer wegnehmen würde.«

Die Mutter lachte.

»Ich verstehe dich schon, mein Schatz. So ein Haus, dann der Pool, der Partyraum, ein nachsichtiger Vater und ein noch nachsichtigerer Opa – ein wahres Paradies für einen Teenager.«

»Und außerdem brauchen wir dringend eine Frau in unserem Männerhaushalt«, warf Klaus Löffler ein.

»Ich werde euch schon auf Vordermann bringen, Opa«, sagte Jessica streng, »damit hier ein bisschen Zug ins Lotterleben kommt.«